Die Frau in der Literatur

Marquis de Sade

Justine oder Vom Mißgeschick der Tugend

Roman

Mit einem Nachwort
von Marion Luckow

Ullstein

Ullstein Buchverlage GmbH & Co. KG,
Berlin
Taschenbuchnummer: 30389
Titel der Originalausgabe:
Les Fortunes de la Vertu
Aus dem Französischen von
Walter Fritzsche

Ungekürzte Ausgabe
2. Auflage September 1998

Umschlaggestaltung:
Theodor Bayer-Eynck
Illustration:
© Fotoagentur Mauritius

Printed in Germany 1998
Druck und Verarbeitung:
Ebner Ulm
ISBN 3 548 30389 7

Gedruckt auf alterungsbeständigem
Papier mit chlorfrei gebleichtem Zellstoff

Die Deutsche Bibliothek – CIP-Einheitsaufnahme

Sade, Donatien Alphonse François Marquis de:
Justine oder Vom Missgeschick der Tugend : Roman /
Marquis de Sade. Aus dem Franz. von Walter Fritzsche.
Mit einem Nachw. von Marion Luckow. – Ungekürzte Ausg., 2. Aufl. –
Frankfurt/M ; Berlin : Ullstein, 1998
(Ullstein-Buch ; Nr. 30389 : Die Frau in der Literatur)
Einheitssacht.: Le infortunes de la vertu <dt.>
ISBN 3-548-30389-7
NE: GT

Es wäre der Triumph der Philosophie, wenn es ihr gelänge, Licht auf die dunklen Wege zu werfen, deren sich die Vorsehung bedient, um die Ziele, die sie sich in bezug auf den Menschen gesetzt, zu erreichen; wenn es ihr gelänge, Lebensregeln zu formulieren, die dem von den Launen jenes ihn angeblich tyrannisch gängelnden Wesens hin- und hergeworfenen unseligen Zweibeiner den Schlüssel zur Deutung der Pläne eben dieser Vorsehung in die Hand gäben und ihm den Weg wiesen, den er beschreiten müßte, um den bizarren Einfällen jenes blinden Waltens zu wehren, für das man zwanzig Namen hat, ohne daß man es bisher zu definieren vermocht hätte.
Wenn es sich nun unseligerweise so ergibt, daß wir, die wir in den Grenzen der gesellschaftlichen Konventionen handeln und diesen den uns anerzogenen Respekt stets bewahren, dennoch infolge der Verderbtheit der anderen immer nur auf Dornen treten, während jene auf Rosen gebettet sind, werden dann nicht Leute, deren Tugend nicht hinreichend gefestigt ist, um sich über die durch jenen traurigen Umstand bedingten Anfechtungen zu erheben – werden sie nicht zu dem Schluß kommen, es sei besser, sich mit dem Strom treiben zu lassen, als gegen ihn zu schwimmen? Werden sie nicht sagen, der Weg der Tugend sei bei all seiner Löblichkeit doch der schlechtere, wenn sich erweise, daß die Tugend zu schwach sei, gegen das Laster anzukämpfen, und der sicherste Weg in einem solch korrupten Jahrhundert sei, es wie die anderen zu halten? Und muß nicht, wer – wenn man so will – gebildeter ist, von seinen Einsichten jedoch nicht den rechten Gebrauch macht, mit dem Engel Jesrad aus *Zadig* [*Zadig ou la Destinée* von Voltaire, Anm. d. Ü.] sagen, es gebe kein schlecht Ding, aus dem nicht ein Gutes hervorgehe? Und wird er dem nicht von sich aus noch hinzufügen, es sei, da nun einmal in unserer unvollkommen eingerichteten bösen Welt Gut und Schlecht in gleichem Maße vorhanden seien, für die Aufrechterhaltung des Gleichgewichts vonnöten, daß es eine gleiche Anzahl guter wie schlech-

ter Menschen gebe, wobei es im Gesamtplane unerheblich sei, wer sich im einzelnen für das Gute oder Böse entscheide? Wenn die Tugend vom Mißgeschick verfolgt sei, das Laster aber stets vom Wohlergehen umgeben und die ganze Angelegenheit in den Augen der Natur ohne Belang, wäre es dann nicht tausendmal besser, sich zu den Schlechten zu schlagen, denen es wohlergehe, als zu den Tugendhaften, die scheiterten?

Es ist daher wichtig, diesen gefährlichen philosophischen Spitzfindigkeiten zu begegnen und zu zeigen, daß das Beispiel der vom Unglück heimgesuchten Tugend eine verderbte Seele, in der das Gute nicht völlig erstorben ist, ebenso gewiß auf den rechten Weg zurückzuführen vermag, als hätte man ihr auf dem Pfad der Tugend die glänzendsten Preise und schönsten Belohnungen versprochen. Es ist zweifellos ein grausames Unterfangen, die zahllosen Widrigkeiten auszumalen, welche ein sanftes und empfindsames Weib treffen, das nicht tugendhafter handeln könnte, und auf der anderen Seite das strahlende Glück derer zu beschreiben, welche die Tugend zeit ihres Lebens mit Füßen getreten. Wenn jedoch aus der Skizzierung dieser beiden Tableaus etwas Gutes entsteht, muß man sich dann Vorwürfe machen, weil man sie den Blicken des Publikums dargeboten hat? Kann es denn ein schlechtes Gewissen bereiten, daß man einen Umstand darlegt, welcher den Weisen, der diese nützliche Lektion vom Gehorsam gegenüber den Befehlen der Vorsehung mit Gewinn liest, der Lösung ihrer geheimsten Rätsel einen Schritt näherbringt und ihm eine schicksalhafte Warnung ist? Denn oft geschieht es, daß der Himmel uns zur Erfüllung unserer Pflichten anhält, indem er uns zur Seite gerade jene Wesen geißelt, welche den ihren aufs eifrigste nachzukommen scheinen. Dergestalt sind die Empfindungen, welche uns die Feder in die Hand geben, und es geschieht in Anbetracht der Aufrichtigkeit dieser Gefühle, daß wir unsere Leser um ein wenig Anteilnahme und Aufmerksamkeit für das Mißgeschick der armen, beklagenswerten Justine bitten.

Die Gräfin de Lorsange zählte zu jenen Venuspriesterinnen, die ihr Glück einem hübschen Lärvchen, liederlichem Wandel und mancher Büberei verdanken und deren hochtrabende Titel nirgends als in den Archiven der Insel Kythera beurkundet sind – frech ersonnen von ihren Trägerinnen und immer wieder bestätigt von einer einfältigen und leichtgläubigen Mitwelt. Sie war brünett, überaus lebhaft, besaß eine schöne Gestalt, schwarze, erstaunlich ausdrucksvolle Augen, Witz und vor allem – wie es die Mode verlangte – jenen lästerlichen Freisinn, welcher den Leidenschaften eine besondere Pikanterie verleiht und die Frau, bei der man ihn vermutet, besonders begehrenswert macht.

Ihre Erziehung hätte indes nicht sorgfältiger sein können. Als Tochter eines wohlhabenden Kaufherrn in der Rue Saint-Honoré hatte sie, zusammen mit ihrer um drei Jahre jüngeren Schwester, eines der vornehmsten Klöster zu Paris besucht; kein nützlicher Rat, kein guter Lehrer, kein wertvolles Buch – kurz: keine Möglichkeit, ihre Gaben zu entfalten, hatte man ihr, bis sie fünfzehn Lenze zählte, vorenthalten. In jenem für die Tugend eines jeden jungen Mädchens entscheidenden Alter aber wurde ihr dies alles von einem Tag auf den andern genommen. Das grausame Falliment seines Geschäfts brachte ihren Vater in eine so üble Lage, daß ihm, wollte er einem noch schlimmeren Geschick entgehen, nichts anderes übrigblieb, als unverzüglich nach England zu entfliehen. Seine Töchter und seine Frau, welche acht Tage nach seinem Fortgang vor Kummer starb, ließ er zurück. Die wenigen verbliebenen Verwandten beratschlagten, was nun mit den Mädchen zu geschehen habe. Man kam überein, ihnen ihr Erbteil, das sich auf je hundert Taler belief, auszuhändigen, sie nicht länger hinter verschlossenen Türen zu halten, sondern es jedem der beiden zu überlassen, von nun an sein Schicksal selbst zu meistern.

Madame de Lorsange, die sich damals einfach Juliette nannte, wenn sie auch an Charakter und Geist bereits so geformt war wie im Alter von dreißig Jahren (jenem Zeitpunkt, zu dem unsere

Geschichte spielt), Madame de Lorsange also schien ungetrübtes Entzücken darüber zu empfinden, daß sie nun frei war, ohne auch nur einen Gedanken auf die traurigen Umstände zu verschwenden, die ihre Ketten gesprengt hatten. Ihre Schwester Justine dagegen, eben erst zwölf Jahre alt, von düsterer und melancholischer Wesensart, seltenem Feingefühl sowie ungewöhnlicher Empfindsamkeit und, anders als ihre gewitzte und schlaue Schwester, unschuldig, treuherzig und so ohne Arg, daß sie zwangsläufig in jede Falle hineinrennen mußte, wurde des ganzen Elends ihrer Lage gewahr. Ihre Gesichtszüge waren von denen Juliettes denkbar verschieden. Erblickte man in den Zügen der einen Raffinesse und Gefallsucht, so bewunderte man im Antlitz der andern den Ausdruck von Schamhaftigkeit, Zartgefühl und Scheu. Eine Aura von Jungfräulichkeit, große, lebhafte blaue Augen, blendend weiße Haut, eine zarte, schlanke Gestalt, die Stimme von ergreifendem Klang, die Zähne wie aus Elfenbein und schönes blondes Haar – so etwa ließe sich das Porträt der bezaubernden jüngeren Schwester zeichnen, deren unschuldige Reize und zarten Züge allerdings zu fein geartet waren, als daß sie sich dem Stifte, der sie festzuhalten sucht, nicht entzögen.
Man gewährte den beiden eine Frist von vierundzwanzig Stunden, um das Kloster zu verlassen, und gestattete ihnen, mit den hundert Talern nach Gutdünken zu verfahren. Juliette – froh, nun Herrin ihrer selbst zu sein – ließ sich für einen Augenblick herbei, Justine die Tränen vom Gesicht zu wischen. Als sie sah, daß ihr Bemühen vergeblich war, begann sie ihre Schwester zu schelten, anstatt ihr Trost zuzusprechen, hieß sie eine Närrin und versicherte ihr, noch nie habe ein Mädchen ihres Alters und ihrer Erscheinung verhungern müssen. Sie führte das Beispiel einer Nachbarstochter an, welche, aus dem elterlichen Hause entwichen, nun, von einem Steuerpächter großzügig ausgehalten, mehrspännig durch Paris fuhr. Justine empfand nur Abscheu vor diesem verderblichen Beispiel; lieber, sagte sie, werde sie sterben als ihm nacheifern. Sie

lehnte es entschieden ab, mit ihrer Schwester eine gemeinsame Wohnung zu beziehen, als sie erkennen mußte, daß Juliette sich zu einem sittenlosen Lebenswandel entschloß, wie sie ihn soeben gepriesen hatte.

Da nun ihre Absichten sich als so entgegengesetzt erwiesen, schieden die beiden Schwestern voneinander, ohne sich ein Wiedersehen versprochen zu haben. Juliette, die den Wunsch hegte, dereinst eine große Dame zu sein – wie hätte ihr auch daran gelegen sein können, ein kleines Mädchen wiederzusehen, dessen tugendhafte und bescheidene Neigungen ihr nur Unehre bereiten würden? Und Justine? War denn von ihr zu erwarten, daß sie ihre Sittsamkeit in der Gesellschaft eines sittenlosen Geschöpfs gefährdete, das nur zu bald das Opfer der Lasterhaftigkeit und des herrschenden Lotterlebens sein würde? So steckte jedes seine hundert Taler zu sich und kehrte, wie es beschlossen war, am nächsten Morgen dem Kloster den Rücken.

Justine war als kleines Kind oft von der Näherin ihrer Mutter geherzt worden; diese, so glaubte sie, werde ihrem Geschick mitleidig begegnen. Also suchte sie jene Frau auf, berichtete von ihrem Unglück und bat um Arbeit; doch sie wurde kalt zurückgewiesen.

»O Himmel«, klagte das arme Ding, »muß denn schon der allererste Schritt, den ich in diese Welt tue, mich in Kummer und Leid führen...? Diese Frau hat mich doch einstmals geliebt – warum stößt sie mich jetzt zurück? ... Ach, nur weil ich nun eine Waise bin und arm ... nur weil ich nichts mehr besitze und weil man dem andern nur dann Liebe bezeugt, wenn man sich von ihm Unterstützung oder sonstige Vorteile erwartet.«

In solcher Einsicht begab sich Justine zu dem Pfarrer ihrer Gemeinde, um ihn um seinen Rat zu bitten, aber der barmherzige Kirchenmann mißverstand sie und erwiderte, das Sprengel habe bereits allzu große Bürden zu tragen, es sei daher nicht möglich, sie in die Zahl der Almosenempfänger einzureihen. Solle sie

indes Lust verspüren, ihm zu Diensten zu sein, so werde er ihr mit Freuden Logis gewähren. Bei diesen Worten faßte der fromme Mann ihr mit der Hand unters Kinn und küßte sie auf eine für einen Knecht Gottes reichlich weltliche Weise. Justine, die nur allzu gut verstand, wandte sich heftig ab und rief: »Monsieur, ich verlange von Euch kein Almosen und auch keine Stellung als Magd. Erst zu kurze Zeit ist vergangen, seit ich einen Stand verließ, der erhaben ist über jenen, in dem man vielleicht um diese beiden Gnadenerweise bettelt, als daß ich mich jetzt schon damit zufriedengeben könnte. Ich bitte Euch um Ratschläge, deren ich in meiner Jugend und meinem Unglück bedarf, und Ihr, Ihr heißt sie mich kaufen um den Preis einer Missetat...« Ob dieser Worte empört, öffnet der Priester die Tür und jagt das Mädchen herzlos davon. Zweimal schon war nun Justine am ersten Tag ihres Alleinseins verstoßen worden.
Sie betritt ein Haus, an dem sie ein entsprechendes Schild erblickt, mietet ein kleines möbliertes Zimmer, entrichtet den Preis im voraus und überläßt sich dem Kummer, welcher sie angesichts ihrer Lage und der Hartherzigkeit schon der wenigen Menschen erfüllt, mit denen ihr Unstern sie bisher zusammengeführt.

Der Leser möge uns gestatten, Justine für ein Weilchen in ihrer düsteren Zuflucht allein zu lassen, uns statt dessen Juliette wieder zuzuwenden und in aller Kürze zu vermelden, auf welche Weise jenes einfache Mädchen, als welches sie unserem Auge entschwand, es binnen fünfzehn Jahren zu einer Dame von Stand gebracht hat, die über Einkünfte von mehr als dreißigtausend Pfund gebietet, über prächtigen Schmuck, zwei oder drei Häuser in der Stadt und auf dem Land – sowie derzeit auch über Herz, Reichtum und Vertrauen des Staatsrats Monsieur de Corville, eines hochangesehenen Mannes, der kurz vor seiner Bestallung zum Ministerialbeamten steht... Gewiß, der Weg war dornenreich – daran ist nicht zu zweifeln. Für Mädchen wie Juliette ist die Lehr-

zeit hart und schmachvoll; manch eine, die heute im Bett eines Prinzen ruht, ist noch gezeichnet mit den demütigenden Malen der Gewalttätigkeiten lasterhafter Libertins, in deren Hände sie jugendliches Alter und Unerfahrenheit fallen ließ.
Kaum hatte Juliette das Kloster verlassen, als sie sich ohne große Umschweife zu einer Frau begab, deren Namen sie jener verderbten Freundin aus der Nachbarschaft gegenüber hatte nennen hören und deren Adresse ihr noch erinnerlich war. Dort erscheint sie nun ganz ungeniert, ihr Bündel unter dem Arm und mit einem einfachen, etwas zerzausten Kleidchen angetan, einen recht anstelligen und gelehrigen Ausdruck auf dem allerliebsten Gesicht. Sie erzählt der Frau ihre Geschichte und bittet sie dann flehentlich, sie in ihre Obhut zu nehmen, ganz so, wie sie es vor Jahren mit ihrer vormaligen Freundin getan.
»Wie alt bist du, mein Kind?« fragte Madame Du Buisson.
»In wenigen Tagen werde ich fünfzehn, Madame.«
»Und noch niemand ...?«
»O nein, Madame, ich schwöre es Euch!«
»Aber es geschieht doch zuweilen in diesen Klöstern, daß ein Kaplan ... eine Nonne, eine Mitschülerin ... Ich benötige verläßliche Beweise.«
»Ihr braucht sie Euch nur zu verschaffen, Madame.«
Die Du Buisson klemmte sich eine Brille auf die Nase und nahm den Stand der Dinge höchstselbst in Augenschein.
»Nun, mein Kind«, sprach sie sodann zu Juliette, »du kannst hierbleiben. Was ich verlange, ist Befolgung meiner Ratschläge, volles Verständnis für meine Gewohnheiten, Reinlichkeit, Sparsinn, Unbefangenheit mir gegenüber, ein artiges Wesen zu deinen Gefährtinnen und List im Umgang mit den Männern. In ein paar Jahren wirst du imstande sein, ein eigenes Zimmer zu beziehen, mit Kommode, Wandspiegel und einer Dienerin – und dank der Kunstfertigkeit, welche du bei mir erworben, wirst du dir dann alles andere bald auch noch leisten können.«

Die Du Buisson nahm Juliette ihr Bündel ab und fragte das Mädchen, ob es eigentlich Geld bei sich trage. Dieses gestand allzu offenherzig ein, im Besitz von hundert Talern zu sein, deren sich die besorgte Mama sogleich bemächtigte, indem sie ihrer jungen Elevin versicherte, sie werde dieses kleine Vermögen einträglich für sie anlegen, aber ein junges Mädchen brauche ja gar kein Geld ... Geld sei nur ein Mittel zum bösen Zweck; in unserem verderbten Säkulum solle ein umsichtiges Mädchen aus gutem Hause besorgt sein, alles zu vermeiden, was es in eine böse Falle geraten lassen könne.

Als diese Predigt geendet, wurde Juliette als Neuankömmling ihren Gefährtinnen vorgestellt, erhielt im Hause eine Kammer zugewiesen, und vom nächsten Tag an stand ihre Jungfräulichkeit zum Verkaufe feil. Im Verlauf von vier Monaten wurde ein und dasselbe Gut nacheinander an achtzig Käufer veräußert, welche es jeder als neu vergüteten. Erst nach diesem dornenreichen Noviziat erhielt Juliette die Weihen einer Laienschwester.

Von nun an wurde sie wahrhaft als Tochter des Hauses angesehen und teilte das mühselige Geschäft des Lasters – es ward ihr nur zur neuen Probezeit! Hatte Juliette während ihres ersten Noviziats noch in gewissem Sinne der Natur gehuldigt, verleugnete sie deren Gesetze während des zweiten. Es war eine Zeit frevlerischer Erfindungen, schamloser Lüste, wüster, heimlicher Buhlerei, widerwärtiger und absonderlicher Neigungen – all dieses einesteils die Frucht des Bestrebens, die Lust zu genießen, ohne die Gesundheit aufs Spiel zu setzen, andernteils die Ausgeburt einer verderblichen Übersättigung, in welcher die abgestumpften Sinne nur noch durch maßlose Ausschreitungen entflammt und schließlich zufriedengestellt werden können ...

Diese zweite Lehrzeit brachte Juliette den gänzlichen Verfall ihrer Tugend, und die offenkundigen Triumphe, welche das Laster feierte, raubten ihrer Seele jegliche Würde. Da sie nun einmal für das Verbrechen geboren sei, so empfand sie, müsse sie darin auch

Größe zeigen und dürfe nicht in einem geringen Rang verharren, welcher sie dazu verurteilte, derselben, um nichts weniger erniedrigenden Vergehen schuldig zu werden, ihr aber bei weitem nicht den gleichen Gewinn eintrug. Ein bejahrter Wollüstling, welcher sie, nebenbei erwähnt, nur für ein abenteuerliches Viertelstündchen hatte kommen lassen, fand Gefallen an ihr, und Juliette verstand es, sich aus diesem Verhältnis so üppig zu unterhalten, daß sie sich von nun an bei jedem Spektakel, auf jeder Promenade an der Seite der Großmeisterinnen von Kytherens Orden sehen lassen konnte. Man staunte sie an, sprach von ihr, beneidete sie. Die Bübin wußte sich so geschickt anzustellen, daß sie binnen vierer Jahre drei Männer ruinierte, von denen allein der ärmste über jährliche Einkünfte von hunderttausend Talern verfügte. Damit war ihr Renommee gesichert. Die Verblendung der Menschen unseres Jahrhunderts geht so weit, daß, je mehr Beweise eine dieser elenden Kreaturen von ihrer Schamlosigkeit gegeben, man um so sehnlicher wünscht, auf ihrer Liste zu stehen. Es scheint, als werde der Grad ihrer Unehre und Verworfenheit zum Maßstab für die Gefühle, welche man für sie zu bekunden wagt. Juliette war gerade zwanzig Jahre alt, als ein Comte de Lorsange, ein Edelmann aus dem Anjou um die Vierzig, sich dergestalt in sie verliebte, daß er, nicht vermögend genug, sie auszuhalten, beschloß, ihr seinen Namen zu geben. Er verbriefte ihr Einkünfte in Höhe von zwölftausend Pfund, sicherte ihr den Rest seines Vermögens, der sich auf achttausend belief, für den Fall zu, daß er vor ihr stürbe, schenkte ihr ein Haus, gab ihr eine entsprechende Dienerschaft und verlieh ihr ein gesellschaftliches Ansehen, das nach zwei oder drei Jahren ihre Anfänge vergessen ließ. So stand es um die unselige Juliette, als sie – jegliches Gefühl für ihre achtbare Herkunft und gute Erziehung verleugnend, verdorben durch schlechte Bücher und üble Ratschläge, versessen, das Vermögen allein zu genießen, einen Titel zu führen und frei von jeglicher Bindung zu sein – sich nicht scheute, ihr Herz dem frevelhaften

Gedanken zu öffnen, die Tage ihres Gatten zu verkürzen ... Sie führte diesen Plan heimlich genug aus, um von Verfolgungen verschont zu bleiben und alle Spuren ihrer abscheulichen Untat zusammen mit dem lästigen Gatten unter der Erde verschwinden zu lassen.

Nachdem sie nun frei war und sich Gräfin nennen durfte, fiel Madame de Lorsange in ihre alten Gewohnheiten zurück, nur daß sie jetzt, da sie einen Rang in der Gesellschaft einzunehmen glaubte, mit ein wenig mehr Diskretion zu Werke ging. Sie war nun nicht mehr die Frau, welche sich aushalten ließ, sondern eine reiche Witwe, zu deren erlesenen Soupers gebeten zu werden, in der Stadt und bei Hofe als besondere Ehre galt, eine Frau, die nichtsdestoweniger für zweihundert Louisdor zu Bette ging und gegen fünfhundert einen ganzen Monat lang zu haben war. Bis zum Alter von sechsundzwanzig Jahren machte sie noch eine Reihe glänzender Eroberungen. Sie ruinierte drei Gesandte, vier Steuerpächter, zwei Bischöfe und drei Ritter der königlichen Orden. Und wie nur selten jemand, der eine Missetat begangen, es bei dieser einen bewenden läßt – insbesondere, wenn dieselbe glücklich ausgegangen ist –, so besudelte sich Juliette, unsere unselige, sündige Juliette, noch mit zwei weiteren, dem ersten ähnlichen Verbrechen. Das eine beging sie, um in den Besitz einer beträchtlichen Summe Geldes zu gelangen, von deren Vorhandensein die Familie eines ihrer Liebhaber, der ihr den Betrag anvertraut, nichts wußte und die sich Madame de Lorsange durch ihre scheußliche Freveltat anzueignen vermochte; das andere, um sich vorzeitig in den Genuß eines Legats in Höhe von hunderttausend Franc zu bringen, welches einer ihrer Verehrer scheinbar zugunsten eines Dritten letztwillig festgesetzt hatte, der ihr die Summe gegen ein geringes Entgelt auszahlen sollte.

Diesen Verbrechen gesellte Madame de Lorsange zwei oder drei Kindesmorde bei; die Furcht, ihre hübsche Gestalt zu verlieren, und der Wunsch, ein Doppelspiel zu verschleiern, all dieses veranlaßte sie, mehrere Male die Frucht ihres Leibes abzutreiben. Diese Verbrechen wurden genauso wenig offenbar wie die anderen. Sie hinderten das geschickte und ehrgeizige Geschöpf nicht im geringsten daran, täglich ein neues Opfer zu finden und sein Vermögen wie die Zahl seiner Verbrechen ständig zu vermehren. Es ist leider nur allzu wahr, daß Wohlstand und Verbrechen in schönster Eintracht zusammengehen und daß im Herzen von Ausschweifung und wohlbedachter Sittenlosigkeit all jenes, was die Menschen Glück nennen und was das Leben übergoldet, zu gedeihen vermag. Aber diese grausame und verhängnisvolle Wahrheit braucht niemanden aufzuschrecken; auch jene andere Wahrheit – von der wir gleich ein Beispiel geben –, daß nämlich die Tugend hinwiederum stets vom Unglück verfolgt ist, möge die Gemüter ehrbarer Leute nicht bekümmern. Denn nur scheinbar zahlt sich das Verbrechen aus. Ganz zu schweigen von der strafenden Vorsehung – der Schuldige nährt im Grunde seines Herzens einen Wurm, der es ihm, unablässig an seinem Gewissen nagend, verwehrt, das Glück, welches ihn umglänzt, voll auszukosten. Statt dessen bleibt ihm nur die quälende Erinnerung an die Verbrechen, denen er sein Wohlergehen verdankt. Und was die vom Unglück geplagte Tugend betrifft, so findet der von einem unglückseligen Los Getroffene Trost in seinem guten Gewissen: Die geheimen Freuden, welche ihm seine Lauterkeit bereitet, entschädigen ihn bald für das von seinen Mitmenschen erlittene Unrecht.

So stand es um Madame de Lorsange, als Monsieur de Corville, ein fünfzigjähriger Herr von – wie bereits dargetan – beträchtlichem Ansehen, beschloß, sein Leben nunmehr voll und ganz dieser Frau zu weihen und sie endgültig an sich zu binden. Ob es nun seiner Zuvorkommenheit, seinem rücksichtsvollen Verhalten oder Madame de Lorsanges Klugheit zuzuschreiben war — jedenfalls setzte er sein Vorhaben durch. Vier Jahre nun lebte er bereits

mit ihr ganz wie mit einem gesetzlich angetrauten Eheweibe, als ein herrliches Landgut, welches er erst kürzlich für sie in der Nähe von Montargis erworben, die beiden bewog, dortselbst einige Sommermonate zu verbringen. Eines Abends im Juni ließen sie sich von dem schönen Wetter zu einem Spaziergang in das Dorf einladen. Allzu müde, den Weg zurückzuwandeln, betraten sie den Gasthof, bei welchem die Postkutsche aus Lyon Station macht. Von dort aus wollten sie einen Mann zu Pferde nach dem Schloß schikken und einen Wagen holen lassen. Kaum hatten sie sich in einem zu ebener Erde gelegenen kühlen Raum, der zum Hof hinausging, niedergelassen, als die erwähnte Postkutsche durch die Einfahrt rollte. Es ist ein ganz natürliches Vergnügen, Reisende zu beobachten; wohl jeder läßt sich, sofern sich gerade die Gelegenheit dazu bietet, gern in einem müßigen Augenblick auf diese Weise zerstreuen. Madame de Lorsange erhob sich, ihr Liebhaber tat es ihr nach, und so sahen sie zu, wie die Reisegesellschaft die Herberge betrat. Schon schien es, als befände sich niemand mehr in dem Gefährt, als ein Gendarm dem Gepäckkasten entstieg und von einem Kameraden, der darin saß, ein Mädchen von etwa sechsundzwanzig oder siebenundzwanzig Jahren entgegennahm, welches in ein schäbiges Kattunmäntelchen gehüllt und wie eine Verbrecherin gefesselt war. Madame de Lorsange entfuhr ein Schrei des Erschreckens und der Überraschung, worauf sich das Mädchen umwandte und ein so liebliches und feines Antlitz sehen ließ, dazu eine derart zarte und schlanke Gestalt, daß Monsier de Corville und seine Mätresse nicht umhinkonnten, sich voller Anteilnahme nach dem beklagenswerten Geschöpf zu erkundigen. Monsieur de Corville trat auf einen der beiden Gendarmen zu und fragte ihn, was die Unglückliche Böses getan habe.
»Meiner Treu, Monsieur«, gab der Wachmann zur Antwort, »man beschuldigt sie drei oder vier schwerer Verbrechen, und zwar handelt es sich um Diebstahl, Mord und Brandstiftung. Aber ich muß Euch gestehen: Mein Kamerad und ich, wir haben noch nie einen

Verbrecher so ungern bewacht. Sie ist ein so sanftes Ding und scheint die redlichste ...«

»Soso«, sprach Monsieur de Corville, »liegt da vielleicht einer jener Irrtümer der unteren Gerichte vor? Wo wurde denn das Verbrechen begangen?«

»In einem Gasthof drei Meilen von Lyon. In Lyon ist sie verurteilt worden. Jetzt geht sie nach Paris, wo der Richtspruch bestätigt werden muß, und dann zurück nach Lyon zur Hinrichtung.«

Madame de Lorsange war hinzugetreten und hatte den Bericht des Gendarmen mit angehört. Mit leiser Stimme tat sie Monsieur de Corville kund, sie wünsche aus dem Munde des Mädchens selbst die Geschichte seines Unglücks zu vernehmen, und Monsieur de Corville, der den gleichen Wunsch hegte, teilte denselben den Begleitern des Mädchens mit, indem er sich ihnen gleichzeitig vorstellte; diese hatten nichts dagegen einzuwenden. Man entschied, die Nacht in Montargis zu verbringen, ließ sich ein behagliches Zimmer geben und brachte die beiden Gendarmen in einer angrenzenden Kammer unter. Da Monsieur de Corville die Verantwortung für die Gefangene übernahm, löste man ihre Fesseln. Sie begab sich in das Gemach von Monsieur de Corville und Madame de Lorsange, während ihre Bewacher ihr Nachtmahl verzehrten und anschließend nebenan zu Bett gingen. Nachdem man das erbarmenswürdige Wesen dazu gebracht, ein wenig Speise zu sich zu nehmen, bat Madame de Lorsange, die sich eines Gefühls lebhafter Anteilnahme nicht erwehren konnte und zweifellos zu sich selbst sagte: Das arme Geschöpf, welches vielleicht unschuldig ist, wird behandelt wie eine Spitzbübin, während ich, die ich solches gewiß eher verdiente als sie, im Glück schwelge! – Madame de Lorsange also bat das Mädchen, welches sichtlich ein wenig gestärkt war und etwas getröstet dank der liebevollen Behandlung und der offenkundigen Anteilnahme, doch zu erzählen, welche Umstände ein so ehrlich und klug scheinendes Mädchen in eine so traurige Lage zu bringen vermochten.

»Euch die Geschichte meines Lebens erzählen, Madame«, sprach die schöne Unglückliche, indem sie sich der Gräfin zuwandte, »hieße Euch ein drastisches Beispiel geben von dem Mißgeschick der Tugend. Und das hieße die Vorsehung bezichtigen, sich über sie beklagen; es wäre fast ein Verbrechen, und ich wage nicht...« Tränen rollten ihr über die Wangen, und nachdem sie ein wenig geweint, begann sie ihren Bericht mit folgenden Worten:

Ihr werdet mir erlauben, Madame, Euch meinen Namen und meine Herkunft zu verschweigen. Zwar nicht aus erlauchtem, aber doch aus achtbarem Hause, war ich nicht für jene Demütigungen geboren, aus denen mein Unglück sich zu einem großen Teile herleitet. Ich war noch sehr jung, als ich meine Eltern verlor. Mit den geringen Mitteln, die sie mir hinterließen, glaubte ich mir eine ehrbare Stellung verschaffen zu können. Da ich aber jede zurückwies, die meinem Anspruch nicht genügte, hatte ich bald, ohne dessen innezuwerden, das wenige, was mir zugefallen, verzehrt. Je ärmer ich wurde, um so mehr ward ich verachtet; je dringender ich der Hilfe bedurfte, um so weniger konnte ich auf sie hoffen – und sofern man sie mir gewährte, bestand sie in unwürdigen und schamlosen Angeboten. Von aller Hartherzigkeit, die ich kennenlernen mußte, von allen widerwärtigen Ansinnen, die mir zugemutet wurden, will ich nur jenen Fall erwähnen, der mir im Hause des Monsieur Dubourg, eines der reichsten Steuerpächter der Stadt, widerfuhr. Man hatte ihn mir als einen Mann empfohlen, von dessen Ansehen und Vermögen ich mit Gewißheit die Linderung meines Loses erwarten könne; aber jene, welche mir diesen Rat erteilt, handelten entweder arglistig oder kannten nicht die Herzlosigkeit dieses Mannes und die Verderbtheit seiner Sitten. Nachdem ich zwei Stunden lang in seinem Vorgemach gewartet, wurde ich schließlich vorgelassen. Monsieur Dubourg, ein Mann von etwa fünfundvierzig Jahren, hatte sich soeben erst von seinem

Bett erhoben und war in ein wallendes Gewand gewickelt, das nur mühsam seine Liederlichkeit verhüllte. Er schickte den Kammerdiener, der ihn gerade frisieren wollte, hinaus und fragte mich nach meinem Begehr.

»Ach, Monsieur«, gab ich zur Antwort, »ich bin ein armes Waisenkind von kaum vierzehn Jahren und habe doch schon alle Spielarten des Unglücks kennengelernt.« Ich erzählte ihm im einzelnen mein Mißgeschick, wie schwierig es sei, eine Anstellung zu finden, und wie ich das wenige, was ich besaß, während der Suche aufgebraucht, wie man mich abgewiesen, wie mühevoll es sei, selbst einfache Handarbeit im Laden oder für daheim zu finden, und schließlich, welche Hoffnung ich hegte, mit seiner Hilfe mein Leben fristen zu können. Nachdem er mir recht aufmerksam zugehört, erkundigte sich Monsieur Dubourg, ob ich immer ein sittsames Mädchen gewesen sei.

»Ich befände mich wohl nicht in solcher Armut und Bedrängnis, Monsieur«, erwiderte ich, »wenn ich beschlossen hätte, es nicht mehr zu sein.«

»Mein liebes Kind«, sprach er darauf, »mit welchem Recht erwartet Ihr denn vom Reichtum Wohltaten, wenn Ihr ihm nicht zu Diensten seid?«

»Ja, zu Diensten sein, Monsieur, nichts anderes verlange ich.«

»Die Dienste eines so hübschen Kindes, wie Ihr es seid, wären in einem Haushalt von geringem Nutzen. Ich meine nicht diese Dienste. Um Euch so zu verdingen, wie Ihr es wollt, habt Ihr weder das rechte Alter noch die Statur. Im Hause eines jeden Libertins aber dürftet Ihr auf ein anständiges Los zählen, wäret Ihr nur von nicht ganz so lächerlicher Strenge gegen Euch selbst. Nur danach solltet Ihr trachten. Die Tugendhaftigkeit, welche Ihr zur Schau tragt, dient in dieser Welt zu nichts. Und brüstet Ihr Euch noch so sehr damit, Ihr bekommt keinen Pfifferling dafür. Leute wie wir, die sich herbeilassen, Almosen zu geben – eine jener Tätigkeiten übrigens, der sie am allerwenigsten nachgehen und die ihnen am meisten widerstrebt –, möchten sich entschädigt sehen für das Geld, das sie aus ihren Taschen kramen. Und könnte ein junges Mädchen wie Ihr seinen Dank für empfangene Wohltaten besser abstatten als durch die uneingeschränkte Gewährung all dessen, was man von ihm verlangt?«

»Ach, Monsieur, wohnt denn gar keine Selbstlosigkeit, gar kein redliches Gefühl mehr in den Herzen der Menschen?«

»Ganz selten, mein Kind, ganz selten. Man ist von der törichten Gewohnheit abgekommen, anderen umsonst Gutes zu tun. Die Eitelkeit vielleicht fühlte sich dadurch vorübergehend geschmeichelt, aber da nichts schemenhafter und unbeständiger ist als unser Genuß, wünschte man sich bald handfestere Freuden. Man fand heraus, daß es unendlich besser sei, etwa mit einem kleinen Mädchen wie Euch alle Freuden der Libertinage zu kosten und so die Früchte der eigenen Wohltat zu genießen, als sich in dem bloßen Bewußtsein zu gefallen, ihm ein Almosen gegeben zu haben. Der Ruf, ein freigebiger, wohltätiger und großherziger Mann zu sein, kommt für mich nicht dem geringsten Reiz jener Freuden gleich, die Ihr mir zu bereiten vermögt. Darin bin ich mit allen Männern meines Geschmacks und meines Alters einer Meinung. Ihr werdet, mein Kind, es deswegen für richtig befinden, wenn ich Euch nur in dem Maße helfe, in dem ihr bereit seid, allen meinen Wünschen willfährig zu sein.«

»Wie herzlos Ihr doch seid, Monsieur! Glaubt Ihr denn, der Himmel werde Euch darob nicht strafen?«

»Höre, mein Küken, um den Himmel scheren wir uns auf dieser Welt am allerwenigsten. Ob das, was wir auf Erden treiben, ihm gefällt oder nicht, bekümmert uns nicht im geringsten. In der Gewißheit, daß seine Macht über die Menschen klein ist, spotten wir seiner täglich, ohne vor Furcht zu zittern. Unsere Leidenschaften bleiben reizlos, solange sie nicht seinen Geboten möglichst strikt zuwiderlaufen – oder zumindest dem, was die Dummen dafür ausgeben, was jedoch im Grunde nur die vorgetäuschte Kette ist, mit der die Heuchler den Stärkeren zu fesseln trachten.«

»Aber, Monsieur, gälten solche Grundsätze, müßten die Schwachen untergehen!«

»Und wenn schon! Frankreich hat sowieso mehr Untertanen, als es braucht. Der Staat, der alles im großen sieht, kümmert sich herzlich wenig um den einzelnen, solange die Maschine läuft.«

»Aber glaubt Ihr, daß die Kinder ihren Vater verehren, wenn dieser sie mißhandelt?«

»Was soll denn einem Vater, der zu viele Kinder hat, die Liebe derer, die ihm keinerlei Hilfe bedeuten?«

»Ach, es wäre besser gewesen, man hätte uns, kaum geboren, erstickt!«

»Daran ist etwas Wahres. Aber lassen wir diese Fragen, von denen du noch nichts wissen solltest. Warum sich sein Los beklagen, wenn es doch nur von einem selbst abhängt, es zu meistern?«

»Doch um welchen Preis, gerechter Himmel!«

»Um den Preis eines Trugbilds, einer Sache, die nur den Wert besitzt, welchen Euer Dünkel ihr andichtet... aber lassen wir das einstweilen auf sich beruhen; beschäftigen wir uns jetzt erst einmal mit uns beiden. Ihr meßt jenem Trugbild eine große Bedeutung bei, nicht wahr, und ich nur sehr wenig – deshalb lasse ich es Euch. Die Pflichten, die ich Euch auferlege und für die Ihr ein anständiges, wenn auch nicht übermäßig hohes Entgelt bekommen sollt, sind von ganz anderer Art. Ich gebe Euch meiner Haushälterin zur Seite, Ihr geht ihr zur Hand, und jeden Morgen wird Euch bald jene Frau, bald mein Kammerdiener vor meinen Augen...«

Oh, Madame, mit welchen Worten soll ich Euch von jenem abscheulichen Antrag sprechen! Allzu gedemütigt, da ich solches hören mußte, geradezu schwindlig in dem Augenblick, wo solche Worte ausgesprochen werden... und allzu schamhaft, sie zu wiederholen, muß ich Euch um die Güte bitten, sie Euch hinzuzudenken... Der grausame Mann, er hatte mir die Hohepriester benannt, und ich sollte das Opfer sein...

»Das ist alles, was ich für Euch tun kann, mein Kind«, fuhr der gemeine Mensch fort und erhob sich auf eine anstößig wirkende Weise, »auch kann ich Euch als Gegenleistung für die Teilnahme an jener stets langwährenden und schmerzhaften Zeremonie Euren Unterhalt nur für zwei Jahre zusagen. Ihr seid jetzt vierzehn; mit sechzehn Jahren wird es Euch freistehen, Euer Glück anderswo zu suchen, bis dahin erhaltet Ihr von mir Kleider, Nahrung und jeden Monat einen Louisdor. Das ist ein recht anständiger Lohn. Eurer Vorgängerin habe ich nicht soviel gegeben. Freilich besaß sie nicht jene vollkommene Tugendhaftigkeit, von der Ihr so viel Aufhebens macht und die ich, wie Ihr seht, mit jährlich etwa hundert Talern bewerte, genau der Summe, um die Ihr bessergestellt seid als Eure Vorgängerin. Überlegt es Euch also gut! Seid vor allem der elenden Lage eingedenk, aus der ich Euch helfe, und vergeßt nicht, daß in dem unglückseligen Land, in welchem Ihr lebt, die Mittellosen leiden müssen, wenn sie leben wollen. So werdet auch Ihr leiden – ich weiß es wohl –, aber bedenkt, daß Ihr es besser haben werdet als die meisten andern.«
Seine schamlosen Worte hatten die Sinne des Ungeheuers entflammt. Er packte mich heftig beim Kragen und sagte, er wolle mir, da es das erste Mal sei, in höchsteigener Person zeigen, worum es sich handle... Aber meine Not verlieh mir Mut und Kraft; es gelang mir, mich loszureißen, und indem ich zur Tür hinausstürzte und davonlief, rief ich: »Du widerwärtiger Mensch, möge der Himmel, den du so schlimm lästerst, dich eines Tages ob deiner abscheulichen Roheit strafen. Du bist nicht würdig der Reichtümer, von denen du einen so üblen Gebrauch machst, ja nicht einmal der Luft, welche du atmest auf einer Welt, die du mit deinen Gemeinheiten besudelst.«
Niedergeschlagen kehrte ich in mein Zimmer zurück. Ich war ganz

in jene traurigen und düsteren Gedanken versunken, welche im Herzen der Menschen Grausamkeit und Laster aufkeimen lassen, als für eine Sekunde ein Strahl des Glücks vor meinen Augen aufzuleuchten schien. Die Frau, bei der ich wohnte, kannte meine Misere und kam mir zu sagen, daß sie endlich ein Haus aufgetan habe, wo man mich mit Freuden aufnehmen werde, sofern ich mich nur tadellos führte.

»Dem Himmel sei Dank, Madame«, rief ich und schlang vor lauter Freude meine Arme um sie, »solches hätte ich mir schon selbst zur Bedingung gemacht. Sagt selbst, ob ich nicht mit Freuden annehme.«

Der Mann, bei dem ich in Dienst treten sollte, war ein alter Wucherer, der, wie es hieß, nicht nur reich geworden war, indem er gegen Zinsen Geld verlieh, sondern indem er jedermann bestahl, sobald er glaubte, es gefahrlos tun zu können – und bis jetzt hatte man ihn deswegen noch nicht gestraft. Er lebte im ersten Stockwerk eines Hauses in der Rue Quincampoix, zusammen mit seiner bejahrten Mätresse, die er als seine Frau ausgab und welche mindestens so bösartig war wie er.

»Sophie«, sprach zu mir der Geizhals – ich nannte mich Sophie, um meinen wahren Namen nicht preiszugeben –, »die oberste Tugend, die ich in meinem Hause verlange, ist Ehrlichkeit... laßt Ihr hier auch nur einen einzigen Pfennig verschwinden, sorge ich dafür, daß Ihr hängt, hört zu, Sophie: hängt, daß Ihr nicht mehr zu Euch kommt. Wenn meine Frau und ich uns in unserem Alter einige Annehmlichkeiten gönnen, so ist das die Ernte unendlichen Fleißes und eiserner Sparsamkeit... Eßt Ihr viel, mein Kind?«

»Einige Unzen Brot am Tag, Monsieur«, erwiderte ich, »etwas Wasser und ein wenig Suppe, falls ich das Glück habe, davon zu bekommen.«

»Suppe! Potztausend! Suppe... Seht, mein Herzblatt«, sprach der alte Geizkragen zu seiner Frau, »ist es nicht zum Weinen, wie die

Genußsucht um sich greift! Ein ganzes Jahr lang sucht das eine Stellung, ein ganzes Jahr lang verhungert das fast – und jetzt will das Suppe haben! Suppe gibt's bei uns alle paar Sonntage einmal, bei uns, die wir vierzig Jahre lang gearbeitet haben wie die Galeerensträflinge. Ihr bekommt drei Unzen Brot am Tag, meine Kleine, eine halbe Flasche Wasser vom Fluß und von meiner Frau alle achtzehn Monate ein altes Kleid, Euch Unterröcke daraus zu machen, und drei Taler Lohn am Ende des Jahres, wenn wir mit Euren Diensten zufrieden sind, Eure Sparsamkeit der unseren entspricht und Ihr schließlich durch Ordnung und Geschick ein wenig zum Wohlstand des Hauses beitragt.
Die Arbeit bei uns ist geringfügig. Ihr seid das einzige Mädchen. Eure Aufgabe wird sein, dreimal in der Woche die sechs Zimmer der Wohnung zu kehren und zu scheuern, meiner Frau und mir das Bett zu richten, bei Besuch die Tür zu öffnen, meine Perücke zu pudern, meine Frau zu frisieren, Hund, Katze und Papagei zu versorgen, die Küche in Ordnung zu halten, das Geschirr zu putzen – gleich, ob es benutzt worden ist oder nicht –, meiner Frau zu helfen, wenn sie uns einen Imbiß bereitet, und den Rest des Tages der Wäsche, den Strümpfen, Nachthauben und sonstigen Dingen des Haushalts zu widmen. Ihr seht, Sophie, das ist gar nichts. Es bleibt also genug Zeit für Euch selbst; wir erlauben Euch, damit anzufangen, was Ihr wollt. Gleichfalls ist Euch gestattet, Euch zum eigenen Gebrauch die Wäschestücke und Kleider zu nähen, die Ihr gewiß braucht.«
Ihr könnt Euch unschwer vorstellen, Madame, daß man sich schon in einer so elenden Lage befinden mußte wie ich, um eine solche Stelle anzunehmen. Abgesehen davon, daß meinem Alter und meinen Kräften weit mehr an Arbeit zugemutet wurde, als sie zu leisten vermochten – konnte ich denn überhaupt leben mit dem, was man mir bot? Ich hütete mich jedoch wohlweislich, die Wählerische zu spielen, und wurde noch am selben Abend ins Haus genommen.

Erlaubte es mir meine schreckliche Lage, Madame, einen Augenblick lang nicht darauf bedacht zu sein, Euer Herz um meinetwillen zu rühren, sondern Euch lustig zu unterhalten, so könnte ich wohl, wie ich anzunehmen wage, Euch damit ergötzen, daß ich von all jenen Absonderlichkeiten des Geizes erzählte, derer ich in diesem Hause Zeuge ward. Aber im Laufe des zweiten Jahres sollte mir dort etwas so Furchtbares widerfahren, daß es mir – wenn ich es recht bedenke — ziemlich schwerfällt, Euch mit vergnüglichen Einzelheiten aufzuwarten, bevor ich Euch nicht von jenem Schicksalsschlag berichtet. Wie Ihr Euch mittlerweile denken könnt, Madame, benutzte man in jenem Hause nie ein Licht. Das Schlafgemach meiner Herrschaft befand sich zufällig unmittelbar gegenüber der Straßenlaterne, welche sie der Notwendigkeit enthob, sich einer anderen Lichtquelle zu bedienen. So begaben sie sich stets ausschließlich im Schein der Laterne zu Bett. Auch benutzten sie keine Leibwäsche. In der Jacke von Monsieur sowohl wie in Madames Kleid wurde kurz hinter dem Ärmelrand je ein Paar alter Manschetten eingenäht, die ich jeden Samstag abend wusch, damit sie sonntags sauber waren. Kein Bettzeug, keine Servietten – und all das, um die Kosten fürs Waschen und Stärken zu sparen, ein zu hoher Aufwand für einen Haushalt, wie mein verehrungswürdiger Brotherr behauptete. Wein gab es nie; klares Wasser war nach den Worten von Madame Du Harpin das natürliche Getränk, mit dem die ersten Menschen ihren Durst gestillt, und das einzige, welches uns die Natur selbst empfiehlt. Wenn sie Brot schnitten, hielten sie einen Korb darunter, um alles, was herabfiel, aufzufangen. Dazu taten sie alle Krümel, die nach der Mahlzeit auf dem Tisch lagen. Sonntags wurde das dann mit etwas ranziger Butter gebraten und kam zu Ehren des Feiertags als Festmahl auf den Tisch. Aus Angst vor Abnutzung durften die Kleidungsstücke und Möbel nicht ausgeklopft, sondern nur leicht mit einem Federwisch abgestaubt werden. Das Gehzeug meiner Herrschaft war mit Eisen beschlagen, und beide Ehegatten verwahrten ehrfürchtig die Schuhe, welche sie am Hochzeitstag getragen. Aber noch viel wunderlicher war eine Tätigkeit, die sie mich regelmäßig einmal in der Woche verrichten ließen. In der Wohnung gab es ein recht geräumiges Kabinett, dessen Wände nicht tapeziert waren. Hier mußte ich mit einem Messer eine bestimmte Menge Gips von den Mauern schaben, den ich anschließend durch ein feines Sieb passierte. Das Ergebnis dieser Verrichtung war der Toilettenpuder, mit dem ich allmorgendlich die Perücke von Monsieur und Madames Chignon verschönte.

Wollte Gott, diese Schändlichkeiten wären die einzigen gewesen, mit denen sich jene üblen Leute abgegeben hätten. Es ist nur natürlich, daß man sich seine Habe erhalten will. Weniger natürlich ist das Bestreben, sie um den Besitz anderer zu vermehren. Es dauerte nicht lange, und ich fand heraus, daß Monsieur Du Harpin auf eben diese Weise so reich geworden war. Über uns wohnte ein überaus wohlhabender Privatier, welcher recht schöne Kostbarkeiten besaß. Diese Stücke waren meinem Herrn wohlbekannt, sei es auf Grund der nachbarlichen Beziehungen, sei es, weil sie möglicherweise durch seine Hände gegangen waren. Ich hörte ihn zusammen mit seiner Frau oft einem goldenen Kästchen im Werte von dreißig bis vierzig Louisdor nachtrauern, das ihm, wie er sagte, ganz gewiß verblieben wäre, wenn sein Anwalt sich ein wenig klüger angestellt hätte. Um nicht länger unter dem Verlust des Kästchens zu leiden, beabsichtigte Monsieur Du Harpin, es wieder an sich zu bringen. Ich war es, die man mit dem Geschäft betraute.

Nachdem er mir eine lange Rede über die Belanglosigkeit des Diebstahls gehalten, ja über seinen ausgesprochenen Nutzen in der Gesellschaft, insofern er nämlich ein gewisses Gleichgewicht wiederherstelle, welches die ungleiche Verteilung der Reichtümer aufhebe, drückte mir Monsieur Du Harpin einen falschen Schlüssel in die Hand, der, wie er versicherte, die Tür zur Wohnung der Nachbarn aufschließen werde. Ich fände das Kästchen in einem stets unverschlossenen Sekretär und könne es ohne jegliche Gefahr herunterbringen; für diesen wichtigen Dienst erhielte ich zwei Jahre lang einen weiteren Taler zu meinem Lohn.

»Monsieur«, rief ich aus, »ist es möglich, daß ein Brotherr seinen Dienstboten dergestalt zum Bösen anzuhalten wagt? Wer hindert mich daran, die Waffen, welche Ihr mir in die Hand gebt, gegen Euch selbst zu wenden? Was könnt Ihr mir Einleuchtendes entgegenhalten, wenn ich Euch nach Euren eigenen Grundsätzen bestehle?«

Monsieur Du Harpin war sehr verblüfft ob meiner Antwort und wagte nicht, auf seinem Vorhaben zu bestehen. Insgeheim aber nährte er feindselige Gefühle gegen mich. Er sagte, er habe mich mit seinem Handeln nur auf die Probe stellen wollen; ich könne von Glück sagen, daß ich dem verfänglichen Ansinnen widerstanden, und wäre ein gehängtes Mädchen gewesen, hätte ich mich darauf eingelassen. Ich ließ es bei dieser Antwort bewenden, spürte aber genau, welche Gefahren mir von einem solchen Vorschlag drohten, wie falsch ich andererseits daran getan hatte, so entschieden zu antworten. Es hatte indes keinen Mittelweg gegeben; entweder hätte ich das angetragene Verbrechen begehen oder den Vorschlag so unerbittlich zurückweisen müssen, wie ich es getan. Mit ein wenig mehr Erfahrung hätte ich das Haus unverzüglich verlassen, aber es stand schon in dem Buch meines Schicksals geschrieben, daß jeder redliche Schritt, zu dem mein Wesen mich bestimmt, mit einem Unglück bezahlt werden sollte. Ich mußte mein Los, dem zu entrinnen nicht möglich war, auf mich nehmen.

Monsieur Du Harpin ließ etwa einen Monat verstreichen – ungefähr die Zeit, bis mein zweites Jahr bei ihm begann –, ohne ein Wort zu sagen und ohne auch nur das geringste Zeichen von Groll wegen der Abfuhr, die ich ihm erteilt, zu bekunden, bis ich eines Abends – ich hatte mich nach getaner Arbeit in meine Kammer zurückgezogen, um ein paar Stunden auszuruhen – plötzlich die Tür von innen laut ins Schloß fallen hörte und zu meinem größten

Schrecken Monsieur Du Harpin erblickte, der einen Polizeihauptmann und vier Gendarmen an mein Bett führte.
»Tut Eure Pflicht, Monsieur«, sprach er zu dem Mann des Gesetzes, »dieses elende Weibsbild hat mir einen Diamanten im Wert von tausend Talern gestohlen. Unweigerlich findet Ihr ihn in ihrem Bett oder an ihrem Leib.«
»Ich? Ich soll Euch bestohlen haben, Monsieur?« rief ich und warf mich in meiner Verstörtheit ans Fußende meines Bettes nieder. »Ich? Ah, Monsieur, wer wüßte besser als Ihr, wie sehr ich eine solche Tat verabscheue und wie unfähig ich wäre, sie zu begehen!«
Aber Monsieur Du Harpin machte solchen Lärm, daß meine Worte nicht vernommen wurden. Er bestand auf der Durchsuchung, und der unselige Ring wurde in einer meiner Matratzen gefunden. Gegen einen solch erdrückenden Beweis konnte ich nichts anführen. Ich wurde auf der Stelle festgenommen, gebunden und ins Stadtgefängnis geführt, ohne daß ich auch nur ein einziges Wort von all dem, was ich zu meiner Rechtfertigung zu sagen hatte, hätte vorbringen können. Wer so unglücklich ist, weder Ansehen noch Schutz zu genießen, dem ist in Frankreich schnell der Prozeß gemacht. Tugendhaftigkeit und Armut hält man hier für unvereinbar. Das Unglück ist vor unseren Gerichten der beste Beweis gegen den Angeklagten. Ein ungerechtes Vorurteil führt dort zu der Annahme, derjenige, der das Verbrechen begangen haben müsse, habe es auch wirklich begangen. Die Sinnesart eines Menschen wird nach dem Stand beurteilt, in dem man ihn antrifft, und wenn Titel und Vermögen nicht beweisen, daß Ihr ehrenhaft sein müßt, gilt es sofort als erwiesen, daß Ihr es nicht sein könnt.
Ich konnte mich tausendmal verteidigen, ich konnte dem Pflichtadvokaten, den man mir kurzfristig zur Verfügung stellte, tausend Beweisgründe nennen – mein Herr hielt seine Beschuldigung aufrecht, der Diamant war in meinem Zimmer gefunden worden, es war eindeutig, daß ich ihn gestohlen hatte. Als ich das abscheuliche Schelmenstück des Monsieur Du Harpin anführen und beweisen

wollte, daß mein Unglück nur ein Werk seines Rachedurstes sei und seines Bestrebens, sich einer Person zu entledigen, welche – im Besitze seines Geheimnisses – über seinen Ruf zu bestimmen vermochte, da betrachtete man diese anklagenden Worte als Verleumdungen. Monsieur Du Harpin, so hieß es, sei seit vierzig Jahren als ein rechtschaffener Mann bekannt, der einer solchen Schandtat unfähig sei. Schon glaubte ich, meine Weigerung, mich an einem Verbrechen zu beteiligen, mit dem Leben bezahlen zu müssen, als ich mich dank einer unerwarteten Wendung wieder in Freiheit fand, wenn auch nur, um von neuen Widrigkeiten, welche die Welt für mich bereit hielt, verschlungen zu werden.

Eine Frau von vierzig Jahren, welche »die Dubois« genannt wurde und berüchtigt war wegen zahlreicher Abscheulichkeiten aller Art, erwartete wie ich ihr Todesurteil, nur daß sie, deren Verbrechen erwiesen waren, es eher verdient hatte als ich, bei der in Wahrheit nichts zu finden war. Ich hatte bei dieser Frau eine gewisse Anteilnahme geweckt. Eines Abends, nur mehr wenige Tage vor unserem Ende, sagte sie mir, ich solle mich nicht schlafen legen, sondern mich an ihrer Seite unauffällig in möglichst großer Nähe der Gefängnistore halten. »In der Stunde nach Mitternacht«, fuhr die fröhliche Bübin fort, »wird im Hause Feuer ausbrechen... ich habe dafür gesorgt. Vielleicht verbrennt jemand – das ist nicht so schlimm; unsere Rettung aber ist gewiß. Drei Männer, meine Freunde und Komplizen, werden sich zu uns gesellen, und ich gebe dir deine Freiheit wieder.«

Die Hand des Himmels, welche in meinem Fall die Unschuld bestraft hatte, förderte in der Person meiner Beschützerin das Verbrechen. Das Feuer brach aus, der Brand war fürchterlich. Zehn Menschen starben in den Flammen, wir aber retteten uns. Noch in derselben Nacht erreichten wir die Hütte eines Wildschützen im Walde von Bondy. Wilderer zählen zwar zu einer anderen Sorte von Verbrechern, nichtsdestoweniger waren sie enge Freunde unserer Bande.

»Nun bist du also frei, meine liebe Sophie«, sprach die Dubois, »und du kannst dir jetzt das Leben wählen, das dir gefällt. Aber wenn ich dir einen Rat geben darf, dann laß dein züchtiges Gebaren fahren, welches dir, wie du siehst, noch kein einziges Mal zum Erfolg verholfen hat. Unangebrachte Skrupel haben dich fast aufs Schafott gebracht, während mich ein grauenvolles Verbrechen vor ihm bewahrt hat. Sieh, zu was das Gute in dieser Welt nütze ist und ob es der Mühe wert, sich ihm zu opfern. Du bist jung und hübsch – wenn du willst, sorge ich dafür, daß du in Brüssel dein Glück machst; dahin begebe ich mich, es ist meine Heimatstadt. In zwei Jahren bist du auf dem Gipfel des Erfolges. Aber ich sage dir offen, der Weg, über den ich dich dorthin führe, ist nicht der schmale Pfad der Tugend. In deinem Alter muß man mehr als nur ein Handwerk betreiben, muß man zu mehr als nur einem Ränkespiel taugen, wenn man rasch seinen Weg machen will... Du hörst meine Worte, Sophie, entscheide dich also schnell. Wir müssen uns davonmachen, denn hier sind wir nur wenige Stunden in Sicherheit.«

»Ach, Madame«, erwiderte ich meiner Wohltäterin, »ich bin Euch sehr verpflichtet. Ihr habt mir das Leben gerettet. Gewiß bin ich untröstlich, daß ich es einem Verbrechen verdanke, und Ihr könnt versichert sein, daß, hätte ich an diesem Vergehen mitschuldig werden müssen, ich lieber gestorben wäre, als die Tat zu begehen. Ich weiß nur allzu gut, welchen Gefahren ich mich ausgesetzt, indem ich mich den Empfindungen der Sittsamkeit überließ, welche stets in meinem Herzen keimen. Aber welches auch immer die Dornen der Tugend sein mögen, ich zöge sie stets dem trügerischen Glanz des Wohlergehens vor, jener gefahrbringenden und rasch verderblichen Frucht der Missetat. In mir sind religiöse Anschauungen lebendig, die mich, dem Himmel sei gedankt, niemals im Stich lassen werden. Wenn mir das Schicksal eine dornenvolle Lebensbahn bestimmt hat, so wird es mich in einer besseren Welt darum um so reichlicher entschädigen. In dieser Hoffnung finde ich Trost, sie lindert meinen Kummer, sie besänftigt mein Klagen, sie leiht mir Stärke in allen Widrigkeiten und läßt mich allen Übeln trotzen, die mir mein Los in den Weg legt. Die Fröhlichkeit in meinem Herzen würde erlöschen, wenn ich es mit Verbrechen besudelte; zu der Furcht vor noch schrecklicheren Schicksalsschlägen in dieser Welt gesellte sich die grauenvolle Erwartung jener Züchtigungen, welche die himmlische Gerechtigkeit für jene bereit hält, die ihrer schmähen.«

»Mit dieser verrückten Philosophie wirst du bald im Armenhaus enden, mein liebes Mädchen«, sagte die Dubois mit einem Stirnrunzeln, »pfeif auf deine himmlische Gerechtigkeit, deine Züchtigungen, deine zukünftigen Entschädigungen, all das taugt nur dazu, es unverzüglich zu vergessen, wenn man aus der Schule kommt, oder Hungers zu sterben, wenn man dumm genug ist, auch noch weiterhin daran zu glauben. Die Hartherzigkeit der Reichen rechtfertigt die Vergehen der Armen, mein Kind. Wenn ihr Geldbeutel sich angesichts unserer Not öffnet, wenn Menschlichkeit in ihrem Herzen regiert, dann mag die Tugend auch in dem unseren Einzug halten. Aber so lange unser Unglück, unser geduldiges Ertragen, unsere Gutgläubigkeit und unsere Unterwerfung nur dazu dienten, unsere Ketten zu verdoppeln, solange sind unsere Verbrechen ihr Werk, und wir wären schön dumm, wollten wir uns weigern, auf diese Weise ein wenig das Joch zu lockern, mit dem sie uns niederhalten.

Die Natur, Sophie, hat uns alle als gleiche auf die Welt kommen lassen. Wenn sich das Schicksal darin gefällt, diese Grundlage der allgemeinen Gesetze zu zerstören, so ist es an uns, seinen Launen zu begegnen und durch unsere List die Anmaßungen der Stärkeren wieder auszugleichen. Mit Vergnügen höre ich ihnen zu, den reichen Leuten, den Richtern, den Magistratsbeamten, mit Vergnügen sehe ich, wie sie uns Tugendhaftigkeit predigen; es ist ja auch so schwer, sich das Stehlen zu verwehren, wenn man dreimal soviel hat, wie man zum Leben braucht, so schwer, keine Mord-

pläne zu hegen, wenn man nur von Schmeichlern und unterwürfigen Sklaven umringt ist, und es ist wirklich so überaus mühsam, maßvoll und enthaltsam zu leben, wenn einen die Sinnenlust berauscht und schmackhafte Speisen einen umgeben, und schließlich immer aufrichtig zu sein, wenn man nie in die Lage gerät, lügen zu müssen.
Aber wir, Sophie, die wir von jener grausamen Vorsehung, die du närrischerweise zu deinem Idol machst, verurteilt sind, auf dem Bauche über die Erde zu kriechen wie die Schlange im Gras, wir, die man uns nur mit Verachtung betrachtet, weil wir arm sind, die man demütigt, weil wir schwach sind, wir, die wir auf dem ganzen Erdball nur Galle und Dornen begegnen, wir sollen – wie du verlangst – uns dem Verbrechen verschließen, wenn allein seine Hand uns das Tor zum Leben öffnet, uns das Leben erhält und uns davor bewahrt, es zu verlieren? Verlangst du, daß uns, den ewig Unterdrückten und Erniedrigten – während die Klasse, die uns beherrscht, alle Vorteile des Reichtums genießt –, nur Mühsal, Mutlosigkeit und Schmerz bleiben, nur Not und Tränen, Brandmal und Schafott?
Nein, Sophie, nein und nochmals nein! Entweder ist die Vorsehung, zu der du in Verehrung aufblickst, dazu da, von uns verachtet zu werden, oder ihre Absichten sind ganz andere... Erkenne sie besser und überzeuge dich, daß, da sie uns nun einmal in Umstände gebracht, die das Böse nötig machen, und uns die Freiheit läßt, das Böse zu tun, es sich so verhält, daß eben dieses Böse ihren Zielen genauso zu Diensten ist wie das Gute und daß sie bei dem einen soviel gewinnt wie bei dem andern. Sie hat uns im Stande der Gleichheit geschaffen; wer diesen Zustand stört, ist nicht schuldiger, als wer ihn wiederherzustellen sucht. Beide handeln nach dem Antrieb, den sie erhielten, beide müssen sie ihm folgen, sich eine Binde vor die Augen tun und das Leben auskosten.«
Ich gestehe, wenn ich je ins Wanken geraten bin, so durch die verführerischen Worte dieser listigen Frau, aber eine stärkere Stimme

focht in meinem Herzen gegen ihre Spitzfindigkeiten. Auf diese Stimme hörte ich und erklärte zum allerletztenmal, ich sei entschlossen, mich niemals auf den Weg des Schlechten führen zu lassen.

»Also gut«, erwiderte sie, »tu, was du willst, ich überlasse dich deinem schlimmen Los. Aber wenn du je an den Galgen kommst, was bei einem Schicksal, welches den Verbrecher rettet und den Tugendhaften hinopfert, unvermeidlich ist, so denke wenigstens daran, kein Sterbenswörtchen über uns verlauten zu lassen.«

Indes wir dergestalt räsonierten, zechten die drei Kumpane der Dubois mit dem Wilddieb, und da der Wein gemeinhin die Wirkung zeitigt, den Übeltäter seine Verbrechen vergessen zu lassen, ja ihn häufig ermutigt, noch am Abgrund, welchem er soeben entronnen, neue Missetaten zu begehen, verspürten unsere Schandgesellen das Verlangen – kaum daß sie mich entschlossen sahen, ihren Händen zu entrinnen –, sich auf meine Kosten zu verlustieren. Ihre Anschauungen und Sitten, die düstere Stätte, an der wir uns befanden, die Sicherheit, in der sie sich glaubten, ihre Trunkenheit, mein Alter und meine äußere Erscheinung – all das ermunterte sie. Sie erhoben sich vom Tisch, beratschlagten miteinander und fragten auch die Dubois nach ihrer Meinung – ihre ganze Geheimnistuerei ließ mich vor Entsetzen schaudern. Schließlich stellten sie mich vor die Entscheidung, ob ich vor meinem Verschwinden lieber freiwillig oder gezwungen durch die Hände aller vier gehen wolle. Täte ich es ohne Widerstreben, so gäbe mir jeder einen Taler, damit ich meiner Wege gehen könne, nachdem ich nun einmal nicht mit ihnen ziehen wolle; müßten sie aber zur Gewalt greifen, so käme ich um die Sache auch nicht herum – schlimmer, der letzte von den vieren, der sich mit mir vergnügte, werde, damit der Vorfall geheim bleibe, ein Messer in meine Brust senken, worauf man mich umgehend am Fuße eines Baums begrübe.

Ihr könnt Euch selbst ausmalen, Madame, welche Wirkung dieser

abscheuliche Vorschlag auf mich hatte. Ich warf mich der Dubois zu Füßen, beschwor sie, noch ein zweites Mal meine Beschützerin zu sein, aber die Bübin lachte bloß über meine Lage, die in ihren Augen nur eine Bagatelle war.
»Ach, du lieber Gott«, sagte sie, »bist du aber schlimm dran, vier so kräftigen, gutgewachsenen Burschen herhalten zu müssen! In Paris gibt es zehntausend Frauen, mein Kind, die weiß Gott was darum geben würden, jetzt an deiner Stelle zu sein... Hör gut zu«, fügte sie nach einem Augenblick des Nachdenkens hinzu, »ich besitze genug Gewalt über diese komischen Vögel, um für dich Gnade zu erwirken, falls du dich ihrer würdig zeigst.«
»Ach, Madame, was muß ich tun?« rief ich unter Tränen. »Befehlt mir nur, ich bin zu allem bereit.«
»Uns folgen, mit uns gemeinsame Sache machen und ohne das geringste Widerstreben dieselben Dinge treiben wie wir. Um diesen Preis will ich dir das andere ersparen.«
Ich glaubte mich nicht lange bedenken zu dürfen. Indem ich darauf einging, begab ich mich in neue Gefahren, das leugne ich nicht, aber diese waren nicht so dringend wie jene, ich konnte sie vermeiden, während ich jenen, die mich unmittelbar bedrohten, nicht zu entrinnen vermochte.
»Ich werde überall hingehen, Madame, überall. Rettet mich vor der Gier dieser Männer, und ich werde Euch nie verlassen.«
»Kinder«, sagte die Dubois zu den vier Banditen, »das Mädchen gehört zu uns. Ich nehme es auf und sage ihm, was es zu tun hat. Ich verbiete euch, ihr Gewalt anzutun, wir wollen ihr das Metier nicht gleich vom ersten Tag an verleiden. Bei ihrem Alter und Aussehen kann sie uns, wie ihr seht, von großem Nutzen sein. Laßt sie uns also für unsere Absichten gebrauchen und nicht unserem Vergnügen opfern...«
Aber die Leidenschaften des Mannes vermögen so übermächtig zu werden, daß keine Stimme ihnen Einhalt gebieten kann. Die Leute, mit denen ich zu schaffen hatte, waren nicht in der Lage,

irgend etwas zu begreifen. Sie boten sich mir alle vier in einer Verfassung dar, die es mir aussichtslos erscheinen ließ, noch auf Gnade zu rechnen, und erklärten der Dubois einstimmig, ich müsse, auch wenn es unmittelbar vor den Stufen des Schafotts geschähe, ihre Beute werden.

»Zuerst gehört sie mir«, sagte einer von ihnen und faßte mich um den Leib.

»Und mit welchem Recht solltest du beginnen?« rief ein anderer, indem er seinen Kameraden zurückstieß und mich brutal seinen Händen entriß.

»Potzblitz, erst nach mir«, ließ sich ein dritter hören.

Der Streit entbrennt; unsere vier Kämpen packen sich bei den Haaren, werfen einer den andern zu Boden, balgen sich, purzeln übereinander – und ich, überglücklich, sie bei einer Beschäftigung zu sehen, die mir Zeit zur Flucht gibt, während die Dubois sich bemüht, die Kämpfenden zu trennen, ich stürze hinaus, erreiche den Wald und verliere rasch das Haus aus den Augen.

»Höchstes Wesen«, sprach ich und fiel auf die Knie, kaum daß ich mich in Sicherheit wähnte, »höchstes Wesen, welches du mich wahrlich beschützt und geleitest, erbarme dich meiner in meinem Jammer. Du siehst doch, mit welcher Zuversicht ich all meine Hoffnung auf dich setze. Entreiß mich den Gefahren, die mich bedrängen – und wäre es durch den Tod, der weniger schmachvoll sei als der, dem ich soeben entgangen. Erbarme dich und ruf mich noch in dieser Stunde zu dir.«

Das Gebet ist der süßeste Trost des Unglücklichen, im Gebet findet er Stärke. Neuen Muts erhob ich mich, und da schon die Dämmerung hereinbrach, verkroch ich mich im Buschwerk, um die Nacht dort weniger gefährdet zu verbringen. Das Gefühl der Sicherheit, meine Mattigkeit und die Aufmunterung, welche ich soeben erfahren, ließen mich rasch in tiefen Schlummer fallen.

Der Augenblick des Erwachens ist für einen unglückseligen Menschen der schlimmste. Die Ruhe der Sinne, die Rast der Gedanken,

das kurze Vergessen seiner Übel, all das bewirkt, daß der Erwachende sich nur um so heftiger seines Mißgeschicks wieder bewußt wird, läßt ihn die Last, an der er schleppt, um so schwerer empfinden.
»Es ist also wahr«, sprach ich zu mir selbst, »daß es menschliche Wesen gibt, welche die Natur das Los der wilden Tiere teilen läßt. Wie diese halten sie sich in ihrem Versteck verborgen und fliehen die Menschen – ach, was unterscheidet mich denn nun noch von ihnen? Lohnt es denn überhaupt, für ein so erbärmliches Schicksal geboren zu werden!«
Die Tränen rollten mir über die Wangen bei diesen traurigen Gedanken. Ich war noch nicht mit ihnen zu Ende, als ich in der Nähe ein Geräusch vernahm. Einen Augenblick lang glaubte ich, es sei irgendein Tier, aber dann unterschied ich nach und nach die Stimmen zweier Männer.
»Komm, mein Freund, komm«, sagte der eine, »hier haben wir es wunderbar angetroffen, hier wird mich die sonst so quälende und unvermeidliche Anwesenheit meiner Mutter nicht daran hindern, wenigstens für einen Augenblick jene Freuden mit dir zu genießen, die mir so köstlich sind...«
Sie kamen noch näher heran und ließen sich so nah vor meinen Augen nieder, daß mir keines ihrer Worte, keine ihrer Bewegungen entgehen konnte. Ich sah...

»Gerechter Himmel, Madame«, sagte Sophie, indem sie ihre Erzählung unterbrach, »ist es denn möglich, daß mich mein Geschick immer nur in Situationen geraten läßt, die so heikel sind, daß es dem Schamgefühl im gleichen Maße schwer wird, ihrer gewahr zu werden wie von ihnen zu berichten... Dieses abscheuliche Verbrechen, eine Beleidigung von Natur und Gesetz, dieser grausige Frevel, auf den schon so oft die Hand Gottes schwer niedergesunken, diese mit einem Wort für mich so unerhörte Schandtat, daß ich sie kaum begriff – sie vollzog sich vor meinen Augen mit aller

unzüchtigen Ausgefallenheit, allem greulichen Beiwerk, welches nur die raffinierteste Verderbtheit auszuklügeln vermag.
Einer der beiden, derjenige nämlich, welcher den anderen beherrschte, war ein kräftiger junger Mann von etwa vierundzwanzig Jahren und – nach seiner ordentlichen Kleidung zu schließen – aus ehrbaren Verhältnissen. Der andere, offenbar ein junger Domestik aus seinem Hause, war siebzehn oder achtzehn Jahre alt und von sehr schöner Gestalt. Die Szene, so langwährend wie anstößig, wurde mir in ihrer Dauer um so unerträglicher, als ich aus Angst, entdeckt zu werden, mich nicht zu rühren wagte.
Schließlich erhoben sich die verbrecherischen Akteure, nachdem sie zweifellos ihre Begierde gestillt, um sich auf den Heimweg zu begeben. Vorher aber näherte sich der Herr dem Gebüsch, welches mich verbarg, um seine Notdurft zu verrichten. Da bemerkt er meine hohe Mütze, die mich verrät.«
»Jasmin«, ruft er seinem jungen Adonis, »wir sind entdeckt, mein Teurer... ein Mädchen, eine Profane hat unsere Mysterien geschaut. Komm, laß uns die Bübin da herausholen und sehen, was sie hier zu suchen hat!«
Ich machte ihnen nicht erst die Mühe, mir beim Verlassen meines Asyls zu helfen. Von allein brach ich hervor und warf mich ihnen zu Füßen:
»Ach, meine Herren«, rief ich, indem ich ihnen die Arme entgegenstreckte, »geruht, Euch einer Unglücklichen zu erbarmen, deren Los beklagenswerter ist, als Ihr denkt. Es gibt wohl kein Mißgeschick, welches dem meinigen gleichkame. Verdächtigt mich nicht wegen der Umstände, in denen Ihr mich antrefft; sie sind das Werk meines Elends und nicht meiner Verfehlungen. Erhöht nicht noch die Anzahl der Leiden, welche über mich gekommen, sondern seid vielmehr so gütig, sie zu verringern, indem Ihr mir helft, der Unbill, welche mich verfolgt, zu entrinnen.«
Monsieur de Bressac – so hieß der junge Herr, in dessen Hände ich gefallen – hegte einen großen Vorrat lasterhafter Gedanken in

seinem Geiste und nur ein geringes Maß mitfühlenden Empfindens in seinem Herzen. Nur allzuoft geschieht es, daß die Ausschweifung der Sinne das Mitleiden aus dem Busen des Menschen verbannt, gewöhnlich verhärtet sie ihn. Sei es, daß die meisten seiner Verirrungen einer fühllosen Seele bedürfen, sei es, daß die heftigen Reize, welchen die Zügellosigkeit die Substanz seiner Nerven aussetzt, deren Empfindlichkeit verringern und sie in ihrer Tätigkeit lähmen, in jedem Falle ist der eingefleischte Lüstling selten ein mitleidiger Mensch. Doch zu dieser natürlichen Hartherzigkeit von Leuten, deren Charakter ich hier schildere, gesellte sich bei Monsieur de Bressac ein so deutlicher Abscheu vor dem weiblichen Geschlecht, ein so tief eingewurzelter Haß vor allen seinen Merkmalen, daß ich nur schwerlich damit rechnen konnte, in seiner Seele jene Gefühle zu entzünden, zu denen ich ihn zu bewegen trachtete.

»Was hast du hier überhaupt zu suchen, mein Turteltäubchen«, gab mir dieser Mann, den ich erweichen wollte, hartherzig und kurzangebunden zur Antwort. »Sprich die Wahrheit: Du hast alles gesehen, was zwischen diesem jungen Mann und mir geschehen ist, nicht wahr?«

»Nein, Monsieur«, rief ich eilig, wobei ich gewiß war, nichts Böses zu tun, wenn ich die Wahrheit für mich behielt. »Seid versichert, daß ich nur ganz harmlose Dinge gesehen habe. Ich habe Euch gesehen, Monsieur, und Ihr habt, wie ich wahrgenommen zu haben glaube, beide im Gras gesessen und Euch eine kurze Zeit lang unterhalten. Seid versichert, das ist alles!«

»Ich will es glauben«, erwiderte Monsieur de Bressac, »und dies zu deiner Beruhigung; denn wenn ich dächte, daß du etwas anderes gesehen haben könntest, kämest du aus diesem Dickicht nicht mehr lebend heraus... Wohlan, Jasmin, es ist noch früh am Tage, es bleibt uns Zeit genug, uns die Abenteuer dieser liederlichen Dirne anzuhören. Sodann fesseln wir sie an diese große Eiche und erproben unsere Jagdmesser an ihrem Leib.«

Unsere beiden jungen Männer ließen sich nieder und befahlen mir, mich zu ihnen zu setzen. Und so erzählte ich ihnen in aller Offenherzigkeit, was mir, seit ich auf der Welt bin, zugestoßen.
»Also los«, sprach Monsieur de Bressac, als ich geendet, und erhob sich. »Seien wir ein einziges Mal gerecht in unserem Leben, mein Lieber. Die unbestechliche Themis hat ihr Urteil über diese Bübin gesprochen. Wir wollen doch nicht zulassen, daß die Absichten der Göttin derart schändlich vereitelt werden. Laßt uns an dieser Missetäterin die Strafe, welche sie verwirkt hat, vollziehen. Wir begehen damit kein Verbrechen, mein Lieber, sondern eine gute Tat. Wir stellen nur die Ordnung wieder her — und da wir schon das Pech haben, diese gelegentlich zu stören, wollen wir sie wenigstens dann entschlossen wieder herstellen, wenn sich uns die Gelegenheit dazu bietet.«
Grausam rissen sie mich in die Höhe und zerrten mich zu besagtem Baum, ohne sich von meinem Wehklagen und meinen Tränen erweichen zu lassen.
»In dieser Haltung binden wir sie fest!« sagte Bressac zu seinem Diener, indem er mich mit dem Bauch gegen den Baumstamm stellte. Ihre Kniebänder, ihre Schnupftücher - alles kam ihnen zustatten. Im Handumdrehen hatten sie mich so grausam gefesselt, daß ich kein Glied mehr zu rühren vermochte. Sodann streiften sie meine Röcke herab, zogen mir das Hemd über die Schultern, und als nun jeder sein Jagdmesser zur Hand nahm, glaubte ich schon, sie wollten nun alle von ihnen mit roher Gewalt entblößten rückwärtigen Teile meines Leibes zerfetzen.
»Genug damit«, sagte Bressac, bevor ich auch nur einen einzigen Schlag empfangen, »das sollte genügen, damit sie uns kennt, damit sie sieht, wozu wir fähig sind, und von nun an in unserer Gewalt ist. Sophie«, fuhr er fort, indem er meine Fesseln löste, »kleidet Euch wieder an, seid schweigsam und folgt uns. Haltet Euch an mich, und Ihr werdet es nicht bereuen, mein Kind. Ich werde Euch meiner Mutter, die eine zweite Kammerzofe benötigt, vor-

führen. Im Vertrauen auf die Wahrheit Eurer Erzählung werde ich für Euer Verhalten einstehen. Doch wehe, wenn Ihr mein Vertrauen mißbraucht, wenn Ihr Euch als meiner Wohltaten unwürdig erweist. Haltet Euch stets diesen Baum vor Augen, denkt daran, daß er nur eine Meile von dem Schloß entfernt ist, wohin ich Euch nunmehr führe, und daß Ihr bei der allergeringsten Verfehlung unverzüglich wieder hierhergeschleppt werdet.«

Ich war bereits wieder angekleidet. Kaum fand ich Worte des Dankes für meinen Wohltäter. Ich warf mich ihm zu Füßen und versicherte ihm unter allen nur erdenklichen Schwüren, mich stets gut aufzuführen. Doch gegen meine Freude so unempfindlich wie gegen meinen Schmerz sprach Monsieur de Bressac: »Gehen wir jetzt. Euer Verhalten allein wird für oder gegen Euch sprechen und über Euer Los entscheiden.«

Wir machten uns auf den Weg. Jasmin und sein Herr sprachen miteinander, während ich ihnen in demütigem Schweigen folgte. Nach einer knappen Stunde gelangten wir auf das Schloß der Gräfin de Bressac. Welches Amt auch immer ich hier bekleiden werde, dachte ich beim Anblick der herrschenden Pracht, gewiß wird es einträglicher sein als die Stelle der ersten Haushälterin bei Monsieur und Madame Du Harpin. Man ließ mich in einer Gesindestube warten, wo mir Jasmin eine anständige Mahlzeit vorsetzte. Inzwischen begab sich Monsieur de Bressac nach oben zu seiner Mutter, unterrichtete sie und erschien höchstpersönlich nach einer halben Stunde, um mich ihr vorzustellen.

Madame de Bressac, trotz ihrer etwa fünfundvierzig Jahre noch von großer Schönheit, schien mir eine ehrbare und im allgemeinen sehr gütige Frau zu sein, wenn sie auch in ihren Grundsätzen und Vorschlägen eine gewisse Strenge erkennen ließ. Seit zwei Jahren war sie Witwe. Ihr Gatte, Sproß einer sehr vornehmen Familie, hatte nichts mit in die Ehe gebracht als seinen schönen Namen. Alle Mittel, auf die der junge Marquis hoffen konnte, unterlagen also der Verfügungsgewalt seiner Mutter; was ihm sein Vater hinterlassen, reichte kaum zu seinem Unterhalt. Madame de Bressac steuerte eine ansehnliche Apanage hinzu, die indes bei weitem nicht ausreichte, die so großzügigen wie unregelmäßigen Ausgaben ihres Sohnes zu decken. Die Einkünfte des Hauses betrugen mindestens sechzigtausend Pfund – und Monsieur de Bressac hatte keine Geschwister. Es war bisher nicht gelungen, ihn zum Waffendienst zu bewegen. Alles, was von seinen freigewählten Vergnügungen abwich, war ihm so zuwider, daß er sich keiner Bindung zu unterwerfen vermochte. Die Gräfin und ihr Sohn verbrachten drei Monate des Jahres auf diesem Besitz, während der übrigen Zeit lebten sie in Paris. Der dreimonatige gemeinsame Landaufenthalt, den die Gräfin von ihrem Sohn verlangte, bedeutete bereits eine unerträgliche Qual für einen Menschen, der die Stätte seiner Lüste nur untröstlichen Sinnes verläßt.

Der Marquis befahl mir, seiner Mutter meine Geschichte zu erzählen. Als ich zu Ende war, sprach Madame de Bressac:

»Eure Offenheit und Treuherzigkeit verwehren es mir, an Eurer Unschuld zu zweifeln. Ich werde nur Erkundigungen über Euch anstellen, um herauszufinden, ob Ihr in Wahrheit die Tochter jenes Mannes seid, den Ihr als Euren Vater bezeichnet. Wenn es stimmt, was Ihr sagt, so habe ich Euren Vater gekannt – Grund für mich, Euch eine noch größere Anteilnahme zu bezeigen. Was den Vorfall bei Du Harpin betrifft, so werde ich mich darum kümmern – zwei Besuche beim Chef der Gerichtskanzlei, mit dem ich seit Urzeiten befreundet bin, und die Sache ist beigelegt. Es ist der untadeligste Mann, den Frankreich je gesehen. Man muß ihm nur Eure Unschuld beweisen, damit alles, was gegen Euch unternommen, ungeschehen gemacht werde und Ihr Euch ohne jegliche Befürchtung wieder in Paris sehen lassen könnt. Aber bedenkt wohl, Sophie, daß alles, was ich Euch in dieser Stunde verspreche, ein tadelloses Benehmen Eurerseits voraussetzt. Die Dankbarkeit, welche ich von Euch fordere, wird, wie Ihr seht, stets nur zu Euren Gunsten ausschlagen.«

Ich stürzte Madame de Bressac zu Füßen und beteuerte, sie werde niemals Grund haben, unzufrieden mit mir zu sein. Unverzüglich nahm sie mich als zweite Kammerzofe in ihre Dienste. Nach drei Tagen trafen die Auskünfte, welche Madame de Bressac über mich verlangt, aus Paris ein. Ich konnte mir keine besseren wünschen. Jeglicher Gedanke an mein Mißgeschick entwich aus meinem Hirn, an seine Stelle trat die Erwartung der süßesten Tröstungen, auf die ich nur hoffen konnte. Aber es stand nicht in den Sternen geschrieben, daß die arme Sophie jemals glücklich sein sollte. Und wenn es einmal geschah, daß ihr der Zufall ein paar ruhige Augenblicke bescherte, so nur, um sie die grausigen Zeiten, die folgen sollten, um so bitterer empfinden zu lassen.
Kaum daß wir nach Paris zurückgekehrt waren, beeilte sich Madame de Bressac, für mich tätig zu werden. Der erste Kammerpräsident begehrte mich zu sehen und hörte sich mit teilnehmendem Interesse meine unselige Geschichte an. Der Schurkenstreich des Monsieur Du Harpin wurde nach eingehenden Nachforschungen als solcher erkannt. Auch überzeugte man sich, daß ich zwar den Brand des Stadtgefängnisses mir zunutze gemacht hatte, im übrigen aber nicht im geringsten daran beteiligt gewesen war. Das ganze Verfahren gegen mich, so versicherte man mir, werde eingestellt, ohne daß es – dies war die Ansicht der damit befaßten Magistratsbeamten – dafür noch weiterer Formalitäten bedürfe. Man wird sich unschwer vorstellen können, wie sehr mich diese Vorgänge Madame de Bressac verpflichteten. Selbst wenn sie mir nicht auch noch andere Wohltaten aller Art erwiesen, hätte mich nicht schon allein ein derartiges Einschreiten zu meinen Gunsten an eine so teure Beschützerin binden müssen? Es wäre indessen weit gefehlt zu glauben, daß es auch den Absichten des jungen Marquis entsprochen hätte, wenn ich mich eng an seine Mutter hielt. Ich brauchte nicht lange, um zu bemerken, daß Monsieur de Bressac – ganz unabhängig von den widerwärtigen Verirrungen jener bereits von mir geschilderten Art, denen sich der junge

Marquis blindlings hingab – die Gräfin zutiefst verabscheute. Diese unternahm wahrlich alles in der Welt, um seinem Laster Einhalt zu gebieten oder ihm entgegenzuwirken. Da sie hierbei vielleicht ein wenig allzu unnachgiebig vorging, überließ sich der Marquis – gerade durch die mütterliche Strenge noch mehr dazu getrieben – um so leidenschaftlicher seinen Lüsten, und die arme Gräfin zog sich durch ihre Maßnahmen seinen tiefen Haß zu.

»Bildet Euch nur ja nicht ein«, sagte der Marquis oft zu mir, »daß meine Mutter aus eigenem Antrieb all das tut, was in Eurem Interesse liegt. Glaubt mir, Sophie, wenn ich sie nicht unablässig damit plagte, entsänne sie sich wohl kaum dessen, was sie Euch versprochen. Sie läßt sich von Euch alle ihre Schritte rühmen, auch wenn sie in Wahrheit von mir unternommen wurden. Ich wage zu behaupten, daß ich der einzige bin, dem Ihr irgendwelche Erkenntlichkeit schuldet. Die Dankbarkeitsbeweise, welche ich von Euch fordere, müssen Euch um so uneigennütziger erscheinen, als Ihr mich hinreichend kennt, um sicherzugehen, daß – so hübsch Ihr auch sein mögt – es nicht Eure Gunst ist, auf die ich aus bin ... Nein, Sophie, die Dienste, welche ich von Euch erwarte, sind gänzlich anderer Natur. Seid ihr nur einigermaßen überzeugt von allem, was ich für Euch getan, hoffe ich in Eurer Seele all das zu finden, was ich füglich erwarten darf.«

Diese Reden schienen mir so dunkel, daß ich nichts zu antworten wußte. Ich tat es indessen auf gut Glück – und vielleicht ein wenig zu leichtfertig.

Es ist der Augenblick gekommen, Madame, Euch von der einzigen wirklichen Verfehlung zu unterrichten, die ich mir in meinem bisherigen Leben vorzuwerfen habe ... doch was sage ich? Verfehlung? Eine Torheit war es, die ihresgleichen nicht hat ... Doch wenigstens kein Verbrechen, sondern nur ein simpler Irrtum, den nur ich allein zu büßen hatte, dessen sich aber die gerechte Hand des Himmels nicht hätte bedienen dürfen, um mich in den Abgrund zu zerren, der sich unsichtbar zu meinen Füßen auftat.

Ich konnte dem Marquis de Bressac nicht begegnen, ohne mich durch eine zärtliche Regung meines Innern, die nichts zu unterdrücken vermochte, zu ihm hingezogen zu fühlen. Sooft ich mir auch seinen Widerwillen gegen die Frauen vor Augen hielt, die Verderbtheit seiner Neigungen und die Kluft zwischen unseren sittlichen Vorstellungen, nichts, aber gar nichts auf der Welt konnte diese keimende Leidenschaft auslöschen, und hätte der Marquis mein Leben von mir gefordert, ich hätte es ihm tausendmal geweiht und noch geglaubt, damit nicht das geringste für ihn zu tun. Er war weit davon entfernt, bei mir Gefühle zu vermuten, die ich so sorgsam in meinem Herzen verschlossen hielt ... auch tat der Undankbare alles andere, als die Ursache der Tränen zu beseitigen, welche die unglückliche Sophie tagtäglich ob seiner schändlichen, verderbenbringenden Ausschweifungen vergoß. Unmöglich war es ihm indessen, nicht mein Bestreben zu ahnen, ihm jeden Wunsch von den Augen abzulesen und nicht meiner Aufmerksamkeiten innezuwerden, welche – zweifellos allzu blindlings – so weit gingen – wenn auch immer in den Grenzen des Anstands –, sogar seinen Verirrungen dienstbar zu sein, und welche ich stets vor seiner Mutter verheimlichte.
Irgendwie hatte mir dieses mein Verhalten sein Vertrauen eingetragen, und alles, was von ihm kam, war mir so kostbar, von dem wenigen, was mir sein Herz schenkte, ließ ich mich so sehr verblenden, daß ich mich gelegentlich zu der Annahme verstieg, ich sei ihm nicht gleichgültig – aber wie oft wurde ich dann wieder vom Unmaß seiner Ausschweifung enttäuscht, die so weit ging, daß nicht nur das Haus vollgestopft war mit Domestiken dieses für mein Gefühl abscheulichen Schlages, sondern daß der Marquis auch außerhalb des Hauses eine ganze Schar übler Subjekte unterhielt, welche er entweder regelmäßig aufsuchte oder bei sich empfing. Und da dieses Laster, einmal nicht zu reden von seiner Widerwärtigkeit, auch nicht eben eines der billigsten ist, ruinierte sich der Marquis in erschreckender Weise. Zuweilen nahm ich mir

die Freiheit, ihm die Nachteile seines Treibens vorzuhalten. Er hörte mir dann ohne Widerstreben zu, erklärte mir aber zum Schluß stets, man vermöge sich nicht von jenem besonderen Laster zu befreien, welches ihn beherrsche; in tausenderlei verschiedenen Formen anzutreffen, halte es für jedes Alter unterschiedliche Spielarten bereit, welche - alle zehn Jahre mit neuen Reizen aufwartend - bis zum Totenbett jene in ihrem Bann zu halten vermöchten, welche so unglücklich seien, ihnen zu huldigen ... Versuchte ich aber, ihm von seiner Mutter zu sprechen und von den Kümmernissen, welche er ihr bereite, so stieß ich bei ihm nur auf Unwillen, Übellaunigkeit, Ärger und Ungeduld ob der langen Zeit, die sich ein Vermögen, welches ihm bereits gehören sollte, nun schon in ihren Händen befand - ich sah nur tiefeingewurzelten Haß auf die verehrungswürdige Mutter und erklärte Rebellion gegen die natürlichsten Empfindungen. Sollte es denn also wahr sein, daß, wenn man erst einmal dahin gelangt ist, in seinen Neigungen die Gesetze jener geheiligten Institution, der Natur, entschieden zu übertreten, dieser erste Frevel notwendig dahin führt, mit erschreckender Leichtigkeit auch alle anderen Verbrechen ungestraft zu begehen?

Manchmal griff ich zu den Mitteln der Religion; da ich fast stets Trost in ihr fand, versuchte ich ihren Linderungen auch in der Seele jenes Verworfenen Einlaß zu verschaffen, in der Gewißheit, ihn durch derlei Bande fesseln zu können, sobald es mir erst einmal gelungen wäre, ihn ihrer Wonnen teilhaftig werden zu lassen. Doch der Marquis erlaubte mir nicht lange, solche Methoden ihm gegenüber anzuwenden. Ein erklärter Feind unserer heiligen Mysterien, der die Reinheit unserer Dogmen hartnäckig in Zweifel zog und die Existenz eines höchsten Wesens empört zu leugnen pflegte, legte es Monsieur de Bressac, anstatt sich von mir bekehren zu lassen, darauf an, mich zu verderben.

»Alle Religionen gehen von einem falschen Grundsatz aus, Sophie«, erklärte er mir, »alle betrachten es als notwendig, einen

Schöpfer zu verehren. Wenn nun diese ewige Welt, wie alle anderen, inmitten derer sie durch die unendlichen Gefilde des Weltenraums treibt, ohne Anfang und Ende ist, wenn alle Hervorbringungen der Natur Wirkungen von Gesetzen sind, welchen die Natur selber unterworfen ist, wenn ihre dauernde Aktion und Reaktion die für ihre Beschaffenheit wesentliche Bewegung voraussetzen, was wird dann aus dem bewegenden Motor, mit dem Ihr sie so freigebig ausstattet?
Glaube mir, Sophie, der Gott, den du anerkennst, ist nichts anderes als die Frucht der Unwissenheit einerseits und der Tyrannei andererseits; als der Stärkere sich anschickte, den Schwächeren in Ketten zu legen, da redete er ihm ein, ein Gott heilige die Eisen, mit denen er ihn beschwerte. Und der Schwächere, durch sein Elend verdummt, glaubte alles, was der andere wollte. Alle Religionen, fatale Folgen jenes Märchens am Anfang, sollten also wie dieses nur auf Verachtung stoßen; nicht eine einzige gibt es, welche nicht das Zeichen des Betrugs und der Dummheit trüge. In allen Religionen sehe ich nur Geheimkulte, welche die Vernunft erschrecken lassen, Dogmen, die der Natur spotten, und ein groteskes Zeremoniell, das lediglich zum Lachen reizt. Kaum waren mir die Augen geöffnet, Sophie, da empfand ich nur noch tiefen Abscheu gegenüber diesen gräßlichen Dingen; ich machte es mir zum Gesetz, sie mit Füßen zu treten, und schwor mir, mein Lebtag nicht darauf zurückzukommen. Tu es mir nach, wenn du vernünftig sein willst.«
»Ach, Monsieur«, antwortete ich dem Marquis, »Ihr nehmt einer Unglücklichen ihre süßeste Hoffnung, wenn Ihr sie der tröstenden Religion beraubt. Wie sollte ich, die ich fest an ihren Lehren hänge und überzeugt bin, daß alle Schläge, welche ihr erteilt werden, ein Werk der Libertinage und der Leidenschaften sind – wie sollte ich die tröstlichsten Gedanken meines Lebens irgendwelchen Spitzfindigkeiten opfern, vor denen es mir graust?«
Ich fügte dem noch tausend andere Einwände hinzu, welche mir

die Vernunft diktierte, welche meinem Herzen entströmten, doch der Marquis lachte nur darüber. Seine verfänglichen Maximen, vorgetragen mit der Beredsamkeit des Mannes und gestützt auf Bücher, die ich zum Glück nie gelesen, widerlegten stets meine Grundsätze. Madame de Bressac, einer tugendhaften und mitleidigen Frau, blieb nicht verborgen, daß ihr Sohn zur Rechtfertigung seiner Ausschweifungen die paradoxen Argumente der Freigeisterei heranzog. Darob beklagte sie sich oft mir gegenüber, und da sie bei mir mehr Verständnis zu finden glaubte als bei den anderen Frauen im Hause, vertraute sie mir gern ihren Kummer an.

Währenddessen mehrten sich die Unverschämtheiten des Sohnes gegenüber seiner Mutter. Er machte sich jetzt nicht einmal mehr die Mühe, seine Handlungen vor ihr zu verbergen. Nicht nur, daß er seine Mutter mit dem gefährlichen Gesindel umgeben, welches seinen Lüsten zu Diensten war – er trieb seine Niedertracht sogar so weit, ihr in meiner Gegenwart zu erklären, daß, sollte sie sich unterstehen, seinen Neigungen weiterhin entgegenzuwirken, er sie von deren Reizen überzeugen würde, indem er sich ihnen vor ihren Augen hingäbe. Ich jammerte angesichts dieses Ansinnens und dieses Betragens, in meinem tiefsten Innern trachtete ich all dem Gründe abzugewinnen, um jene elende Leidenschaft zu ersticken, die meine Seele verzehrte ... aber ist denn die Liebe eine Krankheit, die man heilen kann? Alles, was ich ihr entgegenzuhalten suchte, schürte das Feuer nur um so heftiger. Nie erschien mir der perfide Bressac liebenswerter als gerade in jenen Augenblicken, in denen ich mir all das vorhielt, was mich eigentlich hätte bewegen sollen, ihn zu hassen.

Vier Jahre schon lebte ich in jenem Hause, stets von denselben Kümmernissen geplagt und von denselben Wonnen getröstet, als mir eines Tages der grausige Beweggrund der verführerischen Reden des Marquis in all seiner Scheußlichkeit vor Augen trat. Es war zur Zeit unseres alljährlichen Landaufenthalts. Ich weilte allein bei der Gräfin, da ihre erste Kammerzofe die Erlaubnis erhalten hatte, wegen irgendeiner Angelegenheit ihres Mannes den Sommer über in Paris zu bleiben. Eines Abends – ich hatte mich soeben von meiner Herrin zurückgezogen, verschnaufte ein wenig auf einem Balkon meiner Kammer und konnte mich wegen der Hitze nicht entschließen, bereits ins Bett zu gehen – klopfte plötzlich der Marquis an meine Tür und bat darum, einen Teil der Nacht mit mir verplaudern zu dürfen. Ach, all jene Momente seiner Gegenwart, welche mir der Urheber meiner Leiden gewährte, schienen mir allzu kostbar, als daß ich gewagt hätte, auch nur auf einen jener Augenblicke zu verzichten.

Er tritt herein, zieht behutsam die Tür hinter sich zu und wirft sich neben mich in einen Sessel.

»Hör gut zu, Sophie«, begann er ein wenig verlegen, »ich habe dir sehr folgenschwere Dinge anzuvertrauen. Schwöre mir zunächst, niemals auch nur das geringste von dem zu verraten, was ich dir jetzt sage.«

»Aber, Monsieur, wie könnt Ihr mich für fähig halten, Euer Vertrauen zu mißbrauchen!«

»Du weißt nicht, was dir blüht, wenn sich erweisen sollte, daß ich falsch daran tat, dir mein Vertrauen zu schenken.«

»Es zu verlieren, wäre mir schon das Schmerzlichste von allem, Ihr braucht mir nicht weiter zu drohen.«

»Nun gut, Sophie... ich habe einen Anschlag gegen das Leben meiner Mutter geplant, und es ist deine Hand, derer ich mich dazu bedienen werde.«

»Ich, Monsieur?« schrie ich und wich schaudernd zurück. »O Himmel, wie konnten Euch nur derartige Anschläge in den Sinn kommen? Nehmt mein Leben, Monsieur, es ist Euer, verfügt darüber, ich schulde es Euch, aber bildet Euch nicht ein, Ihr könntet mich je für ein Verbrechen gewinnen, dessen Vorstellung allein meinem Herzen unerträglich ist.«

»Höre, Sophie«, sprach Monsieur de Bressac, indem er mich sanft wieder heranzog, »ich habe mit deinen widerstrebenden Gefühlen gerechnet; aber da du Verstand besitzt, habe ich mir eingeredet, sie überwinden zu können, wenn ich dir zeige, daß das Verbrechen, welches du so abscheulich findest, im Grunde eine geringfügige Sache ist. Zwei Freveltaten bieten sich deinem philosophisch ungeübten Blick dar: die Vernichtung eines Mitmenschen, die um so schlimmer ist, wenn sie die eigene Mutter betrifft. Was die Vernichtung unseres Nächsten angeht, Sophie, dessen kannst du versichert sein, handelt es sich um bloße Einbildung. Die Macht der Vernichtung ist dem Menschen nicht gegeben. Er besitzt höchstens die Kraft, Formen zu verändern, nicht aber, sie zu vernichten. Nun aber ist vor dem Auge der Natur jede Form gleich, nichts geht unter in dem unermeßlichen Schmelztiegel, in welchem sich ihre Verwandlungen vollziehen; alle Materieteilchen, die dort hineinstürzen, erneuern sich unaufhörlich in anderer Gestalt; auf welche Weise wir auch immer dort eingreifen, keine unserer Handlungen verletzt die Natur unmittelbar, keine würde sie beleidigen. Unsere Zerstörungen beleben ihre Kraft, sie geben ihrer Energie neue Nahrung, aber verringern sie keineswegs.
Was kümmert es die ewig schöpferische Natur, wenn diese Masse Fleisch, die heute eine Frau ist, morgen in der Gestalt von tausend verschiedenen Insekten wiederkehrt? Wagst du denn zu behaupten, daß die Bildung von Individuen, wie wir es sind, der Natur mehr Mühe bereitet als die eines Wurms, und daß sie deswegen an uns ein größeres Interesse nehmen müsse? Wenn also das Maß ihrer Zuneigung oder besser ihrer Gleichgültigkeit in beiden Fällen das gleiche ist, was kann es ihr dann ausmachen, daß durch das, was man das Verbrechen eines Menschen nennt, ein anderer in eine Fliege oder einen Lattich verwandelt wird? Wenn man mir die Erhabenheit unseres Geschlechts nachweist, wenn man mir schlüssig zeigt, daß dieses der Natur so viel bedeutet, daß seine Vernichtung ihre Gesetze zwangsläufig gegen uns aufbringt, dann

vermag ich zu glauben, daß diese Vernichtung ein Verbrechen ist. Aber wenn mir das sorgfältigste Studium der Natur nur beweist, daß alles, was auf dem Erdball kreucht und fleucht, auch noch das unvollkommenste ihrer Werke, in ihren Augen den gleichen Wert besitzt, dann werde ich mich niemals zu der Ansicht bekehren, die Verwandlung eines dieser Wesen in tausend andere sei ein Verstoß gegen ihre Gesetze. Dann sage ich mir: Alle Menschen, alle Pflanzen, alle Tiere, die auf dieselbe Weise aufwachsen, dahinvegetieren und sich zerstören, die nie einen wirklichen Tod erfahren, sondern nur eine bloße Umwandlung in etwas anderes, unter dessen Gestalt sie fortbestehen, alles unterschiedslos Sprießende, Vergehende und sich Fortpflanzende, sage ich, erscheint einen Moment lang unter einer bestimmten Form, im nächsten Augenblick schon unter einer anderen und vermag sich nach dem Belieben desjenigen Wesens, welches den entsprechenden Willen und die erforderliche Kraft besitzt, vieltausendfach am Tage zu verändern, ohne daß nur ein einziges Gesetz der Natur auch bloß für einen Augenblick dadurch beeinträchtigt sein könnte.
Das Wesen aber, welches ich angreife, ist meine Mutter, jenes Wesen, welches mich unter seinem Herzen getragen. Nun und? Wird mich dieser eitle Einwand etwa abhalten? Und mit welchem Recht sollte er Erfolg haben? Hat sie etwa an mich gedacht, diese Mutter, als die Geilheit sie trieb, jenen Foetus zu empfangen, aus dem ich hervorgegangen bin? Schulde ich ihr etwa Dank, weil sie sich ein vergnügtes Stündchen bereitet hat? Zudem formt nicht das Blut der Mutter das Kind, sondern einzig das des Vaters. Der Leib des Weibchens trägt nur die Frucht, bewahrt sie und entwickelt sie, aber bringt nichts hinzu – und diese Überlegung hätte mich stets davon abgehalten, meinem Vater nach dem Leben zu trachten, wohingegen ich es als eine ganz harmlose Sache betrachte, den Lebensfaden meiner Mutter abzuschneiden. Wenn es andererseits möglich ist, daß das Herz des Kindes sich mit Recht von gewissen Empfindungen der Dankbarkeit gegenüber der Mut-

ter bewegen läßt, so kann dies nur geschehen auf Grund ihres Verhaltens uns gegenüber seit dem Tag, an dem wir alt genug sind, dieses Verhalten genießend wahrzunehmen. Ist sie gut zu uns gewesen, so vermögen wir sie zu lieben, ja vielleicht sind wir sogar dazu verpflichtet. Ist sie schlecht zu uns gewesen, so sind wir, die uns kein einziges Gesetz der Natur bindet, ihr nicht nur zu nichts mehr verpflichtet, sondern alles führt uns zu der Entscheidung, uns ihrer zu entledigen – kraft der natürlichen und unbesiegbaren Gewalt des Egoismus, welche den Menschen dazu treibt, sich alles vom Halse zu schaffen, was ihm schadet.«

»Oh, Monsieur«, erwiderte ich zutiefst erschrocken dem Marquis, »jene Gleichgültigkeit, die Ihr der Natur unterstellt, ist dieses Mal lediglich das Werk Eurer Leidenschaften. Geruht, einen Augenblick lang statt auf sie auf Euer Herz zu hören, und Ihr werdet sehen, wie es die gewalttätige Beweisführung Eures lasterhaften Geistes verurteilt. Ist denn das Herz, vor dessen Schranken ich Euch verweise, nicht das Heiligtum, in welchem die von Euch so geschmähte Natur gehört und verehrt werden will? Wenn sie dem Herzen den tiefsten Abscheu vor dem Verbrechen eingräbt, welches Ihr im Schilde führt, räumt Ihr mir dann ein, daß es verdammenswert ist? Und sagt Ihr mir, daß im Feuer der Leidenschaften jener Abscheu rasch vergeht, so werdet Ihr nicht eher zufrieden sein, als bis er in Eurem Herzen wieder ersteht, als bis er sich dort durch die gebieterische Stimme der Gewissensbisse wieder vernehmen läßt.

Je größer Eure Empfindsamkeit, um so mehr wird die Macht des Gewissens Euch quälen ... Jeden Tag, jede Minute seht Ihr sie dann vor Euren Augen, die zärtliche Mutter, die Eure barbarische Hand ins Grab warf, hört Ihr dann ihre klagende Stimme den süßen Namen aussprechen, welcher der Zauber Eurer Kindheit war ... sie wird Euch erscheinen in den Stunden, da Ihr wach liegt, und wird Euch in Euren Träumen foltern; mit blutigen Händen wird sie die Wunden öffnen, welche Euer Arm ihr beigebracht;

kein glücklicher Augenblick wird dann mehr Licht in Euer Erdendasein bringen, Eure Freuden werden vergiftet sein, und Eure Gedanken werden sich verwirren. Eine himmlische Hand, deren Macht Ihr leugnet, wird das Leben, welches Ihr ausgelöscht, rächen, indem sie das Eure vergiftet, und ohne die Früchte Eurer Missetaten gekostet zu haben, werdet Ihr vor tödlicher Reue ob Eures dreisten Frevels vergehen.«

Unter Tränen sprach ich diese letzten Worte. Ich stürzte mich zu Füßen des Marquis, beschwor ihn bei allem, was ihm das Teuerste sei, die ruchlose Verirrung, die ich unter heiligen Schwüren bis ans Ende meiner Tage geheimzuhalten versprach, zu vergessen. Aber ich kannte nicht das Herz, welches ich zu erweichen suchte. Welche Stärke es noch bis dahin haben mochte, das Verbrechen hatte seine Kraft gebrochen, und die erhitzten Leidenschaften ließen dort nur noch den Frevel walten. Der Marquis erhob sich kühl:

»Ich sehe wohl, daß ich mich getäuscht habe, Sophie«, sprach er, »und ich bin vermutlich darob meinetwegen so ungehalten wie Euretwegen. Wie dem auch sei, ich finde schon andere Mittel; Ihr werdet bei mir viel verloren haben, ohne daß Eure Herrin deswegen das geringste gewonnen hätte.«

Diese Drohung änderte völlig meinen Sinn. Ließ ich mich nicht auf das Verbrechen ein, welches man mir antrug, so gefährdete ich mich selbst in nicht geringem Maße, und meine Herrin verlöre unweigerlich das Leben. Erklärte ich mich dagegen mit der Komplizenschaft einverstanden, so bewahrte ich mich damit vor dem Zorn meines jungen Herrn und rettete zwangsläufig seine Mutter. Diese Einsicht kam mir innerhalb eines winzigen Augenblicks und veranlaßte mich, meine Rolle unverzüglich zu ändern. Aber da eine so plötzliche Umkehr hätte Verdacht erregen können, brachte ich den Marquis dahin, mir zu wiederholten Malen seine Sophismen vorzutragen. Nach und nach gab ich mir den Anschein, keine Antwort mehr zu wissen. Der Marquis glaubte mich überzeugt.

Ich rechtfertigte mein Nachgeben, indem ich auf die Kraft seiner Überredungskünste hinwies. Als es schließlich so aussah, als ließe ich mich auf alles ein, fiel mir der Marquis um den Hals ... Wie hätte mich diese Geste glücklich gemacht, wären durch seine unmenschlichen Pläne nicht alle Gefühle, die mein schwaches Herz für ihn zu empfinden gewagt hatte, ausgelöscht worden, wäre es mir möglich gewesen, ihn noch zu lieben ...
»Du bist die erste Frau, die ich umarme«, sagte der Marquis, »und ich tue es wahrlich von ganzem Herzen ... Du bist wundervoll, mein Kind; ein Strahl philosophischen Geistes ist also in dein Hirn gedrungen. War es denn möglich, daß dieses bezaubernde Köpfchen so lange in der Finsternis verharrte?!«
Unverzüglich besprachen wir die Ausführung der Tat: Damit der Marquis mir noch sicherer auf den Leim ging, behielt ich stets den Anschein eines gewissen Widerstrebens bei, sobald er mir näher sein Vorhaben entwickelte oder mir die Mittel zu seiner Verwirklichung erläuterte. Mehr als allem anderen verdankte ich es dieser, in meiner Lage wohl erlaubten Verstellung, daß ich ihn mit Erfolg täuschte. Wir kamen dahin überein, daß ich in zwei oder drei Tagen, je nach der sich bietenden Gelegenheit, geschickt ein kleines Päckchen Gift, das mir der Marquis aushändigte, in die Tasse Schokolade, welche die Gräfin allmorgendlich zu sich zu nehmen pflegte, entleeren sollte; der Marquis stand für alle Folgen ein und versprach mir zweitausend Taler, die ich entweder an seiner Seite verzehren könne oder an irgendeinem anderen Ort, der mir für den Rest meiner Tage gut schiene. Er unterzeichnete das Zahlungsversprechen, ohne jedoch die Art meiner Gegenleistung, die mich in den Genuß dieser Zuwendung bringen sollte, näher zu spezifizieren. Dann gingen wir auseinander.
Unterdessen begab sich etwas so Bemerkenswertes, etwas für den Charakter jenes grausamen Mannes, mit dem ich zu schaffen hatte, so Bezeichnendes, daß ich nicht umhinkann, den Bericht vom Ausgang meines schlimmen Abenteuers, auf welchen Ihr zweifel-

los neugierig seid, noch ein wenig hinauszuschieben. Am zweiten Morgen nach unserer Unterredung erhielt der Marquis die Nachricht, ein Onkel, auf dessen Erbnachfolge der Marquis nicht im geringsten gerechnet hatte, sei soeben gestorben und habe ihm Einkünfte in Höhe von achtzigtausend Pfund hinterlassen.

»O Himmel«, sagte ich mir, als ich davon erfuhr, »so also bestraft die himmlische Gerechtigkeit den frevlerischen Anschlag! Ich dachte schon das Leben zu verlieren, da ich eine weit geringere Missetat von mir wies, und hier sehe ich jetzt diesen Mann auf dem Gipfel seines Glücks, weil er eine fürchterliche Tat im Schilde führt.«

Aber sogleich bereute ich meine die Vorsehung lästernden Worte. Auf den Knien bat ich Gott um Verzeihung. Die unerwartete Erbschaft, so redete ich mir ein, werde wenigstens den Marquis veranlassen, seine Pläne zu ändern... Aber welcher Irrtum, großer Gott!

»Meine liebe Sophie«, rief der Marquis, als er am Abend desselben Tages eilenden Fußes mein Zimmer betrat, »sieh, wie ich von irdischen Gütern überschüttet werde! Ich habe dir zwanzigmal gesagt, man braucht nur ein Verbrechen auszuhecken, und schon kommt das Glück. Nur dem Übeltäter, so scheint mir, stehen alle Wege offen. Achtzigtausend und sechzigtausend, mein Kind, das macht einhundertundvierzigtausend Pfund, die für mein Vergnügen herhalten werden.«

»Wieso, Monsieur?« antwortete ich, indem ich mir meine Überraschung – wie es meine Zwangslage erforderte – nicht allzu deutlich anmerken ließ. »Veranlaßt Euch dieser unerwartete Reichtum denn nicht, auf den Tod, welchen Ihr beschleunigen wollt, nunmehr in Geduld zu warten?«

»Warten? Nicht zwei Minuten lang warte ich, mein Kind! Denk daran, daß ich achtundzwanzig Jahre zähle und es in meinem Alter schwer ist zu warten. Das hier darf an unseren Plänen nichts ändern, ich flehe dich an, und es soll uns eine Genugtuung sein, alles hinter uns zu haben, wenn wir nach Paris zurückkehren ... Sieh zu, daß es morgen geschieht, spätestens übermorgen. Ich kann es gar nicht erwarten, dir ein Viertel deiner Pension auszuzahlen und dich dann in den Besitz der ganzen Summe zu setzen.«

Ich tat mein Bestes, mein Erschrecken ob dieser grimmigen Entschlossenheit zu verbergen. Ich schlüpfte wieder in meine Rolle vom vorvergangenen Abend, aber alle meine Gefühle für ihn waren endlich erloschen, ich glaubte, einem derart verstockten gottlosen Schurken nicht mehr zu schulden als Abscheu.

Meine Lage konnte nicht mißlicher sein. Führte ich die Tat nicht aus, so fand der Marquis bald heraus, daß ich ihn hinterging. Warnte ich Madame de Bressac, so sah sich der junge Mann – gleich, zu welchen Entschlüssen seine Mutter durch die Enthüllung des Verbrechens veranlaßt würde – in jedem Fall getäuscht, und er entschied sich vermutlich alsbald zu einem zuverlässigeren Vorgehen, welches nicht weniger das Ende der Mutter bedeutet hätte und mich der Rache des Sohnes schutzlos aussetzte. Es blieb mir, die Gerichtsbarkeit anzurufen, aber um nichts in der Welt hätte ich mich entschlossen, diesen Weg einzuschlagen. Ich entschied mich also, ungeachtet der möglichen Folgen, die Gräfin ins Bild zu setzen. Von allen Lösungen schien diese mir die beste, und auf sie verließ ich mich.

»Madame«, begann ich – es war am Morgen nach meiner letzten Zusammenkunft mit dem Marquis –, »ich habe Euch eine Angelegenheit von allergrößter Wichtigkeit mitzuteilen. So sehr diese Euch trifft, ich bin entschlossen zu schweigen, wenn Ihr mir nicht im voraus Euer Ehrenwort gebt, Euren Herrn Sohn auch nicht durch die geringste Gefühlsäußerung erkennen zu lassen, daß Ihr von seinem dreisten Plan wißt. Ihr werdet Maßnahmen ergreifen, Madame, Ihr werdet den denkbar besten Entschluß fassen, aber Ihr werdet nicht ein einziges Wort sagen – geruht mir dies zu versprechen, oder ich schweige.«

Madame de Bressac ließ sich in der Annahme, es handle sich um eine der üblichen Extravaganzen ihres Sohnes, auf den von mir verlangten Schwur ein, und ich offenbarte ihr alles. Die unglückselige Mutter brach in Tränen aus, als sie von dieser Niedertracht erfuhr.

»Dieser Schuft«, schrie sie, »habe ich nicht immer nur für sein Wohl gesorgt? Wenn ich seinen Lastern vorbeugen, ihn von denselben heilen wollte, welche Motive vermochten mich denn zu meiner Strenge anzuhalten, wenn nicht sein Glück und sein Seelenfrieden? Wem hat er denn das Erbe, welches ihm soeben zugefallen ist, zu verdanken, wenn nicht meinen Bemühungen? Wenn ich ihm das verhehlte, so nur aus Feingefühl. Dieses Ungeheuer! Ach Sophie, gib mir den entscheidenden Beweis von der Verruchtheit seines Plans, bring mich dahin, daß mir kein Zweifel bleibt, ich benötige alles, was die natürlichen Empfindungen aus meinem Herzen zu tilgen vermag.«

Ich wies der Gräfin das Giftpäckchen vor, welches ich bei mir trug. Eine geringe Menge davon verabreichten wir einem Hund, den wir anschließend vorsichtshalber einschlossen. Nach zwei Stunden verendete das Tier unter fürchterlichen Krämpfen. Da die Gräfin nun nicht mehr zweifeln konnte, traf sie auf der Stelle die notwendige Entscheidung. Sie befahl mir, ihr das übrige Gift zu geben, und wandte sich umgehend durch einen Kurier brieflich an den Herzog von Sonzeval, einen Verwandten. Sie bat ihn, sich geheim an den Minister zu wenden, diesem den ruchlosen Anschlag zu unterbreiten, dessen Opfer sie werden sollte, sich mit einem Haftbefehl zu versehen, mit demselben sich in Begleitung eines Vollzugsbeamten unverzüglich auf ihren Besitz zu begeben und sie so rasch wie möglich von dem Ungeheuer, welches es auf ihr Leben abgesehen, zu befreien ... Aber es war bereits vom Himmel beschlossen, daß jenes abscheuliche Verbrechen geschehen sollte und daß die gedemütigte Tugend den Angriffen der Gottlosigkeit zu weichen hatte.

Der arme Hund, an dem wir unser Experiment vorgenommen hatten, offenbarte alles dem Marquis. Dieser vernahm sein Heulen. Er wußte, daß seine Mutter das Tier besonders gern mochte, und erkundigte sich eindringlich, was dem Hund fehle und wo er stecke. Diejenigen, an die er sich mit seiner Frage wandte, konnten ihm keine Antwort geben, weil sie nichts wußten. Von diesem Augenblick an keimte in ihm zweifellos der Verdacht. Er sagte kein Wort, aber ich sah ihn unruhig, erregt und den ganzen Tag über auf der Lauer. Ich teilte meine Beobachtung der Gräfin mit, aber es gab nun nichts mehr zu bedenken. Das einzige, was wir noch tun konnten, war, den Kurier zur Eile anzutreiben und den Zweck seiner Mission zu verschleiern. Die Gräfin erklärte ihrem Sohn, sie schicke in aller Eile eine Botschaft nach Paris, um den Herzog von Sonzeval zu bitten, umgehend den Nachlaß des Onkels, welchen man soeben beerbt, in die Hand zu nehmen, denn wenn nicht sofort irgend jemand in Erscheinung trete, müsse man mit Prozessen rechnen. Sie habe, fügte sie hinzu, den Herzog aufgefordert, sich zum Zwecke der Rechnungslegung herbeizubegeben, damit sie entscheiden könne, eventuell mit ihm abzureisen, falls die Erbangelegenheit das verlange.

Der Marquis kannte sich in den Gesichtern der Menschen allzu gut aus, als daß er nicht die Verlegenheit im Antlitz seiner Mutter und eine leichte Verwirrtheit in dem meinigen wahrgenommen hätte. Er gab sich mit unseren Erklärungen scheinbar zufrieden und war von nun an noch mehr auf seiner Hut. Unter dem Vorwand, mit seinen Lustknaben einen Spaziergang zu unternehmen, entfernte er sich vom Schloß, um den Kurier an einem Ort, an dem er zwangsläufig vorbeikommen mußte, abzufangen. Dieser Mann, dem Marquis weit ergebener als der Gräfin, händigte ihm ohne Widerstreben die Briefschaften aus. Der Marquis war nun von meinem Verrat, wie er es zweifellos nannte, überzeugt. Er gab dem Kurier hundert Louisdor mit dem Befehl, sich nie wieder sehen zu lassen. Wütend kehrte er ins Schloß zurück, bewahrte

aber, so gut er konnte, seine Fassung. Er trifft mich, treibt mit mir seine üblichen Scherze, fragt mich, ob es bei morgen bleibe, und schärft mir ein, es sei unbedingt notwendig, daß die Tat noch vor Ankunft des Herzogs geschehe. Dann begibt er sich in aller Ruhe zu Bett, ohne sich das geringste anmerken zu lassen.
Wenn das unselige Verbrechen stattfand, wie es mir der Marquis bald kundtat, kann es nicht anders geschehen sein, als in der Weise, wie ich es berichte ... Madame nahm, wie sie es gewöhnt war, am nächsten Morgen ihre Schokolade zu sich. Da das Getränk nur durch meine Hände ging, bin ich ziemlich sicher, daß ihm nichts beigemengt war. Doch gegen zehn Uhr morgens betrat der Marquis die Küche, wo er niemanden außer dem Koch vorfand; diesem befahl er, sich unverzüglich in den Garten zu begeben und ihm Pfirsiche zu pflücken. Der Koch wandte ein, er könne jetzt unmöglich seine Speisen aus den Augen lassen, doch der Marquis ließ hartnäckig seine unbändige Lust auf Pfirsiche erkennen und sagte, er werde auf das Feuer achtgeben. Der Koch geht hinaus, der Marquis prüft sämtliche Gänge der Mahlzeit und schüttet, aller Wahrscheinlichkeit nach, in die Artischocken, welche Madame leidenschaftlich gern aß, die verhängnisvolle Droge, die ihrem Leben ein Ende bereiten sollte. Man setzt sich zu Tisch, die Gräfin ißt zweifellos von jenem Gericht – und das böse Werk ist vollbracht. Ich gebe Euch hiermit nur Vermutungen wieder. Monsieur de Bressac versicherte mir im weiteren Verlauf jenes unseligen Abenteuers, sein Anschlag sei ausgeführt, und ich sehe keinen anderen Weg, auf dem er sein Ziel hätte erreichen können. Aber lassen wir diese schrecklichen Mutmaßungen, und wenden wir uns der grausamen Bestrafung zu, welche ich erlitt, weil ich nicht bei jener schlimmen Tat mitwirken wollte und sie offenbart hatte. Nachdem die Tafel aufgehoben, trat der Marquis an meine Seite. »Hör zu, Sophie«, sprach er mit scheinbarer Gelassenheit, »ich habe ein zuverlässigeres Mittel gefunden als jenes, welches ich dir vorgeschlagen, um meine Pläne zu verwirklichen. Aber das muß

ich dir im einzelnen erläutern. Ich wage nicht, so häufig dein Zimmer aufzusuchen, denn ich fürchte, wir könnten gesehen werden. Sei um Punkt fünf Uhr an der Parkecke, ich hole dich dort ab, und wir machen zusammen einen langen Spaziergang, in dessen Verlauf ich dir alles erklären werde.«

Ob es nun der Wille der Vorsehung war oder übertriebene Arglosigkeit oder Blindheit, jedenfalls, so gestehe ich, deutete mir nichts auf das Unheil hin, welches mich erwartete. Ich war so sicher, daß die Gräfin ihre Maßnahmen mit hinreichender Heimlichkeit getroffen hatte, daß mir nie der Gedanke gekommen wäre, der Marquis könne sie entdeckt haben. Und trotzdem empfand ich eine gewisse Befangenheit: *Tugend ist's, den Eid zu brechen, hat man versprochen das Verbrechen*, sagt einer unsrer tragischen Dichter, aber der Eidbruch ist stets etwas Häßliches für eine feinfühlige und empfindsame Seele, die sich gezwungen sieht, zu ihm ihre Zuflucht zu nehmen. Aber diese Skrupel sollten mich nicht lange plagen. Die scheußlichen Taten des Marquis beruhigten mich alsbald in dieser Hinsicht: sie lieferten mir andere Gründe zum Schmerz. Mit der fröhlichsten und offensten Miene der Welt trat er auf mich zu. Unter Lachen und Scherzen, wie es unter uns üblich war, schritten wir durch den Wald. Jedesmal, wenn ich unser Gespräch auf den Gegenstand bringen wollte, um dessentwillen er unsere Zusammenkunft gewünscht hatte, hieß er mich noch damit warten; er befürchte, man beobachte uns, noch seien wir nicht in Sicherheit. Unversehens näherten wir uns dem Gehölz und jener großen Eiche, wo ich ihm zum erstenmal begegnet war. Ich konnte mich eines Schauderns nicht erwehren, als ich diesen Ort wiedersah; meine Unvorsichtigkeit und mein ganzes grausiges Los schienen sich meinem Auge in ihrem vollen Ausmaß darzubieten. Und stellt Euch vor, wie sich mein Entsetzen noch steigerte, als ich am Fuße der gräßlichen Eiche, wo ich bereits so Furchtbares durchgemacht, zwei jener Bürschchen erblickte, welche als die Lieblingsknaben des Marquis gelten konnten. Sie erhoben sich, als wir näherkamen, und warfen Stricke, Ochsenziemer und andere Werkzeuge ins Gras, die mich erschauern ließen. Von diesem Augenblick an bedachte mich der Marquis nur noch mit den allerderbsten und scheußlichsten Schimpfworten:

»Du B...«*, sprach er – noch außer Hörweite der jungen Leute –, »entsinnst du dich dieses Gebüschs da, aus dem ich dich hervorgezogen habe, um dir das Leben wiederzuschenken, welches du längst verwirkt hattest? Kennst du noch diesen Baum da, an welchen ich dich von neuem zu binden drohte, solltest du mir je Veranlassung geben, meine Wohltaten zu bedauern? Warum hast du dich erst einverstanden erklärt, mir die gegen meine Mutter gerichteten Dienste zu leisten, um die ich dich bat, wenn du doch die Absicht hattest, mich zu verraten? Und wie konntest du dir nur einbilden, der Tugend zu dienen, wenn du die Freiheit dessen gefährdetest, dem du dein Leben schuldest? Du hattest zwischen zwei Verbrechen zu wählen – warum hast du dich für das niederträchtigere von beiden entschieden? Du brauchtest mir meine Bitte nur abzuschlagen und dich nicht erst darauf einzulassen, um mich dann zu verraten!«

Darauf erzählte mir der Marquis alles, was er unternommen, um die dem Boten anvertrauten Briefschaften abzufangen, auch nannte er mir alle Verdachtsgründe, welche ihn dazu veranlaßt.

»Was hast du mit deiner Falschheit erreicht, nichtswürdige Kreatur?« fuhr er fort. »Du hast dein eigenes Leben aufs Spiel gesetzt, ohne das meiner Mutter zu retten. Die Tat ist getan, und ich hoffe sie nach meiner Rückkehr vom Erfolg reichlich belohnt zu sehen. Aber dich muß ich strafen, dich muß ich lehren, daß der Pfad der Tugend nicht immer der beste ist, daß man im Leben in die Lage geraten kann, wo es vorzuziehen ist, an einem Verbrechen mitzuwirken, statt es zu verraten. Wie hast du, die du mich doch hinreichend kennen solltest, gewagt, mich zu täuschen? Hast du

* Vermutlich: »bâtarde« = Bastardin.

dir etwa eingebildet, mitleidige Empfindungen – denen mein Herz niemals Einlaß gewährt, außer sie dienten meinem Vergnügen – oder fromme Grundsätze vermöchten mich zurückzuhalten...? Oder hast du dich gar auf deine Reize verlassen?« fügte er mit beißendem Spott hinzu. »Wohlan, ich werde dir zeigen, daß diese deine Reize, in dem Maße enthüllt, wie es nur eben geht, nur dazu gut sind, das Feuer meiner Rachegelüste zu schüren...«
Und ohne mir Zeit zu einer Antwort zu gewähren, ohne sich von den Tränen, die mir über die Wangen flossen, rühren zu lassen, packte er mich heftig am Arm und schleppte mich zu seinen Schergen.
»Hier ist sie«, sprach er zu ihnen, »die meine Mutter vergiften wollte und dieses scheußliche Verbrechen, trotz aller meiner Bemühungen, es zu verhindern, möglicherweise sogar schon begangen hat. Vielleicht hätte ich besser daran getan, sie den Händen der Justiz zu übergeben; doch in diesem Fall würde sie mit ihrem Leben bezahlen – ihr Leben aber will ich ihr belassen, auf daß sie länger zu leiden habe. Reißt ihr auf der Stelle die Kleider vom Leibe und bindet sie, mit dem Bauch zum Stamm, an den Baum da, damit ich sie züchtige, wie sie es verdient.«
Kaum war der Befehl gegeben, so war er auch schon ausgeführt. Man band mir ein Schnupftuch um den Mund, schlang meine Arme fest um den Baum und fesselte mich mit Schultern und Beinen an den Stamm; meinen übrigen Leib ließ man frei von Stricken, damit auch nicht das geringste ihn vor den Schlägen bewahre, die ihn erwarteten. Der Marquis bemächtigte sich, außerordentlich erregt, eines Ochsenziemers. Bevor er zuschlug, wollte er sich von meiner Verfassung überzeugen. Es schien, als könnten sich seine Augen nicht sattsehen an meinen Tränen, den Anzeichen meiner Pein und dem Entsetzen, welches aus meinem Antlitz sprach... Dann stellte er sich im Abstand von etwa drei Fuß hinter mir auf, und schon spürte ich die Schläge, welche er mit seiner

ganzen Leibeskraft auf mich niedersausen ließ – von der Mitte meines Rückens bis zu den Waden. Für eine Minute hielt mein Henker ein und fuhr mit seinen brutalen Händen über all jene Teile, die er soeben wundgeprügelt... Ich weiß nicht, was er einem seiner Folterknechte zuflüsterte, aber selbigen Augenblicks noch verhüllte man meinen Kopf mit einem Tuch, so daß ich von nun an ihre Handlungen nicht mehr zu beobachten vermochte. Hinter mir tat sich allerlei, bevor die blutigen Züchtigungen, die meiner noch harrten, wieder begannen... »*Ja, so ist es richtig*«, sagte der Marquis, ehe er von neuem losschlug. Kaum hatte er diese Worte, deren Bedeutung ich nicht verstand, ausgesprochen, als die Schläge – diesmal noch heftiger – auch schon einsetzten. Wieder gab es eine Pause, wieder strichen die Hände über die geschundenen Stellen, wieder wurde mit leiser Stimme getuschelt... Laut fragte dann einer der jungen Burschen: »*Stehe ich nicht besser so?*« Auf diese Worte, deren Sinn ich ebensowenig begriff, antwortete der Marquis nur: »*Näher, noch näher.*« Und zum drittenmal, schlimmer als in den beiden vorangegangenen Fällen, ging es über mich her, während der Marquis unter entsetzlichen Flüchen zwei- oder dreimal hintereinander diese Worte wiederholte: »*Los, los, ihr beiden, seht ihr denn nicht, daß ich sie hier an Ort und Stelle von meiner Hand sterben lassen will?*« Jedesmal stieß er die Worte in drohenderem Ton hervor, bis sie schließlich die grausige Schlächterei beendeten. Einige Minuten flüsterten sie miteinander, ich hörte sie sich hinter mir bewegen, dann spürte ich, wie meine Fesseln sich lösten. An dem Blut, das den Grasboden bedeckte, erkannte ich meinen Zustand. Der Marquis war allein, seine Gehilfen hatten sich davongemacht...

»Nun, du liederliche Dirne«, sprach er, jenen Ausdruck des Ekels im Blick, welcher dem Rausch der Leidenschaften folgt, »findest du nicht, daß dich die Tugend ein wenig teuer zu stehen kommt? Sind zweitausend Taler Rente so viel wert wie hundert Streiche mit dem Ochsenziemer...?«

Einer Ohnmacht nahe, sank ich am Baum nieder... Der Schurke aber, noch nicht zufriedengestellt von den Grausamkeiten, welchen er sich soeben hingegeben, und in Wallung gebracht durch den Anblick meiner Pein, traktierte mich mit Fußtritten und preßte mich gegen den Boden, daß ich fast erstickte.

»Schön dumm von mir, dir das Leben zu schenken«, wiederholte er zwei- oder dreimal, »gib acht auf den Gebrauch, den du von meinen neuerlichen Wohltaten machst...«

Er befahl mir, aufzustehen und meine Sachen einzusammeln. Damit meine Kleider – die letzten, welche mir geblieben – nicht von dem Blute, das mir überall floß, befleckt würden, rupfte ich ganz mechanisch Gras, um mich zu reinigen. Unterdessen schritt er auf und ab und überließ mich, ganz in seine Gedanken versunken und meiner nicht achtend, meinen Verrichtungen. Die Schwellungen meines Fleischs, das Blut, welches immer noch floß, die fürchterlichen Schmerzen, die ich litt – all dies machte es mir schier unmöglich, mich wieder anzukleiden, und der blutgierige Mensch, mit dem ich es zu tun hatte, dieses Ungeheuer, welchem ich meinen grausigen Zustand verdankte, er, für den ich noch wenige Tage zuvor mein Leben hingegeben hätte, ließ sich auch nicht durch die leichteste Anwandlung von Mitleid dazu bewegen, mir zu helfen. Als ich fertig war, trat er auf mich zu:

»Geht, wohin Ihr wollt«, sprach er. »Ihr müßt noch etwas Geld in der Tasche haben; ich nehme es Euch nicht ab, aber hütet Euch, mir je wieder vor Augen zu treten, weder in Paris noch auf dem Lande. Ihr werdet, dies zu Eurer Warnung, überall als die Mörderin meiner Mutter gelten; wenn noch Atem in ihr ist, gebe ich ihr diesen Gedanken mit auf den Weg ins Grab. Das ganze Haus wird es wissen; bei den Gerichtsbehörden werde ich Euch anzeigen. In Paris könnt Ihr Euch nun um so weniger blicken lassen, als auch Eure erste Affäre, welche Ihr für abgeschlossen hieltet, nur vorübergehend eingeschlafen ist – ich warne Euch! Man hat Euch gesagt, die Sache sei aus der Welt geschafft, aber man hat Euch getäuscht. Der richterliche Befehl gegen Euch ist ganz und gar nicht aufgehoben; man hat Euch dies nur einstweilen glauben lassen, um zu sehen, wie Ihr Euch aufführt. Jetzt habt Ihr also zwei Prozesse am Hals statt nur eines, und an Stelle eines schäbigen Wucherers einen reichen und mächtigen Mann zum Gegner, der entschlossen ist, Euch bis in die Hölle zu verfolgen, wenn Ihr das Leben, welches ich Euch wohl lassen möchte, zu verleumderischen Anklagen mißbraucht.«

»O Monsieur«, antwortete ich, »so hart Ihr auch gegen mich gewesen seid, fürchtet nicht irgendwelche Schritte von meiner Seite. Solche glaubte ich tun zu müssen, als es um das Leben Eurer Mutter ging; aber ich werde nichts dergleichen unternehmen, solange es sich bloß um die unglückliche Sophie handelt. Adieu, Monsieur, möchten Eure Verbrechen Euch so viel Glück bringen, wie Eure Grausamkeiten mir Qual verursachen. Welches Los auch immer der Himmel Euch bereiten möge, die armseligen Lebenstage, welche er mir zu bescheiden geruht, werde ich allein darauf wenden, sein Erbarmen mit Euch zu erflehen.«

Der Marquis hob den Kopf. Er konnte nicht umhin, mich bei diesen meinen Worten anzusehen. In Tränen gebadet stand ich da und vermochte mich kaum auf den Beinen zu halten. Zweifellos aus Angst, die Rührung könne ihn bei diesem Anblick überkommen, ging er davon, ohne sich noch einmal nach mir umzuwenden. Als er meinen Augen entschwunden, ließ ich mich zu Boden fallen und gab mich ganz meinem Schmerz hin. Die Luft war erfüllt vom Widerhall meiner Schluchzer, und meine Tränen netzten das Gras.

»O mein Gott«, schrie ich, »Du hast es gesehen. Es geschah mit Deinem Willen, daß der Unschuldige ein weiteres Mal die Beute des Schuldigen wurde. Bestimme über mich, Herr, noch lange nicht habe ich die Schmerzen geduldet, welche Du um unseretwillen erlitten. Möge das Leid, welches ich, Dich anbetend, ertrage, mich würdig machen, dereinst den Lohn zu empfangen, den Du dem Schwachen verheißest, wenn er nur stets Deiner

gedenkt in seiner Drangsal und in seiner Pein Dich preiset!«
Die Nacht brach herein. Ich war außerstande, mich fortzubegeben, konnte ich mich doch kaum aufrechthalten. Da fiel mir das Gebüsch ein, wo ich mich vier Jahre zuvor in einer weit weniger unseligen Lage verkrochen hatte. Dorthin schleppte ich mich, so gut ich es eben konnte. Gequält von meinen immer noch blutenden Wunden verbrachte ich an derselbigen Stelle wehen Sinns und kummervollen Herzens eine Nacht, wie man sie sich schlimmer nicht denken kann. Doch da ich jung und kräftig war, sah mich der Morgen ein wenig gestärkt. Unverzüglich machte ich mich davon, denn in der Nähe des grausigen Schlosses empfand ich nur Schrecken. Ich verließ den Wald und betrat – entschlossen, mich aufs Geratewohl zu den nächsten menschlichen Behausungen zu begeben, auf die ich stoßen sollte – den Marktflecken Claye, welcher etwa sechs Meilen vor Paris liegt. Ich fragte nach dem Hause des Wundarztes, und man wies mir den Weg. Ich bat den Arzt, mich zu verbinden, und erzählte ihm, ich hätte einer Herzensgeschichte wegen das mütterliche Haus in Paris verlassen, sei in den Wald von Bondy geraten, wo mich üble Subjekte so zugerichtet hätten, wie es sich seinen Augen darbiete; er versorgte mich unter der Bedingung, daß ich beim Dorfschreiber meine Geschichte zu Protokoll gab. Damit war ich einverstanden. Offenbar stellte man Nachforschungen in einer Sache an, von der ich nichts hatte läuten hören.
Der Arzt wollte mich gern bis zu meiner Genesung bei sich aufnehmen und ließ mir eine so gute Pflege angedeihen, daß ich noch vor Ablauf eines Monats wieder völlig hergestellt war.
Als es mir mein Zustand erlaubte, das Haus zu verlassen, war es meine erste Sorge, im Dorfe ein junges Mädchen ausfindig zu machen, welches geschickt und schlau genug war, sich auf Schloß Bressac zu begeben und in Erfahrung zu bringen, was sich dort seit meinem Verschwinden getan hatte. Hierzu bewog mich nicht allein die Neugier. Eine möglicherweise gefährliche Neugier

wäre gewiß verfehlt gewesen – doch das wenige Geld, welches ich bei der Gräfin verdient hatte, war in meiner Kammer zurückgeblieben. Ich trug nur knapp sechs Louisdor von den dreißig, die ich besessen, bei mir. Ich vermochte mir nicht vorzustellen, der Marquis könne so grausam sein, mir das, was von Rechts wegen mein war, zu verweigern, und ich war überzeugt, er würde mir, sobald sein erster Zorn verraucht sei, nicht noch ein zweites Unrecht antun. Ich verfaßte einen so rührenden Brief, wie ich es nur konnte... Ach, er war allzu rührend, mein armes Herz sprach gegen meinen Willen vielleicht noch immer zugunsten des Treulosen. Ich verheimlichte ihm sorgfältig meinen Aufenthaltsort und bat ihn inständig, mir meine Habseligkeiten und die geringe Geldsumme, welche sich in meiner Kammer befinde, zukommen zu lassen. Eine lebhafte und gewitzte Bäuerin von zwanzig bis fünfundzwanzig Jahren versprach mir, meinen Brief zu besorgen und unter der Hand genug auszukundschaften, um mir bei ihrer Rückkehr hinreichend Auskunft geben zu können. Im Vorhinein nannte ich ihr bereits alle Punkte, über die ich sie auszufragen gedachte. Ich schärfte ihr ein, nicht zu verraten, woher sie komme, auf gar keinen Fall irgendein Wort über mich verlauten zu lassen. Den Brief, so solle sie sagen, habe sie von einem Mann bekommen, der ihn von einem mehr als fünfzehn Meilen entfernten Ort mitgebracht habe. Jeanette, so hieß meine Botin, machte sich auf den Weg, und vierundzwanzig Stunden später brachte sie mir die Antwort.

Es ist wichtig, Madame, daß ich Euch über das unterrichte, was sich inzwischen im Hause des Marquis de Bressac ereignet hatte, bevor ich Euch das Billett, welches ich von ihm erhielt, lesen lasse.

Die Gräfin de Bressac wurde am Tage meines Weggangs schwer krank und erlitt noch in derselben Nacht einen jähen Tod. Alle Welt eilte aus Paris herbei, und der Marquis, zutiefst verzweifelt (dieser Spitzbube!), behauptete, seine Mutter sei von einer Kam-

merzofe vergiftet worden, welche sich noch selbigen Tags davongemacht habe und Sophie genannt werde; man ließ diese Kammerzofe suchen in der Absicht, sie auf das Schafott zu führen, sobald man sie aufgriff.
Übrigens wurde der Marquis durch diesen Erbfall noch weitaus vermögender, als er geglaubt hatte. Die Geld- und Schmuckkassetten von Madame de Bressac, alles Dinge, von denen man kaum etwas gewußt hatte, setzten den Marquis, abgesehen von den regelmäßigen Einkünften, in den Besitz von mehr als sechshunderttausend Franc in Geld- und Sachwerten. Nur mit Mühe, so hieß es, verbarg er hinter gespieltem Schmerz seine Freude. Die zu der vom Marquis geforderten Leichenöffnung herbeigerufenen Verwandten beweinten das Los der unglücklichen Gräfin, schworen der Missetäterin Rache, falls diese in ihre Hände fallen sollte, und ließen den jungen Mann sodann im vollen und ungestörten Besitz der Früchte seiner ruchlosen Tat.
Monsieur de Bressac hatte selbst mit Jeanette gesprochen und ihr verschiedene Fragen gestellt, auf welche das junge Mädchen so fest und freimütig geantwortet hatte, daß er sich entschloß, ihr eine Erwiderung mitzugeben, ohne weiter in sie zu dringen.
Hier ist er, der unselige Brief, sprach Sophie, indem sie ihn aus ihrer Tasche hervorholte. Hier ist er, Madame, mein Herz bedarf seiner zuweilen; ich werde ihn bis zu meinem letzten Atemzug aufbewahren. Lest ihn, wenn Ihr es über Euch bringt, ohne zu schaudern.
Madame de Lorsange nahm das Billett aus den Händen unsrer schönen Abenteurerin entgegen und las folgende Worte:
»Eine Spitzbübin, welche fähig war, meine Mutter zu vergiften, besitzt die Dreistigkeit, mir nach ihrer verruchten Tat zu schreiben. Sie tut gut daran, ihren Unterschlupf wohl geheimzuhalten; denn sie kann sicher sein, daß es ihr an den Kragen geht, wenn man sie dort aufstöbert. Was wagt sie da zu fordern... was redet sie da von Geld und Habseligkeiten? Wiegt das, was sie zurückgelassen

haben kann, die Diebstähle auf, welche sie während ihres Aufenthalts in meinem Hause und in Begehung ihres letzten Verbrechens sich hat zuschulden kommen lassen? Auf daß sie eine zweite Botschaft dieser Art unterlasse, wird ihr mitgeteilt, daß man den Überbringer solange festhalten wird, bis die Gerichtsbarkeit den Ort, an welchem sich die Missetäterin verbirgt, in Erfahrung gebracht hat.«
»Fahrt fort, mein liebes Kind«, sprach Madame de Lorsange und reichte Sophie das Billett zurück, »welch entsetzliche Handlungsweise... Im Gelde schwimmen und einem unglücklichen Mädchen den ihm rechtmäßig zustehenden Verdienst vorenthalten, weil es nicht an einem Verbrechen mitwirken wollte – das ist eine beispiellose Gemeinheit.«

Ach, Madame, sprach Sophie, indem sie den Faden ihrer Erzählung wieder aufnahm, zwei Tage lang habe ich ob dieses unseligen Briefs geweint, und meine Seufzer galten mehr dem schrecklichen Verhalten, das er widerspiegelte, als dem abschlägigen Bescheid, welchen er enthielt.

»Also bin ich eine Missetäterin«, schrie ich laut, »also bin ich ein zweites Mal der Gerichtsbarkeit ausgeliefert, nur weil ich ihre Vorschriften allzu genau beobachtet habe... Sei's drum, ich bereue es nicht. Was mir auch zustoßen mag, weder moralischen Schmerz noch Gewissensbisse kenne ich, solange nur meine Seele rein ist und ich keine anderen Verfehlungen begehe, als auf meinen Gerechtigkeitssinn zu hören und auf die Stimme der Tugend, welche mich nie verlassen werden.«
Ich vermochte mir indessen nicht vorzustellen, daß der Marquis auch wirklich jene Nachforschungen anstellte, von denen er sprach. Sie schienen mir so unwahrscheinlich, es war für ihn so gefährlich, mich vor Gericht auftreten zu lassen, daß ich vielmehr glaubte, er müsse ob meines Aufenthalts in seiner Nähe – sofern

er ihn je aufdeckte – bei weitem heftiger erschrecken, als ich mich vor seinen Drohungen zu fürchten brauchte. Diese Erwägung veranlaßte mich, an dem Orte zu bleiben, wo ich war, mir nach Möglichkeit eine Stelle zu suchen und erst fortzugehen, wenn ich genug gespart hätte. Monsieur Rodin, so hieß der Wundarzt, bei dem ich wohnte, schlug mir von sich aus vor, in seine Dienste zu treten. Er war fünfunddreißig Jahre alt, ein Mann von hartem, kurzangebundenem, grobschlächtigem Wesen, der im übrigen jedoch in der ganzen Gegend höchstes Ansehen genoß. Ganz seinem Berufe hingegeben, hatte er bisher ohne weibliche Gesellschaft gelebt; nunmehr war er recht froh, bei seiner Heimkunft eine Frau vorzufinden, die seinen Haushalt besorgte und sich um sein leibliches Wohl kümmerte. Er bot mir einen Jahreslohn von zweihundert Francs zuzüglich gewisser mit seiner ärztlichen Tätigkeit verbundener Einkünfte. Ich war mit allem einverstanden. Monsieur Rodin wußte auf Grund seiner genauen Kenntnis meimeines Leibes, daß ich noch mit keinem Manne zu tun gehabt hatte; auch kannte er meinen sehnlichen Wunsch, mich stets rein zu halten. Er hatte mir versprochen, mich in diesem Punkte niemals zu behelligen. So wurden wir uns rasch einig... aber ich vertraute mich meinem neuen Herrn nicht an, und er erfuhr nie, wer ich war.

Zwei Jahre lebte ich nun schon in jenem Hause. Obwohl mir auch dort stete Mühsal beschieden war, ließ mich die Seelenruhe, welche ich fand, fast meine Kümmernisse vergessen. Da aber riß mich der Himmel, der es nicht dulden wollte, daß auch nur eine einzige tugendhafte Regung in meinem Herzen keimte, ohne mich sogleich mit neuem Unglück zu beladen, aus dem armseligen Glück, das mir einen Augenblick lang zuteil geworden, und warf mich in den Strudel neuer Schicksalsschläge.

Ich befand mich allein im Hause, als ich eines Tages, hier und dort meinen Pflichten nachgehend, aus der Tiefe eines Kellergewölbes ein Stöhnen zu vernehmen glaubte. Ich ging dem Geräusch nach – und hörte es besser: es war das laute Wehklagen eines jungen Mädchens. Eine sorgfältig verschlossene Tür trennte mich von ihm. Es war mir nicht möglich, sie zu öffnen. Tausend Gedanken schossen mir durch den Kopf... Wie kam dieses Geschöpf dorthin? Monsieur Rodin hatte keine Kinder; ich wußte auch nichts von irgendwelchen Schwestern oder Nichten, um die er sich hätte kümmern sollen. Das überaus maßvolle Leben, welches ich ihn führen sah, ließ auch nicht die Annahme zu, jenes Mädchen könne für seine Ausschweifungen bestimmt sein. Warum aber hielt er es dann eingeschlossen? Versessen darauf, das Rätsel zu lösen, faßte ich mir ein Herz und fragte das Kind, was es dort mache und wer es sei.

»Ach, Mademoiselle«, antwortete das unglückliche Mädchen schluchzend, »ich bin die Tochter eines Holzfällers aus dem Walde und zähle erst zwölf Jahre. Der Herr, welcher hier lebt, hat mich gestern, als mein Vater gerade abwesend war, zusammen mit einem Freund entführt. Sie banden mich und steckten mich in einen Sack voll Kleie, so daß ich nicht schreien konnte. Sie packten mich hinten aufs Pferd und schafften mich gestern abend, nach Einbruch der Dunkelheit, in dieses Haus. Unverzüglich wurde ich in den Keller geführt. Ich weiß nicht, was sie mit mir anstellen wollen; doch bei unserer Ankunft befahlen sie mir, mich nackt auszuziehen, inspizierten meinen Leib und fragten mich nach meinem Alter. Der eine von beiden, allem Anschein nach der Hausherr, sagte zu dem anderen, man müsse die Operation wegen meines Schreckens auf übermorgen abend verschieben; es sei besser für ihr Experiment, wenn ich mich ein wenig beruhigt hätte, im übrigen erfüllte ich alle für das *Versuchsobjekt* erforderlichen Bedingungen.«

Nach diesen Worten schwieg das Mädchen und begann dann von neuem bitterlich zu weinen; ich bat es, sich zu beruhigen und versprach ihm meine Hilfe. Es fiel mir recht schwer zu begreifen, was Monsieur Rodin und sein Freund, ebenfalls ein Arzt, mit der

Unglücklichen zu unternehmen gedachten; indes weckte das Wort *Versuchsobjekt*, das ich aus ihrem Munde schon oft bei anderen Gelegenheiten vernommen hatte, in mir sofort den dringenden Verdacht, daß sie möglicherweise den grausigen Plan hegten, an dem armen Kind irgendwelche anatomischen Sektionen vorzunehmen. Ich beschloß jedoch, mich genauestens zu vergewissern, ehe ich diese Vermutung als zutreffend ansah. Rodin betrat zusammen mit seinem Freund das Haus, sie speisten gemeinsam zu Abend und schickten mich dann fort. Ich tat so, als gehorche ich ihrem Befehl. Aus einem Versteck aber belauschte ich ihre Unterhaltung, die mir nur allzu deutlich den gräßlichen Plan, welchen sie im Schilde führten, verriet.

»Nie«, so sprach der eine von beiden, »wird man eine genaue Kenntnis dieses Teils der Anatomie erlangen, wenn er nicht auf das Sorgfältigste an einem Versuchsobjekt von zwölf oder dreizehn Jahren beobachtet wird, welches in eben dem Augenblick geöffnet wird, in dem der Schmerz die Nerven trifft. Es ist eine Schande, daß läppische Erwägungen derart den Fortschritt der Wissenschaften aufhalten... Nun gut, das heißt, daß ein Individuum geopfert wird, dafür aber werden Millionen gerettet. Soll man angesichts dieses lächerlichen Preises noch länger zögern? Ist der Mord kraft Gesetzes etwas anderes als der, welcher durch unsere Operation begangen wird? Und ist denn der Zweck jener weisen Gesetze ein anderer als die Opferung eines einzelnen um der Rettung Tausender willen? Also soll uns nichts mehr zurückhalten!«

»Oh, ich meinesteils bin entschlossen«, erwiderte der andere, »und ich hätte es auch schon längst getan, wenn ich es nur so ganz allein gewagt hätte...«

Den Rest der Unterhaltung will ich Euch nicht berichten; er handelte ausschließlich von wissenschaftlichen Dingen, deren ich mich kaum entsinne. Auch war ich von jenem Augenblick an nur noch darauf bedacht, um jeden Preis das unglückselige Opfer aus den Händen einer zweifellos in jeder Hinsicht wertvollen Kunst zu retten, deren Fortschritte mir jedoch mit dem Leben eines unschuldigen Menschen allzu teuer bezahlt schienen. Die Freunde trennten sich, und Rodin begab sich zu Bett, ohne noch ein einziges Wort an mich zu richten.

Am nächsten Morgen – es war der Tag, an dem das grausige Opfer stattfinden sollte – verließ er wie üblich das Haus. Wie am Vortag werde er, so teilte er mir mit, erst zum gemeinsamen Abendessen mit seinem Freunde heimkehren. Kaum war er fort, als ich nur noch auf die Verwirklichung meines Plans sann... Der Himmel war ihm günstig – doch wage ich nicht zu sagen, ob es das unschuldige Opfer war, dem er zu Hilfe kam, oder nicht vielmehr die mitleidige Tat der armen Sophie, welche er strafen wollte!... Ich berichte Euch nur die Ereignisse. Ihr, Madame, mögt jene Frage entscheiden. Schwer lastet auf mir die Hand der unerforschlichen Vorsehung, nicht mehr vermag ich zu erkunden, was sie mit mir im Sinne hat. Ich habe danach gestrebt, ihren Absichten meine Hand zu reichen, und bin dafür hart gestraft worden. Mehr kann ich nicht sagen.

Ich steige in den Keller hinab und horche erneut das kleine Mädchen aus... dieselben Reden, dieselben Ängste. Ich frage es, ob es wisse, wohin sie den Schlüssel legen, wenn sie ihr Gefängnis verlassen... »Ich weiß es nicht«, antwortet es, »aber ich glaube, sie nehmen ihn mit sich...« Für alle Fälle mache ich mich an die Suche. Plötzlich spüre ich etwas unter meinen Füßen im Sand, ich bücke mich... es ist der Schlüssel, und ich öffne die Tür... Das arme, kleine, unglückliche Ding wirft sich mir zu Füßen und netzt meine Hände mit Tränen der Dankbarkeit. Ohne der Gefahr zu achten, welcher ich mich selber aussetze, ohne des Schicksals zu gedenken, welches meiner harrt, habe ich nur noch die Flucht des Kindes im Auge. Ich helfe ihm, glücklich aus dem Dorf zu gelangen, ohne einem Menschen zu begegnen, bringe es auf den Weg in den Wald, schließe es zum Abschied in meine Arme und

freue mich gleich ihm über sein Glück und das Glück seines Vaters, welches es ihm mit seiner Rückkehr bereiten wird. Dann begebe ich mich unverzüglich nach Hause.
Zur besagten Stunde kehren unsre beiden Ärzte heim. Erwartungsvoll sehen sie der Ausführung ihrer widerwärtigen Pläne entgegen. In bester Laune nehmen sie rasch ihr Abendmahl zu sich und steigen dann umgehend in den Keller hinab. Zur Verschleierung meiner Tat hatte ich lediglich das Türschloß aufgebrochen und den Schlüssel wieder dorthin zurückgelegt, wo ich ihn gefunden. Es sollte so scheinen, als hätte sich das kleine Mädchen aus eigener Kraft befreit. Aber die, welche ich täuschen wollte, ließen sich nicht so leicht Sand in die Augen streuen... Wütend stürzt Rodin nach oben, fällt über mich her und prügelt los. Was ich mit dem Kind gemacht habe, welches er eingesperrt, will er wissen. Zunächst verlege ich mich aufs Leugnen... doch meine unselige Wahrheitsliebe läßt mich schließlich alles gestehen. Die beiden Übeltäter beschimpfen mich in ihrer Wut mit Ausdrücken von beispielloser Derbheit. Der eine schlägt vor, mich an Stelle des geretteten Kindes zu verwenden, der andere will mich noch weit entsetzlicheren Foltern unterwerfen. Bei diesen Drohungen und den gleichzeitigen Schlägen, welche mich vom einen zum andern taumeln lassen, vergeht mir Hören und Sehen, und bald sinke ich bewußtlos zu Boden. Ihr erster Zorn ist nun verraucht. Rodin weckt mich aus meiner Ohnmacht; kaum bin ich wieder meiner Sinne mächtig, da befehlen sie mir, mich zu entkleiden. Vor Angst zitternd gehorche ich. Als ich soweit bin, wie sie mich haben wollen, hält mich der eine fest, während sich der andere an die Operation macht. Von jedem Fuß schneiden sie mir eine Zehe weg, dann richten sie mich auf, und jeder reißt mir einen Zahn aus dem Mund.
»Das ist noch nicht alles«, sagt Rodin und hält ein Eisen ins Feuer, »*gepeitscht* habe ich sie bei mir aufgenommen, *gezeichnet* will ich sie davonjagen!«

Bei diesen Worten stößt mir der niederträchtige Mensch, während sein Freund mich festhält, das glühende Eisen, mit dem man Diebe brandmarkt, hinten auf die Schulter.
»Jetzt soll sie mir nur kommen, die Dirne, wenn sie es wagt«, spricht Rodin voll Wut, »ich brauche bloß auf dieses Schandmal hinzuweisen, um hinreichend zu begründen, warum ich sie so stillschweigend und plötzlich aus dem Hause gejagt habe.«
Nach diesen Worten packen mich die Freunde. Draußen ist es Nacht. Sie schaffen mich bis an den Rand des Waldes und lassen mich dort mitleidlos allein, nicht ohne mich vorher noch einmal eindringlich auf die Gefahren hinzuweisen, welche mir drohten, falls ich – eine schmählich Gezeichnete – irgendwelche Beschuldigungen gegen sie erheben sollte.
Jeder andere hätte sich um diese Drohungen wenig gekümmert. Da man beweisen konnte, daß die Behandlung, welche mir soeben widerfahren, nicht das Werk eines Gerichts war — was hatte ich also zu befürchten? Doch meine Schwachheit, meine Einfalt, die schreckliche Erinnerung an meine unseligen Erlebnisse in Paris und auf dem Schloß Bressac — all das raubte mir die Fähigkeit des klaren Gedankens und flößte mir Angst ein. Ich war nur noch darauf bedacht, diesem verhängnisvollen Ort den Rücken zu kehren, sobald meine Schmerzen ein wenig nachgelassen hätten. Da man meine Wunden sorgfältig verbunden hatte, verspürte ich am nächsten Morgen bereits eine gewisse Linderung. Nachdem ich unter einem Baum eine der entsetzlichsten Nächte meines Lebens verbracht, machte ich mich bei Anbruch des Tages auf den Weg. Zwar hinderten mich die Verletzungen an meinen Füßen am rüstigen Ausschreiten, trotzdem legte ich in meinem Drang, mich aus der Umgebung des unheilvollen Waldes zu entfernen, am ersten Tag vier Meilen zurück. Am nächsten und übernächsten schaffte ich jeweils die gleiche Strecke Wegs, doch da ich mich nicht zu orientieren wußte und auch niemanden fragte, lief ich im Kreis um Paris herum. Am Abend des vierten Tages befand ich mich erst in

Lieusaint. Ich wußte, daß die Straße zu den südlichen Provinzen Frankreichs führte, und beschloß, ihr zu folgen und nach Möglichkeit in jene entfernten Landstriche zu gelangen. Vielleicht, so dachte ich, fände ich Ruhe und Frieden, welche mir die Heimat so herzlos verweigert, irgendwo am Ende der Welt.

Welch verhängnisvoller Irrtum! Welche Leiden standen mir noch bevor! Bei Rodin hatte ich nicht so viel verdient – weit weniger als beim Marquis de Bressac –, als daß ich einen Teil meines Lohns hätte auf die Seite legen müssen. Glücklicherweise trug ich daher mein ganzes Geld bei mir. Ich besaß etwa zehn Louisdor, eine Summe, die sich aus dem, was ich aus dem Hause Bressac hatte retten können, und meinem Verdienst bei Rodin zusammensetzte. Ich hatte Glück im Unglück gehabt, daß man mir nicht auch noch meine Mittel genommen. Ich hoffte, das Geld werde so lange reichen, bis ich in der Lage war, mir eine neue Stellung zu suchen. Die Zeichen der schmachvollen Behandlung, welche man mir hatte zuteil werden lassen, waren nach außen hin nicht sichtbar; ich glaubte sie stets verborgen halten zu können und nicht durch das Brandmal daran gehindert zu werden, meinen Lebensunterhalt zu verdienen. Ich war zweiundzwanzig Jahre alt, von robuster Gesundheit, trotz einer schmalen und schlanken Gestalt, sah – was man zu meinem Leidwesen stets allzusehr gerühmt – hübsch aus und besaß einige Tugenden, welche mich, obzwar sie mir bisher immer nur geschadet, insgeheim trösteten und darauf hoffen ließen, die Vorsehung werde mich um ihretwillen eines Tages wenn schon nicht belohnen, so doch ein wenig vor dem Leid, welches meine Tugenden stets heraufbeschworen, bewahren.

Voller Mut und Hoffnung setzte ich meinen Weg fort. In Sens jedoch bereiteten mir meine schlecht verheilten Füße so starke Schmerzen, daß ich beschloß, einige Tage auszuruhen. Da ich nicht wagte, irgend jemandem die Ursache meiner Leiden anzuvertrauen, mich im übrigen jedoch der Heilmittel entsann, welche Rodin bei ähnlichen Verletzungen anzuwenden pflegte, kaufte ich mir die notwendigen Arzneien und kurierte mich selbst. Nach einer Woche der Ruhe war ich völlig wiederhergestellt. Vielleicht hätte ich in Sens Arbeit gefunden, doch war ich so besessen von dem Wunsch, mich ganz weit fortzubegeben, daß ich auf der Straße weiterwanderte. Ich hatte die Absicht, mein Glück in der Dauphiné zu versuchen. Von dieser Gegend hatte ich in meinen Kindertagen oft reden hören, dort glaubte ich nun mein Heil zu finden. Wir werden sehen, wie es mir erging!

Meine religiösen Empfindungen hatten mich noch in keiner Lebenslage verlassen. Ich verachtete der Freigeister eitle Sophismen, welche ich eher für Früchte der sinnlichen Ausschweifung als einer festen Überzeugung hielt. Gegen sie führte ich mein Gewissen und mein Herz ins Feld; beides verhalf mir stets zur rechten Antwort. Wenn ich auch zuweilen durch mein unseliges Geschick an der Ausübung meiner frommen Pflichten gehindert wurde, so holte ich doch stets das Versäumte nach, sobald sich eine Gelegenheit dazu bot.

Am 7. Juni – ich werde das Datum nie vergessen – verließ ich Auxerre. Ich hatte bereits etwa zwei Meilen zurückgelegt, und die Hitze begann mich zu plagen. Da beschloß ich, auf eine kleine, zu meiner Linken, etwas abseits des Weges gelegene waldige Anhöhe zu steigen, mich dort ein wenig zu stärken und zwei Stunden zu schlummern; das war billiger als in einer Herberge und nicht so gefährlich wie unmittelbar neben der Landstraße. Ich steige hinauf, lasse mich unter einer Eiche zu einer einfachen Mahlzeit, bestehend aus ein wenig Brot und Wasser, nieder und gebe mich anschließend den Wonnen des Schlummers hin. Nach mehr als zwei Stunden ungestörten Schlafs wache ich auf und betrachte wohlgefällig die Landschaft, die sich, links von der Straße, meinen Blicken darbietet. In etwa drei Meilen Entfernung glaube ich ein Kirchtürmlein zu erkennen, welches schüchtern aus einem sich bis zum Horizonte erstreckenden Walde ragt.

»Süße Einsamkeit«, sprach ich zu mir, »Neid bereitet mir der

Anblick deiner Wohnstatt! Dort müssen Nonnen leben oder fromme Einsiedler, einzig ihren Pflichten hingegeben, gänzlich ihrer Religion geweiht, fern dem verderbenbringenden Menschengetriebe, wo das Verbrechen im unablässigen Kampf gegen die Unschuld stets triumphiert. Gewiß sind dort alle Tugenden beisammen.«

Ich war ganz in solche Gedanken vertieft, als ich plötzlich ein junges Mädchen meines Alters erblickte, welches auf dem Plateau Schafe hütete. Ich fragte sie nach jener Stätte. Was ich dort sähe, gab sie zur Antwort, sei eine Rekollektenklause, bewohnt von vier Einsiedlern, welche an Frömmigkeit, Keuschheit und Genügsamkeit nicht ihresgleichen hätten.

»Einmal in Jahr«, sprach das Mädchen, »pilgern die Leute dorthin; ein wundertätiges Bild der Jungfrau erfüllt den Frommen alle ihre Wünsche.«

In dem sehnlichen Verlangen, mich alsbald jener heiligen Gottesmutter zu Füßen zu werfen und ihre Gunst zu erflehen, fragte ich das Mädchen, ob es mich dorthin begleiten wolle. Dies sei ihm unmöglich, gab es zur Antwort, seine Mutter erwarte jeden Augenblick seine Heimkunft, doch der Weg sei nicht zu verfehlen. Sie wies ihn mir und fügte hinzu, der Pater Guardian, der ehrwürdigste und frömmste Mann auf der Welt, werde mich nicht nur mit offenen Armen empfangen, sondern mir auch jegliche Hilfe gewähren, falls ich ihrer bedürfe.

»Ehrwürdiger Vater Raphael – so nennt man ihn«, fuhr das Mädchen fort, »er ist Italiener, doch hat er sein Leben in Frankreich verbracht. Die Einsamkeit gilt ihm alles. Mehrfach schon hat er glänzende Stellungen ausgeschlagen, welche ihm der Papst, mit dem er verwandt ist, angeboten hat. Er stammt aus vornehmer Familie. Sanftmut, Hilfsbereitschaft, Glaubenseifer und Gottesfurcht zeichnen ihn aus. Etwa fünfzig Jahre zählt der Mann, den jeder im Lande für einen Heiligen hält.«

Nach diesen begeisternden Worten der Hirtin vermochte ich nun nicht länger dem Wunsche zu widerstehen, nach jener Klause zu pilgern und durch möglichst viele fromme Handlungen alle meine Versäumnisse wettzumachen. Ich drückte dem Mädchen ein wenig Geld in die Hand, obwohl ich eher selbst einer milden Gabe bedurft hätte, und machte mich auf den Weg nach *Sainte Marie des Bois*, wie die Klause hieß. Als ich mich wieder unten in der Ebene befand, war der Kirchturm meinen Augen entschwunden; das einzige, wonach ich mich nunmehr richten konnte, war der Wald. Ich hatte meine Wegweiserin gar nicht gefragt, wieviel Meilen es von dem Ort unserer Begegnung bis zu dem Kloster seien. Bald mußte ich feststellen, daß ich die Entfernung wesentlich unterschätzt hatte. Doch ich lasse mich nicht entmutigen. Am Waldrand angekommen, sehe ich, daß es noch eine Weile hell sein wird. In der Gewißheit, noch vor Einbruch der Nacht die Klause zu erreichen, beschließe ich, in den Wald einzudringen... Doch weit und breit ist keine Spur eines menschlichen Wesens, kein Haus zu entdecken. Der einzige Weg ist ein offensichtlich kaum begangener Pfad, dem ich auf gut Glück folge.

Wenigstens fünf Meilen habe ich bereits zurückgelegt, seit ich jene Anhöhe verlassen, welche ich höchstens drei Meilen von meinem Ziel entfernt geglaubt hatte, und die Sonne geht schon unter, als ich das Läuten einer Glocke vernehme. Sie scheint etwa eine gute Meile weit weg zu sein. Ich folge dem Schall, beschleunige meinen Schritt, der Pfad wird ein wenig breiter... und nach einer Stunde Wegs, seit ich die Glocke gehört, erblicke ich endlich einige Hecken und schließlich die Klause. Eine wahre Wildnis umgibt den einsamen Ort. Bis zur nächsten menschlichen Behausung sind es mehr als sechs Meilen, und mindestens drei Meilen weit erstreckt sich in jeder Richtung der Wald. Die Klause lag in einer Mulde, und ich mußte erst ein gutes Stück bergab gehen, ehe ich am Ziel war. Und dies wird wohl der Grund gewesen sein, warum ich den Kirchturm aus dem Auge verloren hatte, als ich mich wieder in der Ebene befand.

Die Hütte eines Klosterbruders, welcher offenbar die Gartenarbeit versah, lehnte sich an die das Gebäude umgebende Mauer. Dorthin mußte sich wohl wenden, wer Einlaß suchte. Ich fragte den gottesfürchtigen Klausner, ob es gestattet sei, den Pater Guardian zu sprechen... er seinerseits begehrte zu wissen, was ich von dem Pater wolle... ich gab ihm zu verstehen, eine heilige Pflicht, ein Gelübde, führe mich zu dieser frommen Stätte, und es würde mir ein rechter Trost sein nach all den Mühen des Weges, wenn ich einen Augenblick lang zu Füßen der Jungfrau niederknien dürfte, desgleichen vor dem hochehrwürdigen Vorsteher dieses Hauses, in dem das wundertätige Bild aufbewahrt werde.

Der Bruder forderte mich auf, ein wenig auszuruhen, und begab sich in das Innere der Klause. Da es bereits Nacht war und die Patres, wie er sagte, gerade zu Abend speisten, dauerte es eine geraume Weile, ehe er zurückkehrte. Schließlich erschien er in Begleitung eines weiteren Mönchs.

»Das ist Pater Clément, Mademoiselle«, sprach der Bruder, »er versorgt die Wirtschaft des Anwesens. Er wird prüfen, ob das, was Ihr begehrt, wert ist, daß man den Pater Guardian störe.«

Pater Clément war ein Mann von etwa fünfundvierzig Jahren, außerordentlich beleibt und von riesigem Wuchs. Er blickte wild und finster drein und sprach mit harter und rauher Stimme. Seine Nähe ließ mich eher schaudern, als daß sie mich tröstete... Unwillkürlich begann ich zu zittern, und ohne daß ich etwas dagegen vermochte, stand vor meinem erinnernden Auge plötzlich alles Unglück, welches mich in der Vergangenheit heimgesucht.

»Was wollt Ihr?« fragte mich der Mönch barsch. »Ist das etwa die richtige Stunde, eine Kirche zu betreten? Ihr seht mir recht nach einer Abenteurerin aus.«

»Ehrwürdiger Mann«, rief ich und warf mich vor ihm auf die Knie, »ich glaubte, es sei immer die rechte Zeit, sich im Hause des Herrn einzufinden. Von weit her bin ich gekommen, um mich hier ganz der Inbrunst und frommen Andacht hinzugeben. Wenn es möglich ist, möchte ich beichten. Kennt Ihr erst mein Gewissen, so mögt Ihr entscheiden, ob ich würdig bin oder nicht, vor dem wundertätigen Bild niederzuknien, welches Ihr in diesen heiligen Mauern aufbewahrt.«

»Aber es ist auch nicht gerade der rechte Augenblick zur Beichte«, sprach der Mönch, etwas milder gestimmt, »wo wollt Ihr die Nacht verbringen? Wir haben keinen Platz, Euch zu beherbergen. Ihr kommt besser morgen früh wieder.«

Daraufhin nannte ich ihm alle Gründe, die mich daran hinderten, und ohne eine Antwort ging er davon, den Pater Guardian zu unterrichten. Wenige Minuten später vernahm ich, wie man die Kirche aufschloß. Der Pater Guardian selbst trat zu mir in die Hütte des Gärtners und forderte mich auf, mit ihm das Gotteshaus zu betreten. Pater Raphael – es scheint mir angebracht, Euch gleich zu Anfang ein Bild von ihm zu geben – war zwar an Jahren durchaus so alt, wie man mir gesagt hatte, doch hätte man ihn nicht einmal auf vierzig geschätzt. Er war von schlanker, hoher Gestalt, besaß ein sanftes, vergeistigtes Antlitz und sprach ausgezeichnet französisch, wenn auch mit leichtem italienischem Akzent. Nach außen hin gab er sich so wohlgesittet und einnehmend, wie er innerlich wild und abstoßend war – wovon ich Euch umgehend überzeugen werde.

»Mein Kind«, sprach der Mönch freundlich, »wenn Ihr auch zur Unzeit gekommen seid und wir so spät keine Besucher zu empfangen pflegen, will ich Euch dennoch die Beichte abnehmen. Danach wollen wir überlegen, wie und wo Ihr mit Anstand die Nacht verbringt. Morgen früh könnt Ihr dann unserm heiligen Bilde Eure Aufwartung machen.«

Nach diesen Worten zündete der Mönch um den Beichtstuhl herum einige Lichter an, hieß mich Platz nehmen, befahl dem Klosterbruder, hinauszugehen und alle Türen hinter sich zu schließen, und forderte mich schließlich auf, ihm vertrauensvoll zu beichten. In der Gegenwart dieses scheinbar so huldvollen Mannes schwanden alle Ängste, welche mir Pater Clément eingeflößt. Ich ließ mich vor meinem Beichtiger auf die Knie nieder und schüttete ihm mein Herz aus. In meiner üblichen Offenheit und Vertrauensseligkeit verschwieg ich ihm nichts, was meine Person betraf. Ich gestand ihm alle meine Verfehlungen, erzählte ihm mein ganzes Unglück. Nichts ließ ich unerwähnt, nicht einmal das Schandmal, mit welchem mich der abscheuliche Rodin gebrandmarkt hatte.

Überaus aufmerksam lauschte Pater Raphael meinen Worten, einige Einzelheiten ließ er mich sogar mit der Miene mitleidsvoller Anteilnahme wiederholen. Besonders eindringlich fragte er mich mehrfach nach folgenden Punkten:

1. Ob es wirklich zutreffe, daß ich Waise sei und aus Paris stamme;
2. ob es wahr sei, daß ich weder Verwandte, Freunde oder Beschützer noch sonst irgendeinen Menschen hätte, dem ich schriebe;
3. ob ich zu niemandem außer zu der Hirtin von meiner Absicht gesprochen hätte, die Klause aufzusuchen, und ob ich mich etwa mit ihr nach meiner Rückkehr verabredet hätte;
4. ob ich in der Tat Jungfrau und nur zweiundzwanzig Jahre alt sei;
5. ob mir mit Sicherheit kein Mensch gefolgt sei und, falls mir jemand gefolgt sei, ob dieser mich nicht etwa die Klause habe betreten sehen.

Nachdem ich auf seine Fragen mit der Miene völliger Unbefangenheit erschöpfend Auskunft gegeben hatte, erhob sich der Mönch, nahm mich bei der Hand und sprach:

»Gut, mein Kind, es ist zu spät, Euch heute abend noch die Jungfrau begrüßen zu lassen. Morgen will ich Euch die süße Genugtuung bereiten, Euch zu Füßen ihres Bildes die Hostie zu reichen. Aber zunächst wollen wir dafür sorgen, daß Ihr etwas zu Abend eßt und ein Nachtlager findet.«

Mit diesen Worten führte er mich zur Sakristei.

»Wie?« fragte ich aus einer gewissen Unruhe heraus, derer ich mich nicht erwehren konnte, »wie, mein Vater? In Eurem Hause?!«

»Wo denn sonst, meine bezaubernde Pilgerin?« erwiderte der Mönch, öffnete eine der Türen, die von der Sakristei auf den Kreuzgang gingen, und führte mich so endgültig in den inneren Bezirk der Klause. »Habt Ihr etwa Angst, die Nacht mit vier Klosterbrüdern zu verbringen? Oh, Ihr werdet sehen, mein Engel, daß wir nicht so bigott sind, wie wir aussehen, und daß wir uns durchaus mit einem hübschen Mädchen zu vergnügen wissen...«

Ich zuckte zusammen, als ich das hörte.

»Gerechter Himmel«, sprach ich bei mir, »werde ich wieder einmal das Opfer meiner edlen Empfindungen sein? Wird mein Wunsch, das zu erblicken, was die Religion an Verehrungswürdigstem besitzt, wieder einmal wie ein Verbrechen bestraft?«

Unterdessen schritten wir in der Dunkelheit weiter. Am Ende einer der vier Seiten des Kreuzgangs langten wir schließlich bei einer Treppe an, und der Mönch hieß mich vorangehen. Er spürte mein leichtes Widerstreben.

»Elendes Luder«, rief er wütend und verfiel unvermittelt von seinen liebenswürdigen Wendungen in einen groben Ton, »glaubst du denn, du kannst jetzt noch zurück? Bei allen Teufeln, bald wirst du sehen, daß es vielleicht besser für dich gewesen wäre, in eine Diebeshöhle geraten zu sein als in die Hände von vier Rekollektenbrüdern.«

Gleich darauf müssen meine Augen so gräßliche Dinge sehen, daß mir keine Zeit bleibt, mich ob dieser Worte erst zu beunruhigen. Kaum treffen diese mein Ohr, als neue erschreckende Eindrücke auf meine Sinne einstürmen. Die Tür wird geöffnet, und ich erblicke um eine Tafel herum drei Mönche und drei junge Mädchen. Alle sechs bieten einen äußerst unzüchtigen Anblick. Zwei Mädchen waren völlig nackt, der dritten zog man gerade die Kleider aus, und die Mönche boten sich ungefähr in dem gleichen Zustande dar...

»Meine Freunde«, rief Raphael, während er den Raum betrat. »Eine hat uns noch gefehlt – hier ist sie! Gestattet, daß ich euch eine wahre Rarität vorführe, eine Lukrezia, welche gleichzeitig auf ihrer Schulter das Zeichen üblen Wandels trägt und hier...« fuhr er mit einer so vielsagenden wie anstößigen Geste fort, »hier das untrügliche Merkmal ihrer unbestrittenen Jungfräulichkeit.«

Aus allen Ecken des Raums schlug mir schallendes Gelächter ob dieser kuriosen Vorstellung entgegen. Clément, jener Mönch, welcher mir zuerst begegnet, war schon reichlich bezecht und schrie, man müsse sich umgehend vom Stand der Dinge überzeugen.

Die Notwendigkeit, Euch die Anwesenden näher zu beschreiben, zwingt mich, an dieser Stelle meine Erzählung zu unterbrechen; doch will ich Euch nur so kurz wie möglich über mein weiteres Schicksal im ungewissen lassen.

Raphael und Clément kennt Ihr bereits hinreichend genug, so daß ich mich den beiden anderen zuwenden kann. Antonin, der dritte Klosterbruder, war ein kleiner, dürrer, schmächtiger Mann von etwa vierzig Jahren und feurigen Temperaments; er sah aus wie ein Satyr und war behaart wie ein Bär, hemmungslos im Laster und von beispielloser Spottlust und Bosheit. Pater Jérôme, der Klosterälteste, war ein bejahrter Libertin von sechzig Jahren, hartherzig und gewalttätig wie Clément, doch ein noch größerer Trunkenbold als jener; der üblichen Freuden überdrüssig, war er gezwungen, zu so verderbten wie widerwärtigen Ausgefallenheiten zu greifen, wollte er auch nur einen Funken der Lust bei sich entzünden.

Florette war die Jüngste unter den Frauen. Sie zählte etwa vierzehn Jahre und war die Tochter eines reichen Bürgers aus Dijon. Raphael, ein reicher, in seinem Orden bestens angesehener Mann, der nichts unterließ, was seinen Leidenschaften nützen konnte, hatte sie durch seine Helfer entführen lassen. Sie besaß dunkelbraunes Haar, hübsche Augen und reizvolle Gesichtszüge. Cornélie, eine interessante Erscheinung, war etwa sechzehn Jahre alt; sie hatte hübsches blondes Haar, eine strahlend weiße Haut und eine denkbar schöne Figur. Ihr Vater war Weinhändler in Auxerre. Raphael selbst hatte sie heimlich in seine Fänge gelockt und verführt. Omphale schließlich war eine Frau von dreißig Jahren, hochgewachsen und von üppigen Formen; sie besaß sehr sanfte, angenehme Züge, prächtiges Haar, einen wunderschönen Hals und den zärtlichsten Blick, den man sich vorstellen kann; sie, die Tochter eines überaus wohlhabenden Weinbauern in Joigny, hatte kurz vor der Hochzeit mit einem Mann gestanden, welcher ihr Glück bedeutet hätte, als Jérôme die Sechzehnjährige unter Zuhilfenahme ausgefallenster Verführungskünste aus dem Hause ihrer Eltern geraubt.

Solcherart also war die Gesellschaft, in der ich von nun an leben sollte, so sah die trübe und schmutzige Kloake aus – und ich hatte geglaubt, hier, an einer würdigen Stätte, wie sie ihnen wohl zukommt, alle Tugenden anzutreffen.

Kaum daß ich diesen gräßlichen Kreis betreten, gab man mir zu verstehen, das beste, was ich tun könne, sei, es meinen Gefährtinnen gleichzutun und zu gehorchen.

»Ihr könnt Euch unschwer vorstellen«, sagte Raphael, »daß es an diesem abgelegenen Orte, wohin Euch Euer Unstern geführt, nicht das geringste nützt, solltet Ihr Euch zu sträuben suchen. Ihr habt, wie Ihr sagt, schon manches Unglück erfahren, und das stimmt wahrlich, wenn man Euren Erzählungen glauben soll. Aber seht, das größte Unglück, welches einem tugendhaften Mädchen widerfahren kann, fehlt noch auf der Liste Eures Mißgeschicks. Ist es denn etwa natürlich, in Eurem Alter noch Jungfrau zu sein? Handelt es sich dabei nicht um eine Art Wunder, welches nicht in alle Ewigkeit fortdauern kann?... Da seht, Eure Gefährtinnen! Wie Ihr haben auch sie zunächst allerhand Umstände gemacht, als sie sich gezwungen sahen, uns dienstbar zu sein. Aber schließlich haben sie – und wenn Ihr klug seid, werdet Ihr es nicht anders halten – gehorcht, als sie erkennen mußten, daß jeglicher Widerstand ihnen nur Mißhandlungen eintrug.

Wie glaubt Ihr denn, Sophie, Euch in Eurer Lage wehren zu können? Denkt daran, wie verlassen Ihr in der Welt dasteht! Nach Eurer eigenen Aussage habt Ihr weder Verwandte noch Freunde. Haltet Euch Eure Lage recht vor Augen: Mitten in einer Wüste, ohne jeden Beistand, auf der ganzen Erde unbekannt, in den Händen von vier Libertins, die weiß Gott nicht darauf versessen sind, Euch zu schonen – wen wollt Ihr da zu Hilfe rufen? Etwa den lieben Gott, zu dem Ihr so eifrig fleht, der indes Eure Inbrunst nur dazu benutzt, Euch um so sicherer in die Falle laufen zu lassen? Es gibt also, wie Ihr seht, keine Macht im Himmel und auf Erden, die Euch aus unseren Händen zu retten vermöchte. Weder im Bereiche des Möglichen noch des Wunderbaren gibt es Mittel, mit deren Hilfe es Euch gelänge, weiterhin im Besitze Eurer Unschuld zu bleiben, auf die Ihr so stolz seid, nichts, was Euch davor bewahren könnte, auf jede nur denkbare Weise mit Haut und Haar die Beute unserer unzüchtigen Ausschweifungen zu werden, denen wir uns alle vier an Euch zu überlassen gedenken. Kleidet Euch also aus, Sophie! Verdient Euch durch Eure völlige Unterwerfung unser Wohlwollen, an dessen Stelle jedoch unverzüglich die härteste und schmählichste Behandlung tritt, falls Ihr nicht gehorcht, eine Behandlung, die uns nur noch mehr aufbringt... Schutz vor unseren maßlosen Gewalttätigkeiten handelt Ihr Euch so jedenfalls nicht ein!«
Diese Rede machte mir nur allzu deutlich, daß ich keine Hilfe zu erwarten hatte. Aber wäre ich nicht schuldig geworden, wenn ich nicht jenen Rettungsweg einzuschlagen versucht hätte, den mir mein Herz wies und die Natur noch als einzigen beließ? Ich stürze Raphael zu Füßen und wende alle Kräfte meiner Seele auf, indem ich ihn anflehe, meine Lage nicht zu mißbrauchen. Die bittersten Tränen benetzen seine Knie. Mit den bewegendsten Argumenten, welche mir meine Seele zuflüstert, wage ich ihn weinend zu rühren. Doch ich wußte noch nicht, daß Tränen in den Augen des Verbrechens und des Lasters von ganz besonderem Reiz sind. Ich

erkannte nicht, daß alles was ich unternahm, jene Ungeheuer mitleidig zu stimmen, einzig die Glut ihres Zorns schürte... Wütend erhob sich Raphael.
»Packt das Luder, Antonin«, rief er mit emporgezogenen Brauen, »zieht sie auf der Stelle vor unseren Augen aus, und zeigt ihr, daß bei Leuten wie uns Mitleid nicht gilt.«
Antonin greift nach mir mit seinem dürren, sehnigen Arm und reißt mir, seine Worte und Taten mit gräßlichen Flüchen begleitend, binnen zweier Minuten die Kleider vom Leib und stellt mich nackt vor die Versammelten hin.
»Wahrlich ein schönes Geschöpf«, sprach Jérôme, »das Kloster soll über mir zusammenstürzen, wenn ich in den letzten dreißig Jahren was Hübscheres gesehen habe.«
»Einen Augenblick noch«, rief der Guardian, »wir wollen schön der Reihe nach vorgehen. Ihr kennt, meine Freunde, unsere Aufnahmeriten. Jedem einzelnen Akt des Rituals soll sie unterzogen, keiner darf ausgelassen werden. Währenddessen sollen sich die drei anderen Frauen um uns herum gruppieren, sei es um unseren Bedürfnissen entgegenzukommen, sei es, sie zu erwecken.«
Sogleich bildet sich ein Kreis, in dessen Mitte man mich placiert. Mehr als zwei Stunden lang werde ich eingehend gemustert; die vier Libertins betrachten und betasten mich, wobei einer nach dem andern sein Lob oder seine Kritik anbringt.
Erlaubt mir, Madame, sprach unsere schöne Gefangene, und bei diesen Worten überzog eine tiefe Röte ihr Antlitz, daß ich Euch die obszönen Einzelheiten, welche mit dieser ersten Zeremonie einhergingen, zum Teil vorenthalte. Ich überlasse es Eurer Phantasie, sich vorzustellen, auf welche Einfälle das Laster in einem solchen Fall den Libertin zu bringen vermag, sich auszumalen, wie die vier nacheinander von meinen Gefährtinnen zu mir hinüberwechseln, uns vergleichend nebeneinander- und gegenüberstellen und ihre Eindrücke austauschen. Doch wird Euch Eure Ein-

bildungskraft nur ein oberflächliches Bild dessen vermitteln können, was während dieser ersten Orgien vonstatten ging. Das alles war indessen noch harmlos im Vergleich zu den Schrecknissen, deren Opfer ich alsbald werden sollte.

»Nun denn!« rief Raphael – offenbar längst nicht mehr Herr seines maßlosen Verlangens – in wollüstiger Erregung. »Es ist an der Zeit, das Opfer darzubringen! Ein jeder mache sich bereit, es seine Lieblingslüste erleiden zu lassen.«

Und es führte mich jener ehrlose Mensch zu einem Diwan, wo er mich in eine seinen fluchwürdigen Wünschen günstige Lage zwang, und – indem er mich durch Antonin und Clément festhalten ließ – sättigte der lasterhafte Mönch und Italiener seine schändliche Begierde, ohne daß meine Jungfräulichkeit indes Schaden nahm. O welche Ausschweifung! Es wollte scheinen, als habe jeder dieser Wüstlinge seine Ehre dareingesetzt, bei der Wahl seines Vergnügens möglichst der Natur zu vergessen.

Nunmehr näherte sich mir Clément, getrieben vom Anblick des unzüchtigen Schauspiels, welches sein Supérieur aufgeführt, und wohl mehr noch gereizt durch jenes Tun, dem er selbst sich während des Betrachtens hingegeben. Keineswegs, so tat er mir kund, werde er verderblicher für mich sein als sein Vorgesetzter; seine Huldigungen werde er einem Orte erweisen, wo meiner Tugend nicht die geringste Gefahr drohe. Er hieß mich auf den Boden knien, drängte sich dann an mich, die ich in dieser Haltung verharrte, und ließ seinen üblen Lüsten auf eine Weise Lauf, die es mir verwehrte, ob seiner ruchlosen Verirrung vernehmliche Klage zu erheben.

Es folgte Jérôme. Er wählte jenen Tempel, den vor ihm schon Raphael betreten, doch drang er nicht bis zum Allerheiligsten vor. Sich am Anblick des Vorhofes ergötzend und in plumpen Verrichtungen von unsagbarer Obszönität Erregung suchend, sah er seine Wünsche dennoch nicht eher erfüllt, als bis man mich jenen barbarischen Maßnahmen unterwarf, deren Opfer ich – wie Ihr

wißt – beinahe im Hause Dubourgs, vollends jedoch in den Händen des Marquis de Bressac geworden war.
»Nun seid Ihr ja bestens vorbereitet«, rief Antonin und griff nach mir, »kommt her, mein Täubchen, kommt, daß ich die Unnatur räche, derer meine Mitbrüder an Euch schuldig wurden, und die köstlichen Erstlinge pflücke, welche mir die Zügellosen überließen!«
Ach, Euch getreulich zu beschreiben, was nun geschah – ich vermag es nicht! Dieser gottlose Mensch erwies sich unter den vieren als der schlimmste Libertin, wenngleich er sich aus dem Gesichtsfeld der Natur am wenigsten zu entfernen schien; aber wenn er im Bereiche des Natürlichen verweilte, wenn er bei seinem Kult auf allzu abseitige Riten verzichtete, so fand er sich hierzu offenbar nur bereit, weil er sich für den Anschein geringerer Verderbtheit schadlos halten konnte, indem er ihr um so größeren Schimpf antat... Ach, jene seltenen Male, die sich meine Phantasie verleiten ließ, der irdischen Freuden zu gedenken, glaubte ich diese keusch und rein wie den Gott, der sie uns eingab, ein Geschenk der Natur zum Troste der Menschen, Früchte der Liebe und des zarten Sinns. Nie hätte ich gewähnt, daß der Mensch wie die wilden Tiere nur zum Genusse findet, wenn er seinen Gefährten erzittern läßt. Nun erfuhr ich es – und zwar auf so heftige Art, daß der Schmerz, unter dem meine Jungfräulichkeit zerriß, gering war angesichts der Martern, denen darüber hinaus mein Leib während dieser bedrohlichen Gewalttat unterworfen wurde. Antonin gelangte zum Gipfel seiner Lust unter so wüsten Schreien, mörderischen Ausfällen gegen alle Teile meines Leibes und Bissen, welche den blutrünstigen Liebkosungen der Tiger glichen, daß ich mich wahrhaftig einen Augenblick lang die Beute einer wilden Bestie glaubte, die mich zu verschlingen trachtete. Als diese Greuel geendet, fiel ich auf den Opferaltar zurück, wo man mich soeben hingeschlachtet, und blieb dort, einer Ohnmacht nahe, regungslos liegen.

Raphael befahl den Frauen, sich um mich zu kümmern und mir etwas zu Essen zu geben. Doch ein wütender Schmerz befiel in diesem grausamen Augenblick meine Seele. Ich vermochte den schrecklichen Gedanken nicht zu ertragen, daß ich nun den Schatz meiner Jungfräulichkeit verloren hatte, für den ich mein Leben hundertfach hingegeben hätte, daß mich jene gezeichnet hatten, von denen ich im Gegenteil am ehesten Beistand und Herzenstrost hätte erwarten dürfen. Die Tränen strömten mir aus den Augen, der Saal hallte wider von meinen Schreien, ich wälzte mich auf dem Boden, raufte mir das Haar und flehte meine Henker an, mir den Todesstoß zu geben. Doch die Schurken, gegen solche Szenen unempfindlich, vergnügten sich bereits wieder mit meinen Gefährtinnen und dachten nicht daran, meine Schmerzen zu lindern oder mich gar zu trösten. Dennoch wurde ihnen mein Geschrei lästig, und so beschlossen sie, mich in einen Raum zu schaffen, wo ich mich ausruhen sollte und von wo meine Schreie nicht zu ihnen dringen konnten... Omphale wollte mich gerade fortführen, als der niederträchtige Raphael, welcher mich trotz meines beklagenswerten Zustands immer noch mit lüsternen Blicken betrachtete, rief, er wünsche nicht, daß man mich fortschaffe, bevor ich nicht noch einmal sein Opfer geworden sei... Und schon schickt er sich an, seine Worte wahrzumachen... Doch seine Lüste bedürfen eines zusätzlichen Reizes, und so müssen erst die grausamen Praktiken Jérômes herangezogen werden, bevor er die nötige Kraft findet, sein neuerliches Verbrechen zu begehen... Großer Gott, welch grenzenlose Verworfenheit! Ist es denn möglich, daß diese Wüstlinge so grausam sind, meinen Leib genau in dem Augenblick unmenschlichen Martern zu unterwerfen, indem meine seelischen Schmerzen am schlimmsten sind?

»Bei Gott«, spricht Antonin, indem auch er mich zum zweitenmal hernimmt, »man folge stets dem Beispiel seines Vorgesetzten, ein besseres gibt es nicht. Und nichts ist reizvoller als der Rückfall. Der Schmerz macht für die Lust empfänglich, sagt man, nun, ich bin überzeugt, daß mich dieses schöne Kind zum glücklichsten Mann auf der Welt machen wird.«

Und trotz meines Sträubens, meines Geschreis und meiner flehentlichen Bitten werde ich ein weiteres Mal zum erbarmungswürdigen Gegenstand der dreisten Lüste dieses Elenden... Schließlich läßt man mich gehen.

»Wenn ich nicht schon mein Teil genossen hätte, bevor das hübsche Prinzeßchen hier erschien«, sagte Clément, »käme sie mir bei Gott nicht davon, ohne auch meinen Leidenschaften ein zweites Mal hergehalten zu haben; doch soll sie warten, sie wird schon nichts versäumen!«

»Auch mein Wort hat sie«, sprach Jérôme und ließ mich die Kraft seines Armes spüren, als ich an ihm vorbeiging, »doch für heute abend soll es genug sein. Laßt uns alle zu Bett gehen.«

Raphael war der gleichen Ansicht, und die Orgie fand ihr Ende. Florette hielt er bei sich zurück – gewiß verbrachte sie mit ihm die Nacht. Alle andern gingen davon.

Omphale nahm mich in ihre Obhut. Diese Sultanin, die älter war als die anderen Mädchen, schien mit der Sorge für ihre Schwestern betraut zu sein. Sie führte mich in unser aller gemeinsames Schlafgemach, ein viereckiges Turmzimmer, in dessen Winkeln für jede von uns vieren ein Bett stand. Einer der Mönche folgte regelmäßig den Mädchen, wenn sie sich auf das Zimmer zurückzogen, und verschloß hinter ihnen die Tür mit einem oder zwei schweren Riegeln. Es war Clément, der dieses Amtes waltete. Wer sich erst einmal in diesem Gemach befand, der kam nicht mehr heraus. Zwar besaß der Raum noch eine zweite Tür, doch führte diese nur in ein als Toilette und Ankleidezimmer dienendes Kabinett, dessen Fenster mit einem ebenso engen Gitter versehen war wie dasjenige unseres Schlafgemachs. Das dürftige Meublement bestand aus einem Schemel und einem Tisch neben dem hinter einem armseligen Kattunvorhang verborgenen Bett sowie einigen Holztruhen, zerbrochenen Stühlen, Waschschüsseln und einem gemeinsamen Toilettentisch im Kabinett. All dies nahm ich indes erst am nächsten Morgen wahr. Vorerst vermochte ich meiner Umgebung nicht die geringste Aufmerksamkeit zu schenken, so sehr war ich in meinem Schmerz befangen.

»Gerechter Himmel«, sprach ich bei mir, »es steht also geschrieben, daß mein Herz keine tugendhafte Tat beschließen darf, ohne daß ihr die Strafe auf dem Fuße folgte! Was habe ich denn Böses getan, Herr, als ich in diesem Hause frommen Pflichten nachzukommen wünschte? Kränkte ich den Himmel mit solchem Verlangen? War das der Lohn, den ich dafür zu erwarten hatte? Oh, unerforschliche Ratschlüsse der Vorsehung, geruht, euch mir für einen Augenblick zu offenbaren, wenn anders ihr nicht wollt, daß ich gegen eure Gesetze aufbegehre!«

So dachte ich und weinte bitterlich. Ich war noch tränenüberströmt, als gegen Morgen Omphale an mein Bett trat.

»Liebe Gefährtin«, sprach sie zu mir, »ich will dir ein wenig Mut machen. Auch ich habe in den ersten Tagen geweint, aber dann habe ich mich an alles gewöhnt. Dir wird es ebenso ergehen. Der Anfang ist furchtbar. Nicht nur, weil wir gehalten sind, stets die grenzenlose Begierde dieser Wüstlinge zu sättigen, wird uns das Leben zur Qual, sondern weil wir unsere Freiheit verloren haben, weil wir in diesem niederträchtigen Hause so herzlos behandelt werden... Die Unseligen finden Genugtuung darin, andere in ihrer Nähe leiden zu sehen.«

So brennend meine Schmerzen auch waren, für einen Augenblick suchte ich sie zu vergessen und bat meine Gefährtin, mir aufrichtig zu sagen, auf welche Übel ich gefaßt sein müsse.

»Hör zu«, sprach Omphale und setzte sich an mein Bett, »ich will ganz offen zu dir sein, aber achte darauf, mein Vertrauen nie zu mißbrauchen... Das schlimmste, liebe Freundin, ist die Ungewißheit unsres Schicksals. Wir wissen nicht, was aus uns wird, wenn wir von hier verschwinden. Wir haben genug Beweise – soweit dies uns in unserer Abgeschlossenheit überhaupt möglich ist –,

daß die von den Mönchen entlassenen Mädchen die Welt nicht wiedergesehen haben. Sie selbst geben uns das zu verstehen, sie machen kein Hehl daraus, daß dieser Schlupfwinkel unser Grab ist. Es vergeht indes kein Jahr, daß nicht zwei oder drei hier herauskommen. Was wird aus ihnen? Werden sie beseitigt? Manchmal geben das die Mönche zu, ein andermal verneinen sie es. Doch keins von diesen Mädchen, so fest sie uns auch versprachen, gegen dieses Kloster Klage zu erheben und auf unsre Befreiung hinzuwirken, keins dieser Mädchen, sage ich, hat je sein Wort gehalten. Vermochten die Mönche sie zu beschwichtigen? Oder haben sie zu Mitteln gegriffen, die es ihnen schlichtweg unmöglich machten, etwas zu unternehmen? Keine, die neu zu uns kommt, hat je von einer unserer ehemaligen Gefährtinnen etwas gehört.
Was also geschieht mit den Unglücklichen? Jetzt weißt du, was uns quält, Sophie, jetzt kennst du die schreckliche Ungewißheit, welche die wahre Qual unseres elenden Lebens ausmacht. Seit vierzehn Jahren bin ich nun in diesem Hause, und ich sah in dieser Zeit mehr als fünfzig Mädchen von hier verschwinden... wo sind sie? Warum hat keine, obwohl alle geschworen haben, uns Hilfe zu bringen, jemals ihr Wort gehalten? Wir sind stets zu viert, wenigstens in diesem Zimmer – denn wir sind der festen Überzeugung, daß es noch einen zweiten Turm wie diesen gibt, wo sie eine gleiche Anzahl von Mädchen gefangenhalten. Vieles an ihrem Benehmen und in ihren Äußerungen läßt uns dies mit Sicherheit vermuten. Aber falls es jene Gefährtinnen gibt, so haben wir sie doch nie gesehen. Einen der entscheidenden Beweise für ihr Vorhandensein sehen wir darin, daß wir den Mönchen nie an zwei aufeinanderfolgenden Tagen zu Diensten sein müssen. Wir waren gestern dran, heute können wir uns ausruhen. Und ganz gewiß kennen diese Wüstlinge keinen Tag der Enthaltsamkeit!
Dazu kommt, daß nichts eigentlich unseren Abschied rechtfertigt, weder Alter und verändertes Aussehen, noch Überdruß oder gar Ekel – einzig und allein ihre Laune bestimmt sie, uns den Lauf-

paß zu geben, von dem wir nicht wissen können, ob er zu unseren Gunsten ausschlägt oder uns zum Verhängnis wird.
Ich habe hier eine Siebzigjährige erlebt, erst im vergangenen Jahr ist sie fortgegangen. Sechzig Jahre ihres Lebens hat sie an diesem Ort verbracht. Und während man sie immer behielt, hat man, seit ich hier bin, mehr als ein Dutzend Mädchen, die noch nicht sechzehn Lenze zählten, fortgeschafft. Ich habe manche nach drei Tagen verschwinden sehen, andere nach Ablauf eines Monats, wieder andere erst nach mehreren Jahren. Es herrscht in dieser Hinsicht keine Regel, sondern nur ihre Willkür oder besser ihre Laune. Auch das Betragen spielt keine Rolle. Manche kamen ihren Wünschen bereitwilligst entgegen und waren schon nach sechs Wochen nicht mehr da, andere, die stets unfreundlich und launisch waren, wurden oft lange Jahre festgehalten. Es ist daher nutzlos, einer Neuen zu irgendeinem bestimmten Verhalten zu raten. Die Launen der Mönche spotten jeder Gesetzmäßigkeit, bei ihnen ist nichts sicher.
Die Mönche unterscheiden sich nicht sehr voneinander. Raphael ist seit fünfzehn Jahren hier, Clément seit sechzehn, Jérôme lebt hier schon dreißig Jahre, Antonin, der einzige, dessen Eintritt ich noch erlebt habe, erst zehn. Er nahm die Stelle eines Mönchs ein, welcher im Alter von sechzig Jahren während besonders maßloser Ausschweifungen vom Tode ereilt wurde... Raphael ist Florentiner und ein enger Verwandter des Papstes, zu dem er gute Beziehungen unterhält. Erst seit er hier ist, sichert die wundertätige Jungfrau den Ruf des Klosters und hindert böse Zungen daran, sich mit den Vorgängen in diesem Hause näher zu befassen. Doch schon bei seinem Eintritt war das Klosterleben so eingerichtet, wie du es jetzt antriffst. Bereits seit achtzig Jahren geht es hier so zu. Alle Vorsteher dieses Klosters haben jene Ordnung beibehalten, die ihren Wünschen so genehm ist. Raphael, einer der lasterhaftesten Mönche des Jahrhunderts, hat sich nur deswegen hierhin verfügt, weil er diese Ordnung kannte. Sein Wille ist, deren heimliche

Privilegien solange aufrechtzuerhalten, wie es eben geht. Wir gehören zur Diözese von Auxerre. Ob der Bischof nun im Bilde ist oder nicht, jedenfalls läßt er sich hier nie sehen. Dieser Ort wird im allgemeinen nur sehr wenig besucht. Wenn man von dem Patronatsfest absieht, welches gegen Ende des Monats August gefeiert wird, finden im Jahr höchstens zehn Menschen den Weg hierher. Kommen jedoch einmal Fremde zu Besuch, so ist der Pater Guardian stets emsig darauf bedacht, sie geziemend zu empfangen und mit dem Anschein klösterlicher Strenge und Frömmigkeit zu beeindrucken. Befriedigt kehren sie zurück und preisen das Haus. So gründet die Straflosigkeit dieser Verbrecher auf dem guten Glauben des Volks und der Vertrauensseligkeit der Frommen. Die Regeln, welche wir in unserem Verhalten zu befolgen haben, sind von beispielloser Strenge. Gegen diese Regeln irgendwie zu verstoßen, ist das Gefährlichste, was wir tun können. Es ist unerläßlich, daß ich diese Dinge mit dir im einzelnen erörtere«, fuhr meine Lehrerin fort, »denn hier gilt es nicht als Entschuldigung, wenn man sagt: *Straft mich nicht, weil ich dieses Gesetz nicht befolgt – ich kannte es nicht!* Man muß sich entweder von seinen Gefährtinnen unterrichten lassen oder alles erraten. Vor nichts wird man gewarnt, doch wegen allem und jedem bestraft. Die einzig erlaubte Züchtigung ist *die Peitsche*, denn was läge näher, als daß diese Schurken ihr bevorzugtes Strafmittel aus dem Arsenal ihrer Lustwerkzeuge bezögen. Ohne gefehlt zu haben, hast du dies bereits gestern erfahren müssen, das nächste Mal wird es sein, weil du gegen eine Regel verstoßen haben wirst. Alle vier sind ganz versessen darauf, dieses barbarische Geschäft zu verrichten, und der Reihe nach übt jeder das Amt des Züchtigers aus. Es gibt einen sogenannten *Tagesregenten*, der täglich wechselt. Dieser nimmt die Berichte der Stubenältesten entgegen, wacht über die Einhaltung der Hausdisziplin, beobachtet unser Verhalten während der Mahlzeiten, bestimmt die Schwere unserer Fehler und nimmt höchstpersönlich die Bestrafung vor.

Doch nun zu den Regeln im einzelnen:
Jeden Tag müssen wir um neun Uhr morgens aufgestanden und fertig angekleidet sein. Um zehn Uhr bringt man uns Brot und Wasser zum Frühstück. Das Mittagsmahl wird uns um zwei Uhr hereingetragen. Es besteht aus einer recht anständigen Suppe, einem Stück gekochten Fleischs, einem Teller Gemüse, manchmal auch ein wenig Obst und – für uns vier gemeinsam – einer Flasche Wein. Tag für Tag, sommers wie winters, erscheint um fünf Uhr nachmittags der Tagesregent, um sich den Bericht der Stubenältesten anzuhören. Deren etwaige Klagen beziehen sich auf das Benehmen der Mädchen ihres Zimmers. Es geht darum, ob jemand ein Wort des Mißmuts oder gar der Aufsässigkeit hat verlauten lassen, ob alle zur vorgeschriebenen Stunde aufgestanden sind, ob jede sich das Gesicht gewaschen und es auch sonst an der gehörigen Reinlichkeit nicht habe ermangeln lassen, ob ordentlich gegessen worden ist und auch keine Fluchtpläne ausgeheckt wurden. Über jeden einzelnen Punkt müssen wir genaue Rechenschaft ablegen. Wir bringen uns selbst in Gefahr, bestraft zu werden, wenn wir es nicht tun.
Sodann begibt sich der Tagesregent in unser Kabinett und sieht sich dort eingehend um. Hat er seine Aufgaben erledigt, so verläßt er uns selten, ohne sich nicht mit einer von uns oder, was häufig geschieht, auch mit allen vieren noch ein wenig zu vergnügen. Ist er fort, so bleibt es – falls es an dem Tage nicht gerade an uns ist, mit den Mönchen zu Abend zu speisen – uns überlassen, ob wir lesen, uns unterhalten oder sonstwie miteinander zerstreuen. Auch können wir zu Bett gehen, wann es uns gefällt. An den Tagen aber, an denen wir mit ihnen zu Abend essen müssen, sagt uns ein Glockenzeichen, daß wir uns entsprechend vorzubereiten haben. Der Tagesregent holt uns alsbald ab, und wir begeben uns in jenen Saal hinunter, wo du uns angetroffen hast. Als erstes wird sodann die Liste der Fehler verlesen, die wir inzwischen begangen haben, und zwar zunächst die Verstöße, welche wir uns beim letzten ge-

meinsamen Nachtmahl haben zuschulden kommen lassen, als da sind: Nachlässigkeiten, abweisendes Verhalten den Mönchen gegenüber während unserer Liebesdienste, Mangel an Zuvorkommenheit, Ergebenheit und Reinlichkeit; sodann werden, entsprechend den Angaben der Stubenältesten, die Übertretungen aufgezählt, welche sich während der letzten beiden Tage in unserem Turmzimmer ereigneten. Die Delinquentinnen treten der Reihe nach in die Mitte des Raums. Der Tagesregent nennt ihre jeweilige Verfehlung und setzt die Strafe fest. Unverzüglich werden sie von der Ältesten oder – falls diese selbst gefehlt hat – von der Zweitältesten entkleidet, und der Regent verabfolgt ihnen die festgesetzte Anzahl der Hiebe auf eine derart nachdrückliche Weise, daß man sie nicht wieder vergißt. Diese Schurken sind so erfinderisch, daß es nahezu keinen Tag ohne Strafgericht abgeht. Ist dieses Werk getan, so beginnen die Orgien. Sie im einzelnen zu beschreiben, wäre unmöglich. Wie auch könnte man in derart bizarren Einfällen ein System erkennen? Vor allem kommt es darauf an, ihnen nie etwas zu verweigern... sondern in allem zuvorzukommen. Aber auch diese Methode, so sehr sie zu empfehlen ist, vermag einen nicht immer zu schützen.
Während der Orgien wird gespeist. Zu diesem Mahle, das stets wohlschmeckender und reichhaltiger ist als unsere übliche Speise, sind wir zugelassen. Wenn unsere Mönche halb betrunken sind, nimmt das Bacchanal seinen Fortgang. Um Mitternacht geht alles auseinander, wobei es jedem vorbehalten ist, ob er eine von uns für die Nacht bei sich behalten will. Die Erwählte schläft in der Zelle des jeweiligen Mönchs und gesellt sich erst am nächsten Morgen wieder zu uns. Die anderen begeben sich auf das Zimmer, das sie in sauberem Zustand vorfinden. Auch sind die Betten und die Kleider inzwischen in Ordnung gebracht worden. Zuweilen geschieht es, daß morgens, in der Stunde zwischen Aufstehen und Frühstück, dieser oder jener Mönch eine von uns in seine Zelle kommen läßt. Dann erscheint der Laienbruder, der sich um uns zu

kümmern hat, und führt uns zu dem Mönch, welcher den Wunsch geäußert. Dieser schafft uns, sobald er uns nicht mehr braucht, entweder selbst auf unser Zimmer zurück oder beauftragt damit denselben Klosterbruder, der uns hingebracht.
Diesen Zerberus, der unsere Zimmer sauberhält und uns zuweilen begleitet, wirst du bald zu sehen bekommen. Es ist ein alter Laienbruder von siebzig Jahren – einäugig, lahm und stumm. Bei der Verrichtung sämtlicher Arbeiten im Hause gehen ihm noch drei weitere Brüder zur Hand: einer, der die Speisen zubereitet, ein anderer, der die Zellen der Mönche besorgt, überall kehrt und auch in der Küche hilft, und schließlich der Pförtner, dem du bei deiner Ankunft begegnet bist. Von diesen Brüdern bekommen wir nur den einen zu sehen, der uns bedient; es gehört zu den schwersten Vergehen, auch nur ein einziges Wort an ihn zu richten. Gelegentlich besucht uns der Pater Guardian; es ist dann ein ganz bestimmtes Zeremoniell einzuhalten, welches die praktische Erfahrung dich lehren wird. Dieses Zeremoniell nicht zu beachten, gilt als Verbrechen. Die Mönche sind so sehr darauf versessen, uns bei irgendwelchen Verstößen zu ertappen und sich so das Vergnügen des Strafens zu verschaffen, daß sie sich täglich etwas Neues einfallen lassen. Wenn uns Raphael aufsucht, so geschieht das selten ohne Hintergedanken, und seine Absichten sind stets grausam oder naturwidrig, wie du bereits gesehen hast.
Im übrigen werden wir strengstens hinter Schloß und Riegel gehalten. Das ganze Jahr über läßt man uns nicht ein einziges Mal an die frische Luft, obwohl es einen recht großen Garten gibt. Aber da er von keinem Gitterzaun umgeben ist, fürchtet man, wir könnten ausbrechen – was ihnen deshalb so gefährlich scheinen muß, weil hier, wenn erst die weltlichen oder kirchlichen Behörden über die verbrecherischen Vorgänge in diesem Hause unterrichtet sein würden, bald Ordnung geschaffen wäre.
Nie erfüllen wir unsere religiösen Pflichten. Es ist uns gleichermaßen untersagt, daran zu denken wie davon zu sprechen. Irgend-

welche Beschwerden in dieser Hinsicht gehören zu den Klagen, die unweigerlich geahndet werden.
Das ist alles, was ich dir sagen kann, meine teure Gefährtin«, schloß unsre Stubenälteste, »das übrige wird dich die Erfahrung lehren. Behalte den Kopf oben, wenn dir das irgend möglich ist, aber entsage für immer der Welt. Denn es ist uns kein Fall bekannt, daß ein Mädchen, welches dieses Haus verlassen, jemals die Welt wiedergesehen hätte.«
Über diesen letzten Punkt aufs höchste beunruhigt, fragte ich Omphale nach ihrer wahren Meinung über das Schicksal der entlassenen Mädchen.
»Was soll ich dir darauf antworten?« erwiderte sie. »Die Hoffnung verwirft ja doch sogleich alle unseligen Vermutungen. Alles weist darauf hin, daß ein Grab ihnen zur letzten Zuflucht wurde, doch tausend Einwände, bloße Kinder der Hoffnung, kehren sich sogleich gegen diese gräßliche Erkenntnis.
Erst am Morgen des Entlassungstages«, fuhr Omphale fort, »wird man von der entsprechenden Absicht unterrichtet. Der Tagesregent erscheint vor dem Frühstück, spricht etwa folgende Worte: *Omphale, packt Euer Bündel, das Kloster läßt Euch gehen, bei Einbruch der Nacht hole ich Euch ab* und verschwindet wieder. Die Verabschiedete umarmt ihre Gefährtinnen, verspricht vieltausendmal, ihnen zu helfen, Anzeige zu erstatten und das Geschehen in aller Welt laut zu verkünden. Dann ertönt das Glockenzeichen, der Mönch erscheint, das Mädchen geht – und nie wieder hört man etwas von ihr. Ereignet sich eine solche Entlassung gerade an einem Tage, an welchem wir gemeinsam mit den Mönchen zu Abend speisen, so findet dies zwar wie gewöhnlich statt; es fällt aber auf, daß die Mönche sich weit weniger verausgaben als sonst, dafür jedoch um so mehr trinken, uns viel früher als üblich zu Bett schicken und nie eine von uns über Nacht bei sich behalten.«
»Teure Freundin«, sprach ich zu Omphale und bedankte mich für die unterweisenden Worte, »vielleicht habt Ihr es bisher nur mit

jungen Mädchen zu tun gehabt, die zu schwach waren, ihr Wort zu halten... Wollen wir uns nicht gegenseitig ein Versprechen geben? Ich will den Anfang machen und dir bei allem, was mir heilig ist auf dieser Welt, schwören, daß ich hier entweder sterbe oder diesen Ruchlosigkeiten ein Ende bereiten werde. Willst du mir das auch versprechen?«

»Gewiß«, erwiderte Omphale, »aber sei dir über die Vergeblichkeit dieser Versprechungen im klaren! Mädchen, die älter waren als du und, sofern dies überhaupt möglich ist, noch weit erbitterter, Mädchen, die aus den besten Familien der Provinz stammten und daher über größere Machtmittel geboten als du – sie haben dasselbe geschworen und dennoch versagt. Sei mir also nicht böse, wenn ich angesichts meiner grausamen Erfahrungen unseren Schwur für vergeblich erachte und mir nicht das geringste davon erhoffe.«

Sodann sprachen wir über die Charaktereigenschaften der einzelnen Mönche und die besonderen Wesenszüge unserer Gefährtinnen. »Raphael und Antonin«, sagte Omphale, »sind die gefährlichsten Männer in ganz Europa. Falschheit, Tücke, Boshaftigkeit, Spottlust, Grausamkeit und Gottlosigkeit sind ihnen angeborene Eigenschaften. Nur wenn sie ganz ihren Lastern hingegeben sind, leuchtet ein Funken Freude aus ihren Augen. Clément macht zwar den barschesten Eindruck von allen, aber er ist noch der beste. Nur wenn er betrunken ist, muß man ihn fürchten. Dann darf man sich ihm gegenüber nichts zuschulden kommen lassen, denn sonst geht es einem schlecht. Was Jérôme betrifft, so ist er von gewalttätigem Wesen. Bei ihm handelt man sich mit Sicherheit Ohrfeigen, Fußtritte und Faustschläge ein, doch sobald seine Begierde gestillt ist, wird er sanft wie ein Lamm. Darin unterscheidet er sich wesentlich von den beiden Erstgenannten, die ihre Wollust immer wieder von neuem zu wecken suchen, was ihnen nur mit Hilfe von Heimtücke und Grausamkeit gelingt.

Was die Mädchen anbelangt«, fuhr Omphale fort, »so gibt es

darüber recht wenig zu sagen. Florette ist ein Kind von nicht allzu großem Verstand. Man kann mit ihr machen, was man will. Cornelie ist eine empfindsame Seele, sie ist untröstlich ob ihres Loses.«

Dergestalt belehrt, fragte ich meine Gefährtin, ob es denn ganz und gar unmöglich sei, sich zu vergewissern, ob es noch einen weiteren Turm mit Mädchen gebe, die unser unseliges Geschick teilten.

»Wenn es solche Leidensgenossinnen gibt – und dessen bin ich fast sicher –«, erwiderte Omphale, »so würden wir das bestenfalls dann mit Gewißheit in Erfahrung bringen, wenn die Mönche sich einmal durch ein unvorsichtiges Wort verraten oder wenn der stumme Klosterbruder, der uns und zweifellos auch jene Mädchen bedient, es uns sonstwie zu erkennen gibt. Doch eine derartige Entdeckung wäre für uns äußerst gefährlich. Was nützte es uns denn auch zu wissen, ob wir allein sind oder nicht, wo wir uns doch nicht gegenseitig zu Hilfe kommen könnten? Wenn du mich aber nun fragst, mit welcher Berechtigung ich die Existenz anderer Mädchen in diesem Hause für mehr als wahrscheinlich halte, so werde ich dir antworten, daß mehrere unbedachte Äußerungen der Mönche uns hinreichend davon überzeugt haben. Doch mehr noch: Eines Morgens, als ich nach einer mit Raphael verbrachten Nacht gerade aus der Tür seiner Zelle trat, sah ich, noch bevor er ebenfalls den Raum verlassen hatte, um mich höchstpersönlich in unseren Turm zu geleiten, und ohne daß er meine Wahrnehmung bemerkte, wie der stumme Laienbruder mit einem sehr schönen Mädchen von siebzehn oder achtzehn Jahren, welches zweifellos nicht zu unsrer Gruppe gehörte, Antonins Zelle betrat. Als der Laienbruder sich entdeckt sah, schob er das Mädchen rasch in die Zelle, doch ich hatte sie schon erblickt. Der Vorfall blieb ohne Folgen, da der stumme Bruder mich nicht verriet. Ich hätte wahrscheinlich nicht viel zu lachen gehabt, wenn die Geschichte ans Tageslicht gekommen wäre. Jedenfalls wissen wir also, daß es hier noch andere weibliche Wesen gibt außer uns und daß sie – aller

Wahrscheinlichkeit nach uns an Zahl gleich – stets an dem Tag mit den Mönchen zu Abend speisen, an dem wir das nicht tun.«

Omphale war kaum mit ihrer Rede zu Ende, als Florette, die mit Raphael die Nacht verbracht hatte, eintrat. Da es den Mädchen ausdrücklich untersagt war, einander die Erlebnisse einer solchen Nacht zu erzählen, wünschte Florette, als sie sah, daß wir bereits alle wach waren, uns nur einfach einen guten Morgen und warf sich erschöpft auf ihr Bett. Dort blieb sie bis um neun, dem Zeitpunkt des allgemeinen Aufstehens, liegen.

Die zartfühlende Cornelie trat zu mir, blickte mich mit Tränen in den Augen an und sprach: »O mein teures Fräulein, was sind wir doch für beklagenswerte Geschöpfe!«

Man brachte das Frühstück, und meine Gefährtinnen zwangen mich, ein wenig zu essen. Ich tat es ihnen zum Gefallen. Der Tag verging recht friedlich. Um fünf Uhr trat, wie mir Omphale bereits angekündigt hatte, der Tagesregent herein. Es war Antonin. Lachend fragte er mich, wie mir das Abenteuer bekommen sei. Als Antwort blickte ich nur mit Tränen in den Augen zu Boden. »Sie wird sich schon machen, sie wird sich schon machen«, sagte er mit höhnischem Grinsen, »in ganz Frankreich gibt es kein Haus, in welchem die Mädchen besser ausgebildet würden als hier.« Er machte seinen Rundgang und nahm dann die Liste mit den Verstößen der Mädchen aus den Händen der Stubenältesten entgegen, die viel zu gutherzig war, als daß diese Liste bei ihr je sehr lang geworden wäre; und so sagte sie auch recht oft, daß sie ganz und gar nichts anzugeben habe.

Bevor er uns wieder verließ, näherte sich mir Antonin... Ich schauderte und befürchtete schon, ein weiteres Mal diesem Ungeheuer zum Opfer zu fallen. Aber da dies mir jederzeit drohen konnte – was machte es schon aus, ob es jetzt gleich oder erst morgen früh geschah? Ich kam indes mit ein paar brutalen Liebkosungen davon. Statt dessen fiel er über Cornelie her, wobei er uns allen befahl, unterdessen seiner Begierde nachzuhelfen. Was wir auch taten, dem übersättigten Lüstling war nichts zuviel. Der Schurke ließ von dem beklagenswerten Mädchen erst ab, nachdem er sich derselben Praktiken bedient wie am Abend zuvor mir gegenüber, nämlich gewalttätiger und widernatürlicher Methoden, wie man sie sich raffinierter nicht ausdenken kann. Daß wir alle zusammen an Derartigem teilnehmen mußten, kam häufig vor. Es war dann fast immer üblich, daß, wenn ein Mönch sich mit einer von uns vergnügte, die drei anderen Mädchen sich um ihn scharten, um seine Sinne allerorts zu entflammen, damit wollüstige Erregung alle Teile seines Leibes durchdrang. Ich spreche von jenen unzüchtigen Einzelheiten an dieser Stelle aus dem einzigen Grunde, damit ich nicht noch einmal darauf zurückzukommen brauche. Es ist nicht meine Absicht, des langen und breiten über die Unanständigkeit jener Szenen zu reden. Wenn ich eine einzige schildere, so geschieht das, um Euch eine Vorstellung von allen zu geben. Von meinem langen Aufenthalt in diesem Hause will ich Euch nur die wichtigsten Ereignisse berichten und Euch fernerhin mit erschreckenden Einzelheiten verschonen.

Da wir an jenem Tage nicht mit den Mönchen zu Abend speisten, ließ man uns in Ruhe. Meine Gefährtinnen taten ihr Bestes, mich zu trösten.

Aber nichts vermochte meinen Kummer zu lindern. All ihre Mühe war umsonst. Je mehr sie mir von meinen Schmerzen sprachen, um so brennender schienen sie mir.

Am nächsten Morgen erschien gegen neun Uhr, obwohl er an diesem Tage eigentlich nicht an der Reihe war, der Guardian, um nach mir zu sehen. Er fragte Omphale, ob ich mich allmählich in mein Geschick fügte, öffnete, ohne ihre Antwort recht zu beachten, eine der in unserem Kabinett befindlichen Truhen und kramte ein paar Frauenkleider hervor.

»Da Ihr nichts bei Euch habt«, sprach er zu mir, »müssen wir uns wohl Gedanken um Eure Kleidung machen – und zwar wahrscheinlich eher unseretwegen als um Euretwillen. Spart Euch deswegen große Dankesworte. Ich für mein Teil lege nicht den geringsten Wert auf all dies nutzlose Zeug, und wenn wir die Mädchen, die uns zu Diensten sind, nackt herumlaufen ließen wie die wilden Tiere, wäre das – wie mir scheinen will – leicht zu verschmerzen. Aber unsere Ehrwürdigen Väter sind Leute von Welt, die Prunk und Putz zu schätzen wissen – und man muß es ihnen recht machen.«

Er warf einige Morgenkleider auf das Bett, dazu ein halbes Dutzend Hemden, mehrere Häubchen, Strümpfe und Schuhe, und befahl mir, all das anzuprobieren. Er ging mir bei der Toilette zur Hand und ließ keine Gelegenheit zu irgendeiner unzüchtigen Berührung ungenutzt verstreichen. Es fanden sich drei Morgengewänder aus Taffet und eines aus Kattun, die mir einigermaßen paßten.

Raphael erlaubte mir, sie zu behalten und über den Rest nach Belieben zu verfügen, wobei er mir einschärfte, das alles gehöre dem Hause, und ich hätte die Kleider zurückzugeben, sollte ich das Kloster verlassen, bevor sie zerschlissen seien.

Die einzelnen Episoden dieses Vorgangs hatten ihm den einen oder anderen Anblick verschafft, der ihn in Hitze geraten ließ. Und so befahl er mir, jene Stellung einzunehmen, von der ich wisse, daß sie ihm genehm sei... Erst wollte ich ihn um Gnade bitten, aber als ich das rasende Verlangen in seinem Blick erkannte, hielt ich es für das beste, es rasch hinter mich zu bringen und zu gehorchen. Also placierte ich mich... Der Libertin, umringt von den drei anderen Mädchen, sättigte seine Begierde wie gewöhnlich unter Verletzung der Gebote von Sitte, Religion und Natur.

Ich hatte ihn entflammt. Er machte mich während des Abendmahls zu seiner gefeierten Favoritin und bestimmte mich zu seiner nächtlichen Gefährtin. Die anderen zogen sich zurück, und ich begab mich in sein Gemach.

Ich will Euch nicht von meinem Ekel sprechen und auch nicht von meinen Schmerzen, Madame. Ihr malt sie Euch selber zweifellos schlimm genug aus. Auch würde ihr eintöniges Bild vielleicht jenen Schilderungen abträglich sein, die ich Euch noch zu geben habe. Raphael besaß eine bezaubernde, sinnenfroh und geschmackvoll eingerichtete Zelle. Alles war dazu angetan, aus diesem Ort der Einsamkeit einen angenehmen, für das sinnliche Vergnügen geeigneten Aufenthalt zu machen. Kaum hatten wir die Tür hinter uns zugezogen, als Raphael sich schon entkleidete und mir befahl, es ihm gleichzutun. Sodann ließ er sich zum Zwecke des Genusses eine Zeitlang durch dieselben Mittel erregen, an denen sich seine Lüsternheit anschließend weiterhin entfachte, indem er sie nun seinerseits tätig anwandte. Ich könnte wohl sagen, daß mir an jenem Abend eine Lektion in den Dingen des Lasters erteilt wurde, wie sie selbst das in diesen unzüchtigen Ausschweifungen erfahrenste Mädchen auf der Welt erschöpfender nicht erhalten haben wird. Alsbald war ich nicht mehr die Meisterin, sondern wurde erneut zur Elevin, doch hatte ich ihn bei weitem nicht so behandelt, wie ich meinerseits behandelt wurde. Er hatte mich nicht um Schonung gebeten, während ich bald so weit war, unter heißen Tränen um Gnade zu flehen. Doch er machte sich über meine Bitten nur lustig, wehrte meinen sträubenden Bewegungen mit unmenschlichen Gegenmaßnahmen und traktierte mich, nachdem er mich in seine Gewalt gebracht, zwei volle Stunden lang mit beispielloser Härte. Dabei hielt er sich nicht an die hierzu bestimmten Körperteile, sondern schweifte wahllos über meinen ganzen Leib. Die einander entgegengesetztesten Partien, die delikatesten Rundungen – nichts entging dem Wüten meines Henkers, der sich, bebend vor Lust, genüßlichen Blicks an den Malen meiner Schmerzen weidete.

»Gehn wir zu Bett«, sprach er schließlich, »vielleicht war das zuviel für dich, für mich jedoch ganz gewiß nicht genug, denn dieser frommen Übung wird man niemals müde. Doch das alles war nur ein schwacher Abglanz dessen, was wir eigentlich miteinander treiben wollten.«

Wir legten uns hin, doch der Wüstling Raphael, ständig zum Laster bereit, ließ mich die ganze Nacht hindurch die Sklavin seiner verbrecherischen Lüste sein. Als ich ihn, wie mir schien, für einen Augenblick der Ruhe in seinen Ausschweifungen innehalten sah, nützte ich die Gelegenheit und bat ihn flehentlich, mir zu sagen, ob ich darauf hoffen dürfe, eines Tages das Kloster zu verlassen. »Aber gewiß«, erwiderte Raphael, »nur zu diesem Zweck bist du hier eingetreten. Sobald wir alle vier übereinkommen, dir den Abschied zu geben, wirst du ihn auch mit Sicherheit erhalten.«
»Aber«, wandte ich ein, in der Absicht, etwas aus ihm herauszulocken, »fürchtet Ihr denn nicht, daß dieses oder jenes Mädchen, welches jünger ist als ich und nicht ganz so verschwiegen, wie ich es – das schwöre ich Euch – bis ans Ende meiner Tage sein will, nicht einmal enthüllen wird, was in diesem Hause vorgeht?«
»Das ist unmöglich«, antwortete der Guardian.
»Unmöglich?«
»Aber ganz gewiß...«
»Könnt Ihr mir erklären...«
»Nein, das ist unser Geheimnis. Aber das eine kann ich dir sagen: Ob du nun verschwiegen bist oder nicht, es wird dir ganz und gar unmöglich sein, wenn du herauskommst, irgend etwas von dem zu offenbaren, was hier drinnen geschieht.«
Nach diesen Worten befahl er mir barsch, den Gegenstand zu wechseln, und ich traute mich nicht mehr, weiter zu fragen. Um sieben Uhr in der Frühe ließ er mich durch den Laienbruder auf meine Kammer zurückbringen. Aus dem, was mir Raphael gesagt und was ich Omphale entlockt hatte, mußte ich leider allzu klar erkennen, daß man gegen die Mädchen, welche das Haus verließen, ganz gewiß die allerschlimmsten Maßnahmen zu ergreifen pflegte; daß sie nur deswegen nie etwas verrieten, weil man ihnen, indem man sie in einen Sarg verschloß, jede Möglichkeit dazu nahm. Lange Zeit schauderte ich bei diesem Gedanken, aber schließlich gelang es mir, ihn zu verscheuchen. Die Hoffnung

trat an seine Stelle, und ich wurde stumpf gegen ihn wie meine Gefährtinnen.
Nach einer Woche hatte ich die Runde gemacht. Während dieser Zeit ward mir gräßliche Gelegenheit, ein Bild von den vielfältigen Verirrungen und Ruchlosigkeiten zu gewinnen, wie sie reihum von den Mönchen exerziert wurden. Wie im Falle Raphaels jedoch begann bei allen das Feuer der Lust erst bei der Anwendung maßloser Grausamkeiten zu lodern. Als ob dieses Laster verderbter Herzen Ursprung aller anderen sei, stellte sich der Höhepunkt der Lust nie ein, ohne daß es gleichzeitig zu Gewalttätigkeiten kam. Von seiten Antonins hatte ich am meisten zu leiden. Es ist unvorstellbar, wie weit dieser Verbrecher im Delirium seiner Verirrungen seine Grausamkeit zu treiben vermochte. Diese finsteren Ausschweifungen allein leiteten ihn und befähigten ihn zum Genuß. Einzig sie nährten das Feuer seiner Sinne, wenn er sein leibliches Vergnügen suchte, und vermochten dieses zur Vollendung zu steigern, sobald es seine letzte Phase erreichte.
Bei allem erstaunte mich, daß trotz der Rücksichtslosigkeit seiner Methoden keines seiner Opfer je schwanger wurde.
Ich fragte unsere Stubenälteste, wie er das verhindere.
»Indem er selbst unverzüglich die Frucht seiner glühenden Leidenschaft vernichtet«, erwiderte Omphale. »Sobald er irgendeine Veränderung wahrnimmt, läßt er uns an drei aufeinanderfolgenden Tagen je sechs Becher von einem bestimmten Gebräu trinken, welches bewirkt, daß am vierten Tag jede Spur seiner Unbeherrschtheit getilgt ist. Dies ist erst vor kurzem Cornelie geschehen, mir selbst ist es bereits dreimal widerfahren. Unsere Gesundheit leidet nicht den geringsten Schaden deswegen – im Gegenteil, man fühlt sich danach merklich besser. Im übrigen«, fuhr meine Gefährtin fort, »ist er, wie du aus eigener Erfahrung weißt, der einzige, von dem eine solche Gefahr überhaupt droht. Von den anderen haben wir ihrer abartigen Wünsche wegen in dieser Hinsicht nichts zu befürchten.«

Sodann fragte mich Omphale, ob es nicht zutreffe, daß unter den vieren Clément derjenige sei, über den ich mich am wenigsten zu beklagen hätte.

»Ach«, erwiderte ich, »angesichts all dieser Greuel und Schamlosigkeiten, die einen gleichermaßen anekeln und empören, fällt es mir recht schwer zu sagen, wer mich nun am wenigsten belästigt. Ich bin ihrer aller überdrüssig, und ich wünschte, ich wäre bereits außerhalb dieser Mauern, gleich, welches Los dort meiner harrt.«

»Es ist durchaus möglich, daß dein Wunsch bald in Erfüllung geht«, fuhr Omphale fort. »Nur durch Zufall bist du hier hereingeraten, man hatte nicht im geringsten mit dir gerechnet. Erst acht Tage vor deiner Ankunft haben sie einem Mädchen den Abschied gegeben, und diesen Schritt tun sie nie, ohne daß nicht für Ersatz gesorgt wäre. Sie schaffen nicht immer selbst die neuen Mädchen heran; dafür haben sie gutbezahlte Helfershelfer, die ihnen eifrig zu Diensten sind. Ich bin fast sicher, daß jeden Augenblick eine Neue eintreffen kann, womit dein Wunsch möglicherweise sich erfüllte. Im übrigen stehen wir kurz vor dem Fest. Selten gehen diese Tage vorüber, ohne ihnen etwas einzubringen. Entweder verführen sie junge Mädchen unter Mißbrauch der Beichte oder sie sperren eines ein, jedenfalls kommt es selten vor, daß bei dieser Gelegenheit nicht das eine oder andere Vögelchen dran glauben muß.«

Endlich war er da, jener berühmte Tag. Ihr werdet es kaum glauben, Madame, wie weit die Mönche während dieses Ereignisses ihre ungeheuerlichen Lästerungen trieben. In der Meinung, ein sichtbares Wunder werde ihren Ruhm doppelt so hell erstrahlen lassen, schmückten sie Florette, die kleinste und jüngste unter uns, mit den Gewändern der heiligen Jungfrau, banden sie mit Stricken fest, welche ihr – dem Auge des Betrachters nicht sichtbar – um die Mitte des Leibes liefen, und befahlen ihr, die Arme in reuiger Geste zum Himmel zu strecken, sobald die Hostie gereicht würde. Da man dem armen kleinen Geschöpf mit grausamer Mißhandlung drohte, falls es nur ein einziges Wort spreche oder sonstwie seine Rolle nicht fehlerlos spiele, entledigte Florette sich ihrer Aufgabe, so gut sie konnte, und der Betrug brachte den gewünschten Erfolg. Das Volk jauchzte beim Anblick der Erscheinung, ließ der Jungfrau reiche Opfergaben zurück und machte sich, mehr denn je überzeugt von den gnadenspendenden Kräften dieses Bildes der Gottesmutter, wieder auf den Heimweg.

Unsere Libertins krönten ihre Lästerungen damit, daß sie Florette in derselben Gewandung, die ihr so zahlreiche Huldigungen eingetragen hatte, zum Abendessen erscheinen ließen. Jeder entfachte seine abscheulichen Begierden, indem er sie in dieser Verkleidung seinen widernatürlichen Launen unterwarf. Doch die Ungeheuer, durch dieses erste Verbrechen in Wallung gebracht, ließen es nicht dabei bewenden. Sie zogen das Mädchen nackt aus und legten es bäuchlings auf einen großen Tisch, zündeten Kerzen an, stellten ihr zu Häupten das Bildnis unseres Erlösers auf, und vollzogen auf den Lenden der Unglücklichen frech unser furchtbarstes Sakrament. Bei diesem gräßlichen Schauspiel fiel ich in Ohnmacht. Ich vermochte den Anblick nicht zu ertragen. Raphael, der dies sah, erklärte, es sei, wenn man mich zähmen wolle, notwendig, daß ich nun meinerseits als Altar diene. Sie packten mich und legten mich dorthin, wo sich vorher Florette befunden. Der ruchlose Italiener vollzog auf meinem Leibe dieselben grauenvollen Dinge wie eben erst auf dem meiner Gefährtin – nur daß er jetzt im einzelnen womöglich noch greulicher und frevlerischer zu Werke ging. Ich rührte kein Glied, als man mich fortschaffte. Man mußte mich auf mein Zimmer tragen, wo ich drei Stunden lang bittere Tränen ob des grausigen Frevels vergoß, an welchem ich gegen meinen Willen hatte mitwirken müssen... Noch heute, Madame, will mir die Erinnerung schier das Herz zerreißen, und ich muß weinen, wenn ich daran denke. Bei mir wurzelt die Religion vornehmlich im Gefühl. Alles, was sie beleidigt oder schmäht, verwundet zutiefst mein Herz.

Indessen wollte es uns scheinen, daß die von uns erwartete neue Gefährtin nicht aus der Schar der Besucher, welche das Fest herbeigelockt, kommen würde. Vielleicht war das bei dem anderen Serail der Fall, zu uns jedenfalls gesellte sich niemand Neues. Während einiger Wochen blieb alles beim alten.
Ich lebte bereits sechs Wochen in jenem verhaßten Hause, als eines Morgens gegen neun Raphael unseren Turm betrat. Er schien sehr erregt, und in seinen Augen stand der Wahnsinn. Jede einzelne betrachtete er eingehend. Eine nach der anderen ließ er die von ihm bevorzugte Positur einnehmen, wobei er sich besonders lange bei Omphale aufhielt. Mehrere Minuten betrachtete er sie in ihrer Haltung, steigerte sich in eine gedämpfte Erregung und gab sich wohl auch dem einen oder anderen seiner Lieblingsspiele hin, trieb es jedoch in keinem Fall bis zum Ende... Sodann hieß er sie aufstehen und blickte sie eine Zeitlang streng und mit einem wilden Ausdruck im Gesicht an.
»Ihr habt uns lange genug gedient«, sprach er schließlich, »die Gesellschaft entläßt Euch. Macht Euch bereit, ich selbst werde Euch bei Einbruch der Nacht abholen.«
Nach diesen Worten sah er sie noch eine Weile mit der gleichen Miene an und verließ dann unvermittelt den Raum. Kaum war er fort, warf sich Omphale in meine Arme.
»Ach«, rief sie unter Tränen, »das ist der Augenblick, den ich so sehr gefürchtet wie herbeigesehnt habe... allmächtiger Gott, was wird mit mir geschehen?«
Ich tat alles, was ich konnte, sie zu beruhigen – doch vergebens. Sie schwor tausend Eide, alles in Bewegung zu setzen, um uns zu befreien und gegen die Unholde Klage zu führen, sofern man dies ihr nicht unmöglich mache. Sie versprach mir dies so fest, daß ich keinen Augenblick daran zweifelte, sie werde es auch wirklich tun – wenn nicht, so würde das bedeuten, daß sie nicht mehr dazu in der Lage war. Der Tag verging wie jeder andere. Gegen sechs Uhr erschien Raphael.

»Also«, sagte er kurz angebunden zu Omphale, »seid Ihr bereit?«
»Ja, mein Vater.«
»Dann laßt uns gehen – und zwar sofort!«
»Erlaubt, daß ich vorher meine Gefährtinnen umarme!«
»Ach was! Das nützt Euch auch nichts«, sprach der Mönch und zog sie am Arm fort. »Man erwartet Euch! Folgt mir!«
Darauf fragte sie, ob sie ihre abgetragenen Kleider mitnehmen müsse.
»Nichts da! Nichts da!« erwiderte Raphael. »Ihr wißt doch, daß alles dem Hause gehört! All das braucht Ihr nicht mehr.«
Doch sogleich besann er sich, als habe er bereits zuviel gesagt, und fuhr fort:
»Mit diesem Trödel könnt Ihr doch nichts mehr anfangen. Ihr werdet Euch neue Kleider nach Maß arbeiten lassen, die Euch besser stehen.«
Ich bat den Mönch um die Erlaubnis, Omphale bis zur Klosterpforte zu begleiten. Aber er blitzte mich nur wild und böse aus seinen Augen an, daß ich schaudernd zurückwich und mich nicht traute, ein zweites Mal zu fragen. Unsere Unglückselige ging davon, indem sie mich noch einmal angsterfüllt und mit Tränen in den Augen anblickte. Kaum war sie draußen, da gaben wir drei uns ganz dem Schmerz hin, den diese Trennung uns bereitete. Eine halbe Stunde später kam Antonin, um uns zum Abendessen zu holen. Raphael erschien erst eine Stunde, nachdem wir uns nach unten begeben hatten. Er machte einen sehr aufgeregten Eindruck und sprach des öfteren im Flüsterton zu den anderen. Nichtsdestoweniger jedoch ging alles seinen gewöhnlichen Gang. Allerdings fiel mir auf, daß wir – worauf mich Omphale bereits vorbereitet hatte – wesentlich früher als sonst wieder auf unser Zimmer geschickt wurden und die Mönche einerseits unendlich viel mehr tranken, als sie es gewohnt waren, andererseits ihre Begierden bloß reizten und es sich versagten, sie zu sättigen. Welche Schlüsse sollte man aus diesen Wahrnehmungen ziehen? Ich hatte diese Beob-

achtungen gemacht, weil man in derlei Situationen auf jede Kleinigkeit zu achten pflegt, ich war jedoch nicht scharfsinnig genug, die nötigen Schlußfolgerungen zu ziehen, und vielleicht berichtete ich Euch gar nicht jene Einzelheiten, wenn ich mich nicht ihretwegen so sehr verwundert hätte.

Vier Tage lang warteten wir auf ein Zeichen von Omphale, ständig schwankend zwischen der Überzeugung, sie werde ihr heiliges Versprechen einlösen, und dem Gedanken, daß es ihr durch die grausigen Maßnahmen der Mönche verwehrt sein könne, uns noch irgendwie von Nutzen zu sein. Schließlich verzweifelten wir, und unsere Angst nahm zu. Am vierten Tage nach Omphales Fortgang wurden wir zum Abendessen hinabbefohlen. Daran war nichts Besonderes – wie groß aber war unser aller Überraschung, als wir durch eine nach außen führende Tür des Saals eine neue Gefährtin hereintreten sahen, und zwar im gleichen Augenblick, in dem wir durch unsere Tür schritten.

»Hier ist sie, welche die Gesellschaft dazu bestimmt hat, die jüngst entstandene Lücke auszufüllen, Mesdemoiselles«, sprach Raphael. »Seid so freundlich, sie aufzunehmen wie eine Schwester und lindert ihr Los, soweit es in Euren Kräften steht. Sophie«, fuhr der Pater Superior fort, indem er sich zu mir wandte, »unter den Mädchen Eurer Gruppe zählt Ihr die meisten Jahre, und ich ernenne Euch hiermit zur Ältesten. Ihr kennt die Pflichten. Seid also darauf bedacht, ihnen peinlich genau nachzukommen.«

Ich hätte dieses Amt am liebsten abgelehnt, doch lag das nicht in meiner Macht. Unter dem ständigen Zwang, meine Wünsche dem Willen jener verbrecherischen Männer unterzuordnen, beugte ich mich und versprach ihm, alles zu seiner vollen Zufriedenheit zu verrichten.

Darauf nahm man unserer neuen Gefährtin Umhang und Schleier ab, welche ihr Gestalt und Antlitz verhüllten, und wir erblickten ein fünfzehnjähriges Mädchen von überaus aparten und feinen Gesichtszügen. Jeden von uns bedachte sie mit einem an-

mutigen Aufschlag ihrer wundervollen, wenn auch tränenverschleierten Augen. Kein zweites Mal in meinem Leben habe ich einen solch herzbewegenden Blick gesehen. Sie besaß langes, aschblondes Haar, das ihr in natürlichen Locken über die Schultern fiel, einen frischen Rosenmund und trug in nobler Haltung ihren Kopf. Dies alles zusammen hatte etwas so Verführerisches, daß es unmöglich war, sich bei ihrem Anblick nicht unwillkürlich zu ihr hingezogen zu fühlen. Später erfuhren wir aus ihrem Munde – ich berichte das deshalb schon jetzt, um bereits alles, was sie betrifft, an dieser Stelle zu erzählen –, daß sie Octavie hieß, Tochter eines Großkaufmanns aus Lyon war und in Paris ihre Erziehung genossen hatte. Von dort war sie in Gesellschaft einer Gouvernante unterwegs, um zu ihren Eltern heimzukehren, als sie zu nächtlicher Stunde zwischen Auxerre und Vermenton überfallen und mit Gewalt in dieses Kloster entführt wurde. Was aus der Kutsche und ihrer Begleiterin geworden war, hatte sie nicht in Erfahrung bringen können. Eine Stunde lang war sie allein in einem Verlies eingeschlossen und ganz ihrer Verzweiflung hingegeben, als man sie holte, um sie zu uns zu gesellen. Von den Mönchen hatte keiner bisher auch nur ein einziges Wort an sie gerichtet. Einen Augenblick lang waren unsere vier Mönche vom Zauber dieses Mädchens ganz hingerissen und konnten nicht umhin, vor seinen Reizen in Bewunderung zu verharren. Die Macht der Schönheit flößt Ehrfurcht ein, und selbst der abgefeimteste Schurke zollt ihr bei aller Verworfenheit eine gewisse kultische Verehrung, gegen die er nur unter Gewissensbissen verstößt. Unholde jedoch wie die, mit denen wir es zu tun hatten, sind von derartigen Skrupeln wenig angekränkelt.
»Wohlan, Mademoiselle«, sprach der Guardian, »laßt uns, ich bitt' Euch, sehen, ob Eure übrigen Reize denen, mit welchen die Natur so verschwenderisch Euer Antlitz bedacht, auch nicht nachstehen.«
Das hübsche Mädchen zeigte sich verwirrt und errötete, ohne

jedoch recht zu begreifen, was mit diesen Worten gemeint war. Da packte sie der herzlose Antonin am Arm und erklärte ihr unter Flüchen und ob ihrer Unanständigkeit unwiederholbaren Beschimpfungen: »Verstehst du denn nicht, du Zimperliese? Was man dir sagen will, heißt, daß du dich unverzüglich nackt ausziehen sollst...«

Neue Tränen, neues Sträuben... doch Clément greift nach ihr und läßt in wenigen Augenblicken alles verschwinden, was den Leib dieses interessanten Geschöpfs schamhaft bedeckte.

Die Reize, welche der Anstand verhüllte, hätten im Falle Octavies schwerlich besser jenen entsprechen können, welche ihr der Brauch zu zeigen erlaubte. Nie sah man eine weißere Haut, nie glücklicher geratene Formen – und all diese Frische, Unschuld und Zartheit sollte die Beute jener Barbaren werden. Nur um von diesen gezeichnet zu werden, schien die Natur das Mädchen so reich beschenkt zu haben.

Der Kreis schloß sich um sie, und nicht anders als ich es getan hatte, machte auch sie, in allen Richtungen hin und her gestoßen, die Runde. Der hitzige Antonin vermag nicht zu widerstehen, und ein grausames Attentat gegen die erblühenden Reize beenden die Huldigung, Weihrauch steigt auf zu Füßen des Gottes... Raphael sieht, daß es Zeit ist, an ernstere Dinge zu denken. Er selbst ist außerstande, länger zu warten, bemächtigt sich des Opfers und bringt es in die seinen Wünschen günstige Lage. Da er sich nicht auf seine Maßnahmen verläßt, bittet er Clément, das Mädchen für ihn festzuhalten. Octavie weint, aber man achtet nicht darauf. Das Feuer leuchtet aus den Blicken des abscheulichen Italieners. Herr über den Platz, welchen er im Sturm nehmen will, scheint er die Zugänge lediglich deshalb zu inspizieren, um jedem Widerstand besser zu begegnen. Keine Kriegslist wird angewandt, keine Vorbereitung getroffen. So gewaltig das Mißverhältnis zwischen dem Angreifer und der Widerspenstigen ist, er schreitet darum nicht weniger entschlossen zur Eroberung. Ein herzzerreißender Schrei des Opfers kündet schließlich von dessen Niederlage. Nichts aber vermag den hochmütigen Sieger zu erweichen. Je mehr sie um seine Gnade zu flehen scheint, um so wilder bedrängt er sie. So wie es mir widerfuhr, ist die Unglückselige schließlich schändlich entehrt, ohne indessen nicht mehr Jungfrau zu sein.

»Nie war der Siegeslorbeer schwerer zu erringen«, sprach Raphael, indem er sich erhob. »Ich glaubte bereits, zum erstenmal in meinem Leben im Kampf um ihn zu scheitern.«

»Ich will sie von dorther nehmen«, rief Antonin, indem er Octavie gar nicht erst erlaubte, sich zu erheben. »Die Festung hat mehr als eine Bresche, und Ihr habt bloß die erste erstürmt.« Sagt's und stürzt sich wild ins Gefecht. Nach einer Minute ist er Herr des Platzes, und neues Klagen erhebt sich...

»Gelobt sei Gott«, sagt der fürchterliche Unhold, »ohne das Wehgeschrei der Besiegten hätte ich an ihrer Niederlage gezweifelt. Meinen Triumph genieße ich nur dann, wenn er Tränen gekostet hat.«

»Wahrlich«, spricht Jérôme und nähert sich, die Ruten in der Hand, »ich will nicht im geringsten diese liebliche Haltung ändern, denn sie kommt meinen Absichten nur entgegen.«

Er betrachtet das Opfer, befingert und betastet es, und bald schon ist die Luft von einem furchtbaren Pfeifen erfüllt. Der wundervolle Leib verfärbt sich, leuchtendes Rot mischt sich in das strahlende Weiß der Lilie. Doch das, was vielleicht für einen kurzen Augenblick die Liebe zu beflügeln vermag, sofern die Mäßigung ihre Tollheiten im Zaume hält, wird sogleich zum Verbrechen gegen ihre Gesetze. Nichts gebietet dem abscheulichen Mönch Einhalt. Je mehr die Schülerin jammert, desto strenger wütet der Lehrer. Alle Teile ihres schönen Leibes werden gleich mißhandelt, nichts findet Gnade in seinen Augen. Keine einzige Stelle, die nicht das Mal seiner Roheit trüge. Erst im Anblick der blutigen Spuren seiner abscheulichen Freuden erlischt schließlich das Feuer seiner Begierde.

»Ich werde sanfter sein als die anderen«, sagt Clément, schließt die Schöne in seine Arme und drückt ihr einen unzüchtigen Kuß auf den Korallenmund. »Das soll der Tempel sein, in welchem ich opfern werde...«

Weitere Küsse auf diesen wundervollen, von Venus selbst geformten Mund erhitzen ihn noch mehr. Sodann vollzieht er mit Gewalt an dem unglücklichen Mädchen jene Niederträchtigkeiten, in denen er sein Entzücken findet. Und das gesegnete Werkzeug irdischer Freuden, das süßeste Asyl der Liebe, wird mit Greueln besudelt. Der Abend endet auf ähnliche Weise wie die anderen, von denen ich Euch bereits berichtet habe, nur daß die Schönheit und das zarte Alter des jungen Mädchens die Schurken weit mehr entflammen und ihre Grausamkeiten sich vervielfachen. Mehr der Übersättigung als dem Mitleid verdankt die Bedauernswerte, daß sie auf ihr Zimmer geschickt wird und in den Genuß wenigstens einiger Stunden der Ruhe kommt, deren sie so dringend bedarf. Ich hätte sie gern mindestens während jener ersten Nacht getröstet; da ich jedoch gezwungen war, diese mit Antonin zu verbringen, wäre ich im Gegenteil selbst um Beistand verlegen gewesen. Ich hatte das Pech, diesem Wüstling – nun, zu gefallen, das wäre nicht das richtige Wort, sondern seine schamlosen Begierden stärker als die anderen zu erregen, und es verging schon seit einer geraumen Weile selten eine Woche, während der ich nicht vier oder fünf Nächte in seiner Kammer verbrachte.

Als ich am nächsten Morgen unser Zimmer betrat, fand ich meine neue Gefährtin in Tränen gebadet vor. Ich sagte ihr, um sie zu beruhigen, all das, was man auch zu mir gesagt hatte, doch war mir bei ihr genauso wenig Erfolg beschieden, wie den anderen zu meiner Zeit bei mir. Es ist nicht ganz leicht, sich über eine so unerwartete Wende des Schicksals hinwegzutrösten. Das junge Mädchen besaß überdies einen reichen Schatz an Frömmigkeit, Tugend, Ehrgefühl und Empfindsamkeit, dessentwegen ihm seine Lage um so grausamer erscheinen mußte. Raphael, der großes

Gefallen an ihr gefunden hatte, holte sie während mehrerer Nächte hintereinander zu sich, und nach und nach tat sie es wie die anderen: Sie fand Trost in dem Gedanken, daß ihr Unglück eines Tages zu Ende sein werde. Omphale hatte recht gehabt, als sie mir sagte, die Dauer des Aufenthalts in dem Kloster habe nicht den geringsten Einfluß auf den Zeitpunkt der Entlassung. Dieser hing ausschließlich von der Laune der Mönche ab oder auch zuweilen vielleicht davon, daß sie ein neues Opfer gefunden hatten. Jedenfalls konnte einem der Abschied genauso gut nach acht Tagen wie nach zwanzig Jahren gegeben werden. Es waren keine sechs Wochen seit der Ankunft Octavies vergangen, als Raphael erschien, ihr die Entlassung anzukündigen. Sie machte uns die gleichen Versprechungen wie Omphale und verschwand wie diese, ohne daß wir jemals erfuhren, was aus ihr geworden ist.

Etwa ein Monat verging, ohne daß eine Neue an ihre Stelle getreten wäre. Während dieser Zeit hatte ich, wie schon einmal Omphale, Gelegenheit, mich davon zu überzeugen, daß wir nicht die einzigen weiblichen Bewohner des Hauses waren, sondern daß in einem anderen Gebäudeteil eine gleiche Anzahl von Mädchen verborgen gehalten wurde. Doch Omphale hatte dies nur vermuten können, während mein Abenteuer bei weitem überzeugender war und meinen Verdacht restlos bestätigte. Und zwar geschah folgendes: Ich hatte die Nacht mit Raphael verbracht und verließ seine Zelle wie üblich gegen sieben Uhr morgens, als ein Laienbruder, der ebenso alt und abstoßend war wie der unsrige und den ich noch nie gesehen hatte, auf einmal mit einem hochgewachsenen, bildschönen Mädchen von etwa achtzehn Jahren im Korridor auftauchte. Raphael, der mich zurückgeleiten wollte, ließ auf sich warten. Er kam schließlich, als ich unmittelbar vor dem Mädchen stand, welches der Bruder nirgends mehr verstecken konnte, um es meinen Blicken zu entziehen.
»Wohin schafft Ihr dieses Geschöpf?« fragte der Guardian wütend.

»Zu Euch, ehrwürdiger Vater«, antwortete der abscheuliche Merkur. »Euer Hochwürden vergessen, daß Sie es mir gestern abend befohlen haben.«
»Ich habe Euch gesagt: um neun!«
»Um sieben, gestrenger Herr! Ihr habt mir gesagt, Ihr wolltet sie vor der Messe sehen.«
Inzwischen betrachtete ich das Mädchen, welches mich nicht weniger erstaunt ansah.
»Nun, was schadet's?« sprach Raphael, führte mich in die Kammer zurück und ließ auch das Mädchen bei sich eintreten. »Hört, Sophie«, fuhr er fort, nachdem er die Tür verschlossen und dem Bruder bedeutet hatte zu warten, »dieses Mädchen bekleidet in einem anderen Turm das gleiche Amt wie Ihr, nämlich das der Stubenältesten. Es macht gar nichts aus, daß unsere beiden Ältesten einander kennenlernen. Der besseren Bekanntschaft wegen, Sophie, werde ich dir jetzt unsere Marianne nackt vorführen.«
Diese Marianne, eines jener Mädchen offenbar, welche sich nicht lange zieren, entkleidete sich auf der Stelle. Vor meinen Augen unterwarf er sie seinen Lieblingslüsten, während mir befohlen war, gleichzeitig sein Verlangen zu steigern.
»Das war es, was ich von ihr wollte«, sprach der nichtswürdige Mensch, kaum daß er seine Begierde gestillt, »ich brauche bloß die Nacht mit einem Mädchen verbracht zu haben, um am Morgen bereits eine neue zu begehren. Nichts Unersättlicheres gibt es als unsere Gelüste, je mehr man ihnen opfert, um so mehr geraten sie in Hitze. Auch wenn es jeden Tag annähernd dasselbe ist, so erwartet man doch unaufhörlich neue Anreize. Im selben Augenblick noch, in dem das Feuer unseres leiblichen Verlangens bei der einen infolge Übersättigung erlischt, wird es bereits im Beisammensein mit einer anderen durch dasselbe Laster wieder heftig entfacht. Ihr seid zwei vertrauenswürdige Mädchen, also schweigt beide! Geht jetzt, Sophie, geht, der Bruder wird Euch begleiten. Mit Eurer Gefährtin habe ich noch ein anderes Mysterium zu zelebrieren.«

Ich versprach, das Geheimnis zu wahren, wie man es von mir verlangte, und verließ die Zelle. Jetzt hatte ich keinen Zweifel mehr, daß wir nicht die einzigen waren, welche den monströsen Lüsten dieser hemmungslosen Libertins zu Diensten sein mußten.
Nach Octavies Fortgang erschien unverzüglich eine Nachfolgerin. Ein kleines Bauernmädchen von zwölf Jahren, frisch und hübsch, aber mit Octavie nicht zu vergleichen, trat an ihre Stelle. Noch vor Ablauf von zwei Jahren war ich von allen diejenige, welche die längste Zeit im Hause verbracht. Auch Florette und Cornelie gingen davon. Wie Omphale schworen sie, ein Lebenszeichen von sich zu geben, doch gelang ihnen das ebensowenig wie jener Unglücklichen. Die eine wie die andere wurde ersetzt, Florette durch eine Fünfzehnjährige aus Dijon, ein dickes, pausbäckiges Mädchen, dessen einzige Reize seine Frische und sein jugendliches Alter waren, und Cornelie durch ein Mädchen aus Autun, welches aus einer überaus ehrbaren Familie stammte und von einzigartiger Schönheit war. Dieses Mädchen, etwa sechzehn Jahre alt, machte mir glücklicherweise das Herz Antonins streitig. Jedoch merkte ich bald, daß ich ebenso meinen Kredit bei den anderen zu verlieren drohte, wenn mir erst dieser Libertin nicht mehr gewogen war. Angesichts der Unbeständigkeit dieser unseligen Männer bangte ich um mein Los, denn ich sah wohl, daß sie meinen baldigen Abschied ankündigte, und es war mir nur allzu gewiß, daß diese grausame Entlassung das Todesurteil bedeutete, als daß ich nicht einen Augenblick lang darob erschrocken wäre. Ich sage: einen Augenblick lang! Vermochte ich mich in meinem Unglück denn noch ans Leben zu klammern? Konnte mir denn kein größeres Glück widerfahren, als ihm zu entrinnen?
Diese Gedanken trösteten mich und ließen mich meinem Schicksal so gelassen entgegensehen, daß ich nicht das geringste unternahm, mein Ansehen bei den Mönchen zu heben. Die Mißhandlungen bedrückten mich, ständig beklagte man sich meinetwegen, und es verging kein Tag, an welchem ich nicht gezüchtigt wurde. Ich

flehte zum Himmel und erwartete mein Urteil. Dessen Verkündung stand möglicherweise unmittelbar bevor, als die Vorsehung, welche es müde geworden war, mich immer nur auf dieselbe Weise zu quälen, ihre Hand ausstreckte und mich diesem neuen Abgrund entriß, um mich bald darauf in einen anderen zu stürzen. Doch will ich den Ereignissen nicht vorgreifen, sondern damit beginnen, daß ich Euch berichte, wie wir endlich aus den Händen jener lasterhaften Erzbösewichter befreit wurden.

Das schreckliche Gesetz vom belohnten Laster, das sich bei allen Wechselfällen meines Lebens in zahlreichen Beispielen meinem Auge dargeboten hatte, sollte sich auch bei dieser Gelegenheit wieder bestätigen. Es stand geschrieben, daß diejenigen, welche mich gemartert, gedemütigt und in Ketten gehalten hatten, immer wieder in meinem Angesichte den Lohn für ihre Verbrechen erhielten, gerade als ob die Vorsehung es sich zur Aufgabe gemacht hätte, mir die Nutzlosigkeit der Tugend vor Augen zu führen. Eine verhängnisvolle Lektion, die mich dennoch nicht zu bekehren vermochte und die mich, sollte ich noch einmal dem Schwerte, welches über meinem Haupte hängt, entrinnen, nicht im geringsten davon abhalten wird, für immer die Sklavin der in meinem Herzen wohnenden göttlichen Kraft zu bleiben.

Eines Morgens trat völlig unerwartet Antonin in unsere Kammer und eröffnete uns, daß der ehrwürdige Vater Raphael, Verwandter und Schützling des Papstes, von Seiner Heiligkeit zum Ordensgeneral der Franziskaner ernannt worden sei.

»Und ich, meine Kinder«, sprach er, »ich übernehme das Amt des Guardian in Lyon. Zwei neue Patres werden unverzüglich unsere Stelle in diesem Hause einnehmen, möglicherweise treffen sie noch im Laufe dieses Tages ein. Wir kennen sie nicht. Es ist also möglich, daß sie Euch nach Hause schicken, wie auch, daß sie Euch bei sich behalten. Wie dem auch sei, ich rate Euch, um Eurer selbst wie um der Ehre unserer in diesem Kloster verbleibenden Mitbrüder willen, die Einzelheiten unserer Lebensführung geheim-

zuhalten und nur das zuzugeben, was nicht gegen den Anstand verstößt.«
Angesichts dieser für uns so hoffnungsvollen Nachricht glaubten wir dem Mönch keinen seiner Wünsche verweigern zu können. So schworen wir ihm alles, was er wollte. Schließlich verlangte er noch, von uns vieren auf seine Weise Abschied zu nehmen. Das Ende unserer Leiden vor Augen, ertrugen wir die letzten Schläge ohne einen Laut der Klage und verweigerten ihm nichts. Danach trennte er sich für immer von uns. Wie gewöhnlich servierte man uns das Mittagsmahl. Etwa zwei Stunden später betrat Pater Clément in Gesellschaft zweier Ordensgeistlicher ehrwürdigen Alters und Aussehens unsere Kammer.
»Gebt zu, Pater«, sprach einer der beiden zu Clément, »gebt zu, daß diese Ausschweifungen haarsträubend sind und es recht seltsam anmutet, daß der Himmel sie solange geduldet.«
Demütig gab Clément ihnen in allem recht. Zur Entschuldigung führte er an, weder er noch seine Mitbrüder hätten die geringste Neuerung eingeführt. Alles hätten sie bereits in dem Zustand vorgefunden, in dem sie es nun weitergäben. Zwar stimme es, daß die Personen wechselten, aber auch diesen ständigen Wechsel hätten sie bereits als feste Einrichtung vorgefunden. Nichts anderes hätten sie also getan, als in allem dem Brauch zu folgen, welcher ihnen von ihren Vorgängern gewiesen worden sei.
»Das mag schon sein«, erwiderte darauf derselbe Mönch, der mir der neue Guardian zu sein schien (und es in der Tat auch war), »das mag schon sein, doch wollen wir, mein lieber Pater, schleunigst diese liederlichen Zustände beseitigen. Sie empören das weltliche Publikum – und wie sie auf Geistliche wirken, das mögt Ihr Euch selbst ausmalen.«
Sodann fragte er uns, was wir zu tun gedächten. Alle antworteten, sie wünschten in ihre Heimat zurückzukehren.
»Das soll geschehen, meine Kinder«, sprach der Mönch, »und ich werde jeder von euch die notwendige Summe für die Heimkehr

aushändigen. Doch ist es notwendig, daß Ihr nur eine nach der anderen fortgeht, und zwar jeweils im Abstand von zwei Tagen, daß ihr euch allein und zu Fuß auf den Weg macht und niemals auch nur das geringste über das, was in diesem Hause geschehen ist, verlauten laßt.«

Wir schworen es ihm... aber der Guardian gab sich damit nicht zufrieden. Er forderte uns auf, vor das Allerheiligste zu treten. Keine weigerte sich, und so nahm er uns am Fuße des Altars den Eid ab, niemals das, was sich in dem Kloster zugetragen habe, zu offenbaren. Ich schwor wie die anderen, und wenn ich Euch gegenüber meinen Eid breche, Madame, so geschieht das, weil ich mich eher an den Sinn als an den Wortlaut des Eides, welchen der gute Priester von uns verlangte, gebunden fühle. Der Zweck des Schwurs aber war, daß keine Anklage erhoben würde, und ich bin sicher, daß, wenn ich Euch diese Abenteuer erzähle, sich daraus niemals irgendwelche Mißhelligkeiten für den Orden jener Väter ergeben werden.

Meine Gefährtinnen verließen vor mir das Haus. Da es uns untersagt war, eine Zusammenkunft zu verabreden, wir überdies unmittelbar nach der Ankunft des neuen Guardian getrennt worden waren, sind wir einander nicht mehr begegnet. Weil ich gesagt hatte, ich wolle nach Grenoble gehen, gab man mir zwei Louisdor mit auf den Weg. Ich bekam die Kleider zurück, welche ich bei meiner Ankunft getragen, und fand unter meinen Habseligkeiten auch die acht Louisdor, die mir verblieben waren. Froh, der grausigen Lasterhöhle endlich entfliehen zu können, ihr auf eine so unerwartet friedliche Weise zu entrinnen, drang ich in den Wald ein und stieß schließlich auf die Straße von Auxerre, und zwar an derselben Stelle, auf der ich seinerzeit von ihr abgewichen, um mich mit eigener Hand ins Unglück zu stürzen. Genau drei Jahre waren seit jenem törichten Entschluß vergangen; nur noch wenige Wochen fehlten mir bis zur Vollendung meines fünfundzwanzigsten Lebensjahres.

Meine erste Sorge war es, auf die Knie zu fallen und Gott um alle unfreiwilligen Verfehlungen, welche ich begangen, um Verzeihung zu bitten. Dabei empfand ich weit mehr Reue als je vor den besudelten Altären des unwürdigen Hauses, welches ich so freudig verlassen. Tränen des Bedauerns rannen mir über die Wangen. »Weh«, sprach ich, »ich war rein, als ich damals diese Straße verließ, geleitet von den Pflichten der Frömmigkeit, die auf so unselige Weise betrogen wurde... und in welch traurigem Zustand erblicke ich mich jetzt!«

Doch über diese trüben Gedanken tröstete mich ein wenig die Freude hinweg, nunmehr wieder frei zu sein, und so setzte ich meinen Weg fort. Um Euch, Madame, nicht weiter mit Einzelheiten zu langweilen, die, wie ich fürchte, Eure Geduld zu sehr beanspruchen würden, will ich mich nur noch – wenn Euch das recht ist – bei jenen Ereignissen aufhalten, denen ich wesentliche Erkenntnisse zu verdanken habe oder die in entscheidender Weise den Gang meines Lebens beeinflußten.

Während ich einige Ruhetage in Lyon verbrachte, warf ich eines Tages einen Blick in eine auswärtige Zeitung, die der Frau gehörte, bei welcher ich logierte. Und wie staunte ich, als ich dort von einem weiteren Fall des gekrönten Verbrechens erfuhr, als ich einen der Hauptanstifter meines Übels auf dem Gipfel des Erfolgs erblickte! Rodin, jener niederträchtige Mensch, der mich so grausam gezüchtigt, weil ich ihn vor einem Mord bewahrt, der zweifellos Frankreich anderer Morde wegen hatte verlassen müssen, dieser Mann war, wie das Blatt zu berichten wußte, jüngst zum hochdotierten Ersten Leibarzt des Königs von Schweden ernannt worden. »Soll er doch sein Glück machen, der Schuft«, sprach ich zu mir, »soll er doch, wenn die Vorsehung es so will! Du allein, unglückselige Kreatur, leide, dulde ohne zu klagen, denn es steht geschrieben, daß Mühsal und Pein das schreckliche Los der Tugend sind.«

Ich verließ Lyon nach drei Tagen und machte mich auf den Weg in die Dauphiné, erfüllt von der närrischen Hoffnung, daß in jener Provinz ein bescheidenes Glück meiner harre. Ich befand mich kaum zwei Meilen vor den Toren Lyons – wie gewöhnlich ging ich, ein paar Hemden und Schnupftücher im Bündel, zu Fuß –, als ich einer alten Frau begegnete, die mit einer Leidensmiene auf mich zutrat und mich um eine milde Gabe anflehte. Da ich von Natur aus mitleidig bin und nichts Schöneres auf der Welt kenne, als anderen zu geben, holte ich sofort meinen Geldbeutel hervor, um ihr ein paar Münzen für die Frau zu entnehmen. Doch ehe ich es recht bemerkte, packte die nichtswürdige Kreatur, die ich für eine gebrechliche Greisin gehalten, geschwind meine Börse und warf mich mit einem kräftigen Faustschlag in den Magen zu Boden. Als ich wieder auf den Beinen stand, war sie bereits hundert Schritt weit weg, umgeben von vier Spitzbuben, die mir mit drohenden Gesten bedeuteten, ich solle mich ihnen ja nicht nähern...

»Oh, gerechter Himmel«, schrie ich voller Bitternis, »es ist also unmöglich, daß eine tugendhafte Regung in meinem Herzen keime, die nicht sogleich mit den schrecklichsten Widrigkeiten, welche ich in dieser Welt zu fürchten habe, bestraft würde!«

In jenem unseligen Augenblick war ich nahe daran, allen Mut sinken zu lassen. Heute bitte ich den Himmel um Verzeihung, doch damals drohte mein Herz gegen ihn aufzubegehren. Ich hatte nur noch die Wahl zwischen zwei entsetzlichen Möglichkeiten. Ich war entschlossen, mich entweder den Schandgesellen anzuschließen, die mir eben erst so grausam mitgespielt, oder nach Lyon zurückzukehren und mich dort dem Laster hinzugeben... Gott aber war so gnädig, mich vor dem Fall zu bewahren, und auch, wenn der Hoffnungsschimmer, den er von neuem in meinem Herzen aufleuchten ließ, nur die Morgenröte weiterer, noch schlimmerer Schicksalsschläge war, so dankte ich ihm, daß er mich wieder aufgerichtet. Die Kette des Mißgeschicks, die mich heute als Unschuldige aufs Schafott zerrt, trägt mir nur den Tod ein.

Jeder andere Ausweg hätte mir lediglich Scham, Gewissensbisse und Schande eingebracht. Doch ist der Tod für mich nicht so schrecklich wie das andere.
Mit der Absicht, in Vienne die wenigen Habseligkeiten, die ich bei mir trug, zu verkaufen, um nach Grenoble zu gelangen, wanderte ich weiter. Traurig schritt ich fürbaß, als ich eine Viertelmeile vor Vienne in der Ebene zur Rechten des Weges zwei Reiter erblickte, die mit den Hufen ihrer Pferde einen dritten Mann zu Boden trampelten und, den offenbar Totgeglaubten zurücklassend, mit verhängtem Zügel flüchteten... Dieses entsetzliche Schauspiel erschütterte mich, und Tränen traten mir in die Augen... »Ach!« rief ich, »dort liegt ein Unglücklicher, den es noch schlimmer getroffen hat als mich. Mir ist wenigstens Gesundheit und Kraft geblieben, ich kann mir meinen Lebensunterhalt verdienen. Wenn er nicht reich ist – wäre er doch wenigstens in derselben Lage wie ich! Doch da liegt er, verkrüppelt für den Rest seiner Tage. Was soll aus ihm werden?«
Sosehr ich mich auch vor solchen Empfindungen des Mitleids hätte hüten sollen, nachdem ich eben erst so grausam ihretwegen gezüchtigt worden, ich konnte nicht umhin, ihnen wieder einmal nachzugeben. Also näherte ich mich dem Sterbenden. Ich habe ein wenig alkoholhaltiges Wasser bei mir und lasse ihn etwas von den Dämpfen einatmen. Er öffnet die Augen. Seine ersten Gesten drücken seine Dankbarkeit aus und bestärken mich darin, in meinen Bemühungen fortzufahren. Ich zerreiße, um ihn zu verbinden, eines von meinen Hemden, eine der wenigen Sachen von einem gewissen Wert, die mir geblieben sind, mein Leben weiter zu fristen. Für diesen Mann reiße ich sie in Stücke. Ich stille das Blut, welches aus seinen Wunden quillt, gebe ihm von dem Wein zu trinken, den ich in geringer Menge stets in einem Fläschchen bei mir trug, um mich unterwegs in Augenblicken der Müdigkeit zu erfrischen, und behandle mit dem Rest seine Verletzungen. Schließlich gewinnt der Unglückliche rasch wieder seine Kräfte

und seinen Mut zurück. Obwohl er zu Fuß ist und nur leichtes Gepäck mit sich führt, macht er keinen unbemittelten Eindruck. Er trägt einige wertvolle Dinge bei sich, eine Uhr, Ringe und andere Schmuckstücke, die allerdings bei dem unseligen Vorfall erheblichen Schaden gelitten haben. Als er wieder sprechen kann, fragt er mich schließlich, wer der wohltätige Engel sei, der ihm Hilfe gebracht, und was er tun könne, um seine Dankbarkeit zu beweisen. Da ich immer noch der einfältigen Überzeugung bin, eine in Dankbarkeit befangene Seele müsse mir selbstlos verpflichtet sein, glaube ich, mir ungefährdet die süße Freude bereiten zu können, den Menschen an meinen Tränen teilhaben zu lassen, der eben noch solche in meinen Armen vergossen. Also erzähle ich ihm alle meine Abenteuer, denen er mit Anteilnahme zuhört. Als ich damit ende, daß ich ihm von dem letzten unheilvollen Vorkommnis berichte und ihm damit meine elende Lage offenbare, ruft er:

»Wie glücklich schätze ich mich, daß ich imstande bin, mich Euch gegenüber ob all dessen erkenntlich zu erweisen, was Ihr für mich getan habt. Ich heiße Dalville«, fährt der Abenteurer fort, »fünfzehn Meilen von hier besitze ich im Gebirge ein sehr schönes Schloß. Ich biete Euch dort einen ruhigen Aufenthalt, wenn Ihr mit mir kommen wollt. Und damit mein Vorschlag nicht Euer Zartgefühl verletzt, will ich Euch auch gleich erklären, welche Verwendung ich für Euch habe. Ich bin verheiratet, und meine Frau braucht eine zuverlässige Hilfe. Erst kürzlich haben wir eine schlechte Person fortgeschickt, deren Stelle ich Euch hiermit anbiete.«

Demutsvoll dankte ich meinem Gönner und fragte ihn, wie es komme, daß ein Mann – wie mir scheine, von Stand – es riskiere, ohne Gefolge zu reisen und sich, wie es ihm soeben erst zugestoßen sei, der Gefahr aussetze, von Wegelagerern so übel zugerichtet zu werden...

»Da ich ein wenig beleibt, im übrigen aber jung und kräftig bin«,

erklärte mir Dalville, »habe ich es mir schon seit langem zur Gewohnheit gemacht, auf diese Weise den Weg zwischen meinem Schloß und Vienne zurückzulegen. Das kommt meiner Gesundheit und meinem Geldbeutel zugute. Es ist jedoch nicht so, daß ich die Kosten scheuen müßte, denn Gott sei Dank bin ich ein reicher Mann – Ihr werdet Euch bald mit eigenen Augen davon überzeugen können, falls Ihr mir das Vergnügen bereitet, mit mir zu kommen. Die beiden Männer, mit denen ich, wie Ihr gesehen habt, vorhin aneinandergeraten bin, sind zwei lächerliche kleine Landjunker aus der Gegend hier, die gerade Degen und Mantel ihr eigen nennen. Der eine ist Leibgardist, der andere Gendarm, mit einem Wort also beides Gauner. In einem Wirtshaus in Vienne gewann ich in der vergangenen Woche beim Spiel gegen sie, und sie schulden mir hundert Louisdor. Doch da sie bei weitem nicht einmal den dreißigsten Teil davon bei sich trugen, gab ich mich mit ihrem Wort zufrieden. Heute treffe ich sie wieder, verlange von ihnen, was sie mir schulden... und wie sie mich bezahlten, das habt Ihr ja mit eigenen Augen gesehen.«
Zusammen mit diesem aufrechten Edelmann jammerte ich über das doppelte Unglück, welches ihn getroffen, als er mir vorschlug, uns auf den Weg zu machen.
»Dank Eurer Bemühungen fühle ich mich schon ein wenig besser«, sagte Dalville. »Da die Nacht bald hereinbricht, sollten wir uns zu einer etwa zwei Meilen von hier entfernten Herberge begeben. Mit den Pferden, die wir morgen früh dort mieten, können wir vielleicht noch am Abend desselben Tages auf meine Burg gelangen.«
Fest entschlossen, von der Hilfe Gebrauch zu machen, welche mir der Himmel zu senden schien, helfe ich Dalville auf die Füße und stütze ihn beim Gehen. Wir lassen alle bekannten Straßen liegen und wandern auf schmalen Pfaden schnurgerade in Richtung auf die Alpen. Tatsächlich stoßen wir nach zwei Meilen auf die Herberge, von der Dalville gesprochen hat. Fröhlich und in allen

Ehren speisten wir zusammen zu Abend. Nach dem Mahl empfahl er mich der Obhut der Wirtin, die mich in ihrer Nähe schlafen ließ. Am nächsten Morgen bestiegen wir zwei Maultiere, die von einem Knecht der Herberge geführt wurden, und erreichten, indem wir stets auf die Berge zuhielten, die Grenze der Dauphiné. Der schwer mißhandelte Dalville vermochte jedoch nicht die ganze Wegstrecke durchzustehen; ich war darum gar nicht böse, denn an diese Art des Reisens nicht gewohnt, fühlte auch ich mich äußerst unwohl. In Virieu, wo ich dieselben Zuvorkommenheiten und Aufmerksamkeiten von seiten meines Führers erfuhr wie am Abend zuvor, machten wir halt. Am folgenden Morgen setzten wir unseren Weg immer noch in derselben Richtung fort.
Etwa um vier Uhr nachmittags langten wir am Fuße des Gebirges an. Der Weg war von nun an kaum noch begehbar. Aus Angst vor einem möglichen Unfall empfahl Dalville dem Maultiertreiber, nicht von meiner Seite zu weichen. So drangen wir in die Schluchten ein. Etwa vier Meilen kletterten wir in ständigen Kehren aufwärts. Jede Behausung und jeden von Menschen begangenen Weg hatten wir bald weit hinter uns gelassen, und ich glaubte mich am Ende der Welt. Unwillkürlich wurde ich von einer leichten Unruhe befallen. Als ich dort zwischen den unzugänglichen Felsen umherirrte, kam mir auf einmal die Erinnerung an die verschlungenen Wege im Klosterforst von Sainte Marie des Bois, und die Abneigung, die ich gegenüber allen entlegenen Orten empfand, ließ mich vor dieser Stätte schaudern. Schließlich erblickten wir eine über den Rand eines bedrohlichen Abgrunds hinausragende Burg, die auf der Spitze eines jäh aufsteigenden Felsens fast zu schweben schien und eher wie ein Geisterschloß anmutete als wie die Wohnung von Leuten, welche für den gesellschaftlichen Verkehr geschaffen sind. Zwar sahen wir das Schloß, doch schien kein Weg zu ihm zu führen. Der steinige Ziegenpfad, dem wir folgten, brachte uns jedoch nach schier endlosen Windungen ans Ziel.
»Seht dort! Mein Haus!« sagte Dalville, sobald er annehmen

konnte, daß ich das Schloß erblickt hatte. Und als ich ihm meine Verwunderung darüber kundtat, daß er in solcher Abgeschiedenheit lebte, antwortete er mir recht barsch, man wohne eben, wo man könne.

Dieser Ton überraschte und entsetzte mich. Nichts entgeht einem im Unglück. Eine mehr oder minder auffällige Schwankung im Tonfall des Menschen, von dem wir abhängig sind, kann jede Hoffnung zunichte machen oder auch wecken. Da es jedoch kein Zurück mehr gab, ließ ich mir nichts anmerken. Nachdem wir das alte Gemäuer umgangen hatten, stand es schließlich mit einem Mal vor uns. Dalville stieg von seinem Maulesel, hieß mich dasselbe tun, gab beide Tiere dem Knecht zurück, händigte ihm seinen Lohn aus und befahl ihm umzukehren – ein Vorgang, der mir ganz und gar nicht gefiel. Dalville bemerkte meine Verwirrung.

»Was habt Ihr, Sophie?« sprach er, während wir die letzte Strecke zu Fuß zurücklegten. »Ihr seid nicht außerhalb Frankreichs. Dieses Schloß liegt zwar an der äußersten Grenze der Dauphiné, doch es gehört noch zu der Provinz.«

»Das mag sein, Monsieur«, erwiderte ich, »doch wie seid Ihr nur darauf verfallen, Euch in dieser Räuberhöhle niederzulassen?«

»Räuberhöhle? Nein!« sagte Dalville, und wachsende Heimtücke schien aus seinem Blick zu sprechen, je mehr wir uns dem Hause näherten. »Das ist durchaus nicht eine Räuberhöhle, mein Kind, aber es ist auch nicht gerade die Wohnstätte besonders ehrbarer Leute.«

»Ach, Monsieur«, antwortete ich, »Ihr macht mir angst! Wohin bringt Ihr mich nur?«

»Ich bringe dich in die Dienste von Falschmünzern, liederliches Weibsstück!« sagte Dalville, wobei er mich am Arm packte und über eine Zugbrücke zerrte, die bei unserer Ankunft herabgelassen und gleich darauf wieder hochgezogen wurde. »Jetzt bist du da«, fügte er hinzu, als wir im Innenhof standen. »Siehst du diesen

Ziehbrunnen dort?« fuhr er fort und deutete auf eine große und tiefe Zisterne in der Nähe des Tors. Zwei nackte Frauen in Ketten drehten das Rad, mit welchem das Wasser in ein Becken geschöpft wurde.

»Das sind deine Gefährtinnen, und das ist deine Aufgabe! Wenn du zwölf Stunden am Tag das Rad drehst, erhältst du sechs Unzen Brot und einen Teller Bohnen. Und jedesmal, wenn du in deiner Anstrengung nachläßt, wirst du wie deine Gefährtinnen gehörig gezüchtigt. Deine Freiheit schlag dir aus dem Kopf, denn nie mehr wirst du den Himmel erblicken. Wenn du vor Erschöpfung stirbst, wird man dich in das Loch werfen, das du dort neben dem Brunnen siehst, zwischen dreißig oder vierzig Frauen, die sich schon darin befinden. Man wird dich einfach durch eine andere ersetzen.«

»Gerechter Himmel, Monsieur«, schrie ich und warf mich Dalville zu Füßen, »bedenkt doch, daß ich Euch das Leben gerettet habe, daß Ihr mir, von Gefühlen der Dankbarkeit gegen mich bewogen, ein glückliches Los zu bieten schient. Das hier war es gewiß nicht, was ich erwarten durfte!«

»Was verstehst du, bitte, eigentlich unter dem Gefühl der Dankbarkeit, mit dem du mich für dich eingenommen zu haben glaubst?« sagte Dalville. »Denk doch einmal genau nach, du kümmerliche Kreatur, was du getan hast, indem du mich rettetest. Vor der Wahl stehend, deinen Weg fortzusetzen oder aber mir zu Hilfe zu eilen, hast du dich, einer Regung deines Herzens folgend, für das letztere entschieden... und hast du das etwa ohne Vergnügen getan? Mit welchem Recht, zum Teufel, verlangst du, daß ich dich für die Freuden, welche du dir selbst verschafft hast, auch noch belohne? Und wie konnte es dir je in den Sinn kommen, daß ein Mann wie ich, der in Gold und Überfluß schwimmt, ein Mann, der über Einkünfte von mehr als einer Million gebietet und vor seiner Übersiedelung nach Venedig steht, um dort seine Reichtümer sorglos zu genießen – daß ein solcher Mann sich herablassen

könnte, einem elenden Geschöpf wie dir irgend etwas zu schulden?
Auch wenn du mir das Leben gerettet haben solltest, schulde ich dir nichts, da du doch nur um deiner selbst willen gehandelt hast. An die Arbeit jetzt, Sklavin, an die Arbeit! Lerne, daß die Zivilisation, welche die Einrichtungen der Natur verkehrt hat, dieser jedoch keineswegs ihre Rechte nehmen konnte. Zu Anfang schuf die Natur starke und schwache Wesen, und ihre Absicht war, daß diese jenen stets untertan sein sollten, wie es das Lamm dem Löwen ist und das Insekt dem Elefanten. Geschicklichkeit und Intelligenz des Menschen aber änderten die Stellung des einzelnen. Nicht mehr die körperliche Kraft bestimmte von nun an den Rang, sondern die Macht, die das Individuum kraft seines Reichtums erlangte. Der Reichere trat an die Stelle des Stärkeren und der Ärmere an die des Schwächeren. Doch ganz gleich, worin seine Macht gründete, der Vorrang des Stärkeren gegenüber dem Schwächeren blieb, in Übereinstimmung mit den Gesetzen der Natur, stets bestehen. In den Augen der Natur macht es keinen Unterschied, ob die Kette, welche den Schwachen drückt, ihm vom Reicheren oder dem körperlich Stärkeren auferlegt ist und ob derjenige, welcher unter ihrer Last zusammenbricht, der körperlich Schwächere ist oder der Ärmere.
Jene Empfindungen der Dankbarkeit, Sophie, auf welche du Anspruch erhebst, kennt die Natur nicht. In ihren Gesetzen ist nirgends die Rede davon, daß die Lust, welche sich der gebende Teil verschafft, für den nehmenden Teil Anlaß wäre, auf seine Rechte über den anderen zu verzichten. Erkennst du bei den Tieren, welche uns als Beispiel dienen, jene Gefühle, auf die du pochst? Wenn ich dich auf Grund meines Reichtums – oder meiner Stärke – beherrsche, wäre es dann natürlich, dir meine Rechte abzutreten, sei es, weil du dir selber einen Dienst erwiesen hast, oder sei es, weil dir deine Verschlagenheit geraten hat, dich loszukaufen, indem du mir dientest?

Aber selbst wenn unter Menschen gleichen Ranges ein erwiesener Dienst vergolten werden müßte, so würde sich eine stolze, erhabene Seele niemals durch das Gefühl der Dankbarkeit herabwürdigen lassen. Ist nicht derjenige, der von einem anderen etwas empfängt, stets schon gedemütigt, und reicht diese Demütigung, welche er empfindet, nicht schon aus, dem anderen den empfangenen Dienst zu vergelten? Ist es nicht eine Befriedigung für einen stolzen Geist, sich über seinesgleichen zu erheben? Bedarf der Gebende noch einer weiteren Genugtuung? Und wenn die Verpflichtung, die den Stolz des Empfangenden demütigt, diesem zur Last wird, mit welchem Recht sollte man ihn hindern können, die Bürde von sich zu werfen? Warum sollte ich damit einverstanden sein, mich immer wieder von den Blicken dessen, dem ich verpflichtet bin, demütigen zu lassen? Die Undankbarkeit ist also nicht ein Laster, sondern im Gegenteil die Tugend stolzer Seelen, wie die Mildtätigkeit diejenige schwacher Seelen ist. Der Sklave predigt seinem Herrn Mildtätigkeit, weil er ihrer bedarf. Doch dieser, von seinen Leidenschaften und der Natur richtiger geleitet, darf sich nur auf das einlassen, was ihm dienlich ist oder was ihm schmeichelt. Man soll so viel Gutes tun, wie man will, solange es einem Spaß macht, aber man soll nichts dafür verlangen, daß man sein Vergnügen gehabt hat.«

Dalville ließ mir keine Zeit, auf diese Worte etwas zu erwidern. Auf seinen Wink hin packten mich zwei Knechte, rissen mir die Kleider vom Leibe und ketteten mich an meine beiden Gefährtinnen. Ich verrichtete noch keine Viertelstunde an dem unseligen Rad meinen Dienst, als die ganze Bande von Falschmünzern, die soeben ihr Tagewerk beendet hatte, sich um mich scharte und mich – allen voran der Anführer – eingehend betrachtete. Sie überhäuften mich mit beißenden und unverschämten Bemerkungen, die sich auf das Brandmal bezogen, welches ich unschuldig auf meinem armen Leib trug. Sie traten an mich heran, tasteten mich rücksichtslos überall ab und begutachteten unter spöttischen

Komplimenten alles, was ich ihren Blicken unfreiwillig darbot. Nach diesem schmerzlichen Zwischenspiel traten sie ein wenig zurück. Dalville ergriff eine stets in unserer Reichweite befindliche Peitsche und verabreichte mir, so kräftig er konnte, fünf oder sechs Hiebe auf alle Teile meines Körpers.
»So wirst du behandelt, Spitzbübin«, rief er währenddessen, »falls du deine Pflichten versäumst. Diese Hiebe bekommst du nicht, weil du eine Verfehlung begangen hättest, sondern damit du siehst, wie es denen ergeht, die sich etwas zuschulden kommen lassen.«
Jeder Schlag riß mir die Haut vom Leibe. Solch scharfe Schmerzen hatte ich noch nie zu spüren bekommen, weder in den Händen Bressacs noch bei den barbarischen Mönchen. Ich schrie laut und wand mich unter meinen Eisen. Meine Verrenkungen und mein Wehgeheul brachten die Unmenschen, welche dem Schauspiel beiwohnten, nur zum Lachen, und mir wurde die grausame Genugtuung zuteil, bei dieser Gelegenheit zu lernen, daß es nicht nur Menschen gibt, die sich aus Rachsucht oder auf Grund schändlicher Begierden an den Schmerzen anderer zu weiden vermögen, sondern auch Wesen, die so barbarisch geartet sind, daß sie sich an denselben Reizen delektieren, nur weil es ihren Stolz oder bloß ihre grausige Neugierde befriedigt. Der Mensch ist demnach von Natur aus böse, er ist es im Aufruhr der Leidenschaften nicht mehr als bei völlig klarem Kopfe. In jedem Fall also kann ihm das Leiden seines Nächsten zum eigenen verabscheuenswürdigen Vergnügen geraten.
Rings um den Brunnen befanden sich drei voneinander getrennte, wie Gefängniszellen verschließbare dunkle Verliese. Einer von den Knechten, welche mich angekettet, wies mir dasjenige, welches für mich bestimmt war. Ich verkroch mich darin, nachdem ich von ihm meine Portion Wasser, Bohnen und Brot erhalten hatte. Ungestört konnte ich mich dort endlich dem Entsetzen über meine Lage hingeben.
»Ist es denn möglich«, sprach ich zu mir, »daß es Menschen gibt,

die soweit gehen, die Empfindungen der Dankbarkeit in ihrer Brust zu ersticken, jener Tugend, der ich mich so gern weihte, sollte jemals eine redliche Seele mich zu ihr verpflichten? Kann es also Menschen geben, denen diese Empfindung fremd ist? Und muß nicht der, welcher so unmenschlich ist, sie zu unterdrücken, ein Ungeheuer sein?« Während ich mich schluchzend solchen Gedanken überließ, öffnete sich plötzlich die Tür meines Kerkers. Es war Dalville. Wortlos, ohne einen einzigen Laut von sich zu geben, stellt er die Kerze, mit der er sich geleuchtet, auf den Boden, stürzt sich wie ein Raubtier auf mich, macht mich gewaltsam seinem Verlangen gefügig, wehrt mit Faustschlägen meinem Sträuben und achtet nicht im geringsten der Zeichen meines inneren Widerstands. Brutal sättigt er seine Begierde, nimmt sein Licht und geht davon, nachdem er die Tür wieder fest verriegelt. »Kann also«, sage ich zu mir, »der Frevel noch weiter getrieben werden? Welcher Unterschied besteht denn noch zwischen einem solchen Menschen und dem wildesten Tier des Waldes?«
Inzwischen geht die Sonne auf, ohne daß ich einen einzigen Augenblick der Ruhe gefunden habe. Man öffnet unsere Verliese, kettet uns von neuem aneinander, und wir gehen wieder an unsere traurige Arbeit. Meine Gefährtinnen waren zwei Mädchen zwischen fünfundzwanzig und dreißig Jahren. Obwohl sie im Elend abgestumpft und vom Übermaß der körperlichen Qualen entstellt waren, hatten sie dennoch etwas von ihrer früheren Schönheit bewahrt. Sie waren von schöner, wohlgeformter Gestalt, und die eine besaß noch ihr prächtiges Haar. Eine traurige Unterhaltung entspann sich zwischen uns, und ich erfuhr, daß sie beide zu verschiedenen Zeiten die Mätresse Dalvilles gewesen waren. Die eine stammte aus Lyon, die andere aus Grenoble. Dalville hatte sie auf seinen schaurigen Felsenhorst mitgenommen, wo sie zunächst einige Jahre lang auf gleichem Fuße mit ihm lebten. Dann aber hatte er sie zum Dank für die Freuden, welche sie ihm gewährt, zu dieser demütigenden Arbeit verdammt.

Ferner erfuhr ich, daß er derzeitig noch ein reizvolles Mädchen zur Geliebten habe, welche jedoch glücklicher daran sei als ihre Vorgängerinnen, da sie ihm zweifellos nach Venedig folge. Dorthin nämlich werde er sich in Kürze begeben, falls er für die beträchtlichen Summen, welche er jüngst nach Spanien habe schaffen lassen, erwartungsgemäß die für Italien geltenden Wechselbriefe erhalte, da er sein Gold nicht nach Venedig mitzunehmen beabsichtige. Dorthin habe er nie Gold gesandt; denn er überführe seine falschen Münzen ausschließlich an Gewährsleute in einem anderen Land als jenem, in dem er sich selbst niederzulassen gedenke. Auf diese Weise bestand sein ganzer Reichtum in dem Lande seines beabsichtigten Wohnsitzes nur in Papieren eines anderen Königreichs, seine Machenschaften konnten nie aufgedeckt werden, und sein Vermögen blieb vor jedem Zugriff sicher. Doch vorläufig konnte noch der ganze Plan jederzeit auffliegen. Ob Dalville sich wie beabsichtigt nach Venedig zurückzog, hing ganz vom Ausgang des jüngsten Geschäfts ab, in welches er den größten Teil seiner Schätze gesteckt hatte. Falls Cadix seine falschen Piaster und Louis akzeptierte und ihm als Gegenleistung hervorragende, auf Venedig lautende Papiere schickte, war für den Rest seiner Tage gesorgt. Wurde der Schwindel jedoch entdeckt, so lief er Gefahr, angezeigt und gehängt zu werden, wie er es verdiente.

»Ach«, rief ich, als ich das hörte, »endlich einmal wird die Vorsehung Gerechtigkeit walten lassen. Sie wird es nicht gestatten, daß ein Ungeheuer wie dieser Mensch da Erfolg habe, und alle drei werden wir gerächt sein!« Mittags gewährte man uns eine Ruhepause von zwei Stunden, während derer jede von uns in ihrer Kammer verschnaufte und ihr Essen einnahm. Anschließend wurden wir von neuem angekettet und mußten bis in die Nacht hinein das Rad drehen. Das Schloß zu betreten, war uns streng verboten. Daß man uns fünf Monate des Jahres nackt arbeiten ließ, geschah deshalb, weil es uns bei unserer überaus anstrengenden Verrichtung unerträglich heiß wurde – und darüber hinaus, wie mir meine Gefährtinnen versicherten, weil wir so den Hieben, welche uns unser gestrenger Meister von Zeit zu Zeit verabreichte, schutzloser preisgegeben waren. Im Winter gab man uns eine Hose und eine enganliegende Jacke, also eine am ganzen Körper straff sitzende Kleidung, welche unsere armen Leiber den Schlägen unseres Henkers nicht minder aussetzte.

Dalville ließ sich während des ersten Tages nicht ein einziges Mal blicken. Doch gegen Mitternacht tat er dasselbe wie am Abend zuvor. Ich nahm die Gelegenheit wahr und bat ihn flehentlich, mein Los zu lindern.

»Warum sollte ich das?« erwiderte der Unmensch. »Etwa deshalb, weil ich mir mit dir ein angenehmes Stündchen mache? Soll ich dich auf den Knien um deine Gunst bitten, für deren Gewährung du deinerseits von mir irgendeine Gegenleistung verlangen könntest? Ich bitte dich um nichts... ich nehme es mir einfach. Auch sehe ich nicht ein, warum aus der Tatsache, daß ich von einem Recht über dich Gebrauch mache, folgen sollte, daß ich mir einen weiteren Anspruch versagen müßte. Mein Handeln hat mit Liebe nichts zu tun; das ist ein Gefühl, welches meinem Herzen stets fremd war. Ich bediene mich einer Frau nur auf Grund eines Bedürfnisses, so wie man im Falle eines anderen ein Nachtgeschirr benutzt. Wertschätzung oder gar Zärtlichkeit bringe ich dem Wesen, welches ich kraft meines Geldes oder meines Ansehens meinen Begierden gefügig mache, niemals entgegen. Das, was ich mir nehme, verdanke ich nur mir selbst, und von der Frau verlange ich lediglich ihre Unterwerfung. Also sehe ich keine Veranlassung, ihr irgendwelche Gefühle der Dankbarkeit entgegenzubringen. Denn das würde heißen, daß ein Dieb, der einem Mann im Walde den Geldbeutel entreißt, weil er der Stärkere ist, dem Beraubten wegen der ihm zugefügten Unbill Dankbarkeit schuldete. Nicht anders verhält es sich, wenn man sich an einer Frau vergeht. Das berechtigt bestenfalls dazu, ihr noch ein zweites Mal Gewalt anzutun,

aber es ist keinesfalls ein hinreichender Grund, ihr eine Entschädigung zu gewähren.«
Dalville, der sein Verlangen gestillt hatte, wandte sich nach diesen Worten brüsk ab und ließ mich allein. Von neuem versank ich in meine Betrachtungen, die, wie Ihr Euch lebhaft vorstellen könnt, nicht eben zu seinen Gunsten ausfielen. Am Abend erschien er, um uns bei der Arbeit zu beaufsichtigen. Er fand, daß wir nicht die übliche Wassermenge geschöpft hatten, nahm seine furchtbare Peitsche zur Hand und schlug uns alle drei bis aufs Blut. Mich verschonte er nicht weniger als die anderen, was ihn indes nicht daran hinderte, in der Nacht wieder in mein Verlies zu kommen und sich genauso aufzuführen wie während der vorangegangenen Male. Ich wies ihm die Wunden, mit denen er mich bedeckt, und wagte noch einmal, ihn an den Tag zu erinnern, an dem ich meine Wäsche zerriß, um die seinen zu verbinden. Doch Dalville ließ sich dadurch in seinem Vergnügen nicht stören und gab mir auf meine klagenden Vorhaltungen einzig ein Dutzend Ohrfeigen zur Antwort, wobei er mich jedesmal mit einem anderen Schimpfwort bedachte. Wie üblich verließ er mich, unmittelbar nachdem er seine Befriedigung gefunden. So ging es etwa einen Monat lang weiter, nach dessen Ablauf mir von seiten meines Henkers wenigstens die Gnade zuteil wurde, nicht mehr weiterhin dem quälenden Schauspiel zusehen zu müssen, wie er sich das nahm, worauf er nicht das geringste Recht hatte. Im übrigen änderte sich mein Leben jedoch nicht. Mein Los wurde weder gelindert, noch verschlimmerte es sich.
So verging ein ganzes schreckliches Jahr, als sich endlich im Hause die Nachricht verbreitete, daß Dalville nicht nur sein großes Vermögen gemacht, daß er nicht nur den erwünschten Riesenbetrag an venezianischen Wechselbriefen erhalten hatte, sondern daß ihm sogar ein neuer Auftrag über weitere Millionen Falschgeld erteilt worden war, für die ihm wunschgemäß Wechselpapiere auf Venedig ausgestellt werden sollten. Dieser Verbrecher

hätte kein glänzenderes und unverhoffteres Vermögen machen können. Mit mehr als einer Million reiste er ab – nicht gerechnet die Einkünfte, die er noch zu erwarten hatte. So sah das neue Beispiel aus, mit dem mich die Vorsehung davon überzeugen wollte, daß Reichtum nur dem Verbrechen beschieden ist, der Tugend aber lediglich Mißgeschick.

Dalville bereitete seine Abreise vor. Am Abend vor seinem Aufbruch erschien er, was ihm seit langem nicht mehr in den Sinn gekommen war, zu mitternächtlicher Stunde bei mir. Er selbst kündigte mir seinen neuen Reichtum sowie seine Abreise an. Ich warf mich ihm zu Füßen, beschwor ihn mit inständigen Bitten, mir meine Freiheit wiederzugeben und mir nach seinem Ermessen einen kleinen Geldbetrag in die Hand zu drücken, damit ich bis Grenoble gelangen könne...

»Und in Grenoble zeigst du mich an, wie?«

»Dann nicht Grenoble«, sagte ich und netzte seine Knie mit meinen Tränen. »Ich schwöre Euch, nie meinen Fuß in diese Stadt zu setzen. Wenn Ihr Euch selbst davon überzeugen wollt, so geruht, mich nach Venedig mitzunehmen. Vielleicht finde ich dort weniger erbarmungslose Herzen als in meinem Vaterland. Solltet Ihr so gütig sein, mich dorthin mitzunehmen, so will ich Euch, bei allem, was mir heilig ist, schwören, Euch nie in Ungelegenheiten zu bringen.

»Von mir hast du keine Hilfe zu erwarten, nicht einen Heller bekommst du!« erwiderte kalt der nichtswürdige Schuft. »Alles, was sich Almosen und milde Gabe nennt, ist meinem Wesen in einem solchen Maße zuwider, daß ich – selbst wenn ich dreimal so reich wäre, als ich bin – mich nicht entschließen würde, einem Bedürftigen auch nur einen halben Pfennig zu geben. In dieser Hinsicht habe ich feste Grundsätze, von denen ich nie abweichen werde. Der Arme gehört in das System der Natur. Indem diese die Menschen mit ungleichen Kräften versah, hat sie uns überzeugend ihren Willen kundgetan, daß diese Ungleichheit auch unter den

Wandlungen, welche unsere Zivilisation für ihre Gesetze mit sich brachte, aufrechterhalten werden soll.
Der Arme ist, wie ich dir bereits erklärt habe, an die Stelle des Schwachen getreten. Ihm zu helfen, hieße die bestehende Ordnung verleugnen, sich dem System der Natur widersetzen und das Gleichgewicht zerstören, auf dem ihre überaus empfindlichen Gebilde beruhen. Es hieße, auf eine für die Gesellschaft gefährliche Gleichheit hinzuwirken, Trägheit und Nichtstuerei zu fördern, den Armen zu lehren, wie er den Reichen bestehle, wenn es diesem gefällt, jenem seine Hilfe zu verweigern, nachdem sich der Arme daran gewöhnt hat, Hilfe zu erhalten, ohne zu arbeiten.«
»O Monsieur, was habt Ihr nur für harte Grundsätze! Würdet Ihr auch so sprechen, wenn Ihr nicht immer reich gewesen wäret?«
»Es wäre weit gefehlt zu behaupten, daß ich immer reich gewesen bin, doch ich habe mein Los zu meistern gewußt. Ich habe es verstanden, die Tugend mit Füßen zu treten, jenes Wahngebilde, das einem letzten Endes nur den Strick oder den Bettelstab läßt. Ich habe rechtzeitig erkannt, daß die Religion, die Wohltätigkeit und die Menschlichkeit nur hinderliche Steine im Wege dessen sind, der sich nach Reichtum sehnt. Meinen Reichtum habe ich auf den Trümmern der menschlichen Vorurteile errichtet. Indem ich göttlicher und menschlicher Gesetze spottete, indem ich jeden Schwachen, der sich mir in den Weg stellte, hinopferte, indem ich das Vertrauen und die Leichtgläubigkeit meiner Mitmenschen mißbrauchte, indem ich den Armen vollends ins Elend stieß und den Reichen bestahl – nur so vermochte ich den steilen Weg zum Tempel der Gottheit zu erklimmen, welche ich anbetete. Warum hast du es nicht so gehalten wie ich? Dein Glück lag in deiner Hand. Hat denn die wahnwitzige Tugend, welcher du den Vorzug gabst, dich für die Opfer entschädigt, die du ihr dargebracht? Jetzt ist es zu spät. Weine ob deiner Fehler, leide und versuche, wenn du kannst, im Schoß der von dir verehrten Truggebilde das zu finden, was du in deiner Leichtgläubigkeit verloren hast.«

Mit diesen herzlosen Worten stürzte sich Dalville auf mich... aber er flößte mir ein solches Grauen ein, seine fürchterlichen Maximen hatten mich mit einem solchen Haß erfüllt, daß ich ihn hart zurückstieß. Nun wandte er Gewalt an, doch ohne Erfolg. Da versuchte er sich durch Grausamkeit schadlos zu halten. Ich war völlig zerschlagen, aber er triumphierte nicht. Das Feuer seiner Begierde erlosch, ohne daß er seinen Willen bekommen hatte, und die Tränen des Rasenden rächten die Schmach, welche er mir angetan. Am nächsten Morgen bot er uns vor seiner Abreise ein Schauspiel der Grausamkeit und Unmenschlichkeit, wie es in der Geschichte der Andronikus, Nero, Wenzeslaus und Tiberius ohne Beispiel ist. Jedermann glaubte, seine Mätresse werde mit ihm zusammen abreisen, und entsprechend hatte sie sich auf seinen Wunsch hin gekleidet. In dem Augenblick aber, da man die Pferde besteigen wollte, führte er sie zu uns.

»Dort ist dein Platz, nichtswürdige Kreatur«, fuhr er sie an und befahl ihr, sich zu entkleiden. »Zur Erinnerung hinterlasse ich meinen Kumpanen als Belohnung die Frau, in die sie mich völlig vernarrt glaubten. Aber da hier nur drei Personen vonnöten sind... und ich mich auf eine gefährliche Reise begebe, bei der mir meine Waffen von Nutzen sein werden, will ich meine Pistolen an einer von euch erproben.«

Bei diesen Worten entsichert er eine seiner Pistolen, richtet sie nacheinander auf die Brust jeder der drei Frauen am Rad und wendet sich schließlich an eine seiner ehemaligen Mätressen.

»Fahr dahin«, ruft er und jagt ihr eine Kugel durch den Kopf, »fahr dahin und bring Nachricht von mir ins Jenseits! Sag dem Teufel, Dalville, der reichste Spitzbube auf Erden, erlaube sich die Frechheit, seiner und des Himmels Hand zu spotten!«

Die Unglückliche haucht nicht sogleich ihr Leben aus, sondern windet sich noch lange im Todeskampf unter ihren Ketten, ein grausiges Schauspiel, dem der niederträchtige Mensch genüßlich zusieht. Schließlich läßt er sie fortschaffen und an ihrer Stelle seine

Mätresse in Ketten legen. Er will sie drei oder vier Runden machen sehen und ihr mit eigener Hand ein Dutzend Peitschenschläge verabreichen.

Nach diesen Greueln besteigt der abscheuliche Mann sein Pferd und verschwindet in Begleitung von zwei Knechten auf Nimmerwiedersehen unseren Blicken.

Bereits am Morgen nach Dalvilles Abreise änderte sich alles. Sein Nachfolger, ein milder und einsichtiger Mann, ließ uns unverzüglich frei.

»Das ist doch keine Arbeit für das schwache und sanfte Geschlecht«, sprach er in gütigem Ton, »Tiere sollen dieses Schöpfwerk treiben. Unser Handwerk ist schon verbrecherisch genug, auch ohne daß wir uns an dem vollkommensten Wesen durch mutwillige Grausamkeiten versündigen.«

Er brachte uns im Schloß unter und setzte ohne irgendwelche selbstsüchtige Absichten die Mätresse Dalvilles wieder in ihre Rechte und Pflichten als Haushälterin ein. Meine Gefährtin und mich beschäftigte er in der Werkstatt mit dem Ausstückeln von Münzen, eine weit weniger mühselige Arbeit. Zum Lohn erhielten wir sehr hübsche Zimmer und ausgezeichnetes Essen. Nach zwei Monaten teilte uns der Nachfolger Dalvilles – sein Name war Roland – die glückliche Ankunft seines Kumpans in Venedig mit. Er hatte sich dort niedergelassen, hatte seine Papiere zu Geld gemacht und schwelgte nun in allen Annehmlichkeiten, die er sich erträumt hatte.

Seinem Nachfolger war bei weitem nicht ein gleich glückliches Los beschieden. Der arme Roland war viel zu anständig, als daß er nicht unverzüglich Schiffbruch hätte erleiden müssen. Auf dem Schloß ging alles seinen ruhigen Gang, und unter dem sanften Regiment unseres gütigen Meisters verrichteten wir unbeschwert und vergnügt unsere – es sei zugegeben – gesetzwidrige Arbeit, als eines Tages die Mauern umstellt wurden. Da es keine feste Brücke gab, wurden die Gräben und Wälle mit Leitern gestürmt, und bevor unsere Leute Gelegenheit zur Verteidigung fanden, war das Haus von mehr als hundert Soldaten der Landreiterei besetzt. Wir mußten uns ergeben und wurden wie Tiere aneinandergekettet. Auf den Rücken von Pferden gefesselt brachte man uns nach Grenoble.

»O Himmel«, sprach ich zu mir, als wir in die Stadt einzogen, »da bin ich nun, wo ich in meiner Torheit das Glück erwartet hatte!«

Der Prozeß gegen die Falschmünzer war rasch vorbei. Alle wurden zum Tod durch Erhängen verurteilt. Nachdem man das Brandmal auf meiner Schulter entdeckt hatte, hielt man sich bei mir nicht lange mit Verhören auf. Ich sollte schon genauso wie die anderen verurteilt werden, als ich einen letzten Versuch unternahm und mich mit der Bitte um Erbarmen an den berühmten Ratsherrn* wandte. Dieser war die Ehre des Tribunals, ein unbestechlicher Richter, beliebter Bürger und erleuchteter Philosoph, dessen Mildtätigkeit und Menschlichkeit seinen gefeierten und ehrwürdigen Namen im Tempel des Gedenkens verewigen werden. Er hörte mich an... mehr noch: Überzeugt von meiner Gutgläubigkeit und der Wahrheit meiner traurigen Erzählungen, vergoß er selbst Tränen, die mich trösteten. O du großer Mann, gestatte meinem Herz, daß ich dir gebührend huldige! Dir wird die Dankbarkeit einer Unglücklichen nicht lästig sein. Der Tribut, den sie dir zollt, indem sie deinem Herzen ein ehrendes Andenken bewahrt, wird ihrem eigenen Herzen jedoch stets die süßeste Wonne sein.

Monsieur S. selbst wurde mein Anwalt. Meine Klagen wurden erhört. Meine Seufzer begegneten mitleidigen Seelen und meine Tränen netzten Herzen, welche mir gegenüber nicht aus Stein waren, sondern weit geöffnet dank seiner Großmut. Die Aus-

* Es handelt sich um Joseph-Michel Antoine Servant, einen Ratsherrn mit philosophischen Interessen, den de Sade in Grenoble kennengelernt hatte.

sagen der Angeklagten, welche hingerichtet werden sollten, unterstützten, da sie für mich sprachen, den Mann, der sich meiner angenommen hatte, noch in seinem Eifer. Ich wurde für verführt und unschuldig erklärt, von jedem Verdacht reingewaschen, und nachdem man die Anklage gegen mich aufgehoben, war ich frei, zu tun und zu lassen, was ich wollte. Mein Gönner tat noch ein übriges, indem er zu meinen Gunsten eine Sammlung veranstaltete, die mir fast hundert Pistolen eintrug. Endlich sah ich das Glück, meine Ahnungen schienen sich zu bestätigen, und ich glaubte mich schon am Ende meiner Prüfungen, als es der Vorsehung gefiel, mich zu überzeugen, daß ich noch weit davon entfernt sei.

Nachdem ich aus dem Gefängnis entlassen worden war, hatte ich mir in einer Herberge gegenüber der Isère-Brücke ein Zimmer gemietet. Dort, so wurde mir versichert, sei ich anständig untergebracht. Auf den Rat von Monsieur S. hin hatte ich beschlossen, eine Weile dort wohnen zu bleiben und mich nach einer Stelle in der Stadt umzusehen. Blieben meine Bemühungen ohne Erfolg, so sollte ich – mit Empfehlungsbriefen versehen, welche mir der gütige Mann mitgeben würde – nach Lyon zurückkehren. Mein Essen nahm ich ebenfalls in jener Herberge ein, und zwar, wie man sagt, an der *Wirtstafel*. Am zweiten Tage meines Aufenthalts bemerkte ich, wie mich eine füllige, sehr gut gekleidete Dame, die sich mit dem Titel Baronesse anreden ließ, scharf beobachtete. Ich sah sie mir nun meinerseits genau an und glaubte sie auch wiederzuerkennen. Wir traten aufeinander zu und umarmten uns wie zwei Menschen, die einander kennen, sich aber nicht mehr erinnern können, woher. Schließlich führte mich die dicke Baronin auf die Seite und sprach:
»Sophie – oder irre ich mich? Habe ich Euch nicht vor zehn Jahren aus dem Gefängnis gerettet? Erkennt Ihr nicht mehr die Dubois?«
Ich war über diese Entdeckung nicht gerade begeistert, doch ant-

wortete ich höflich. Aber da ich es mit der gerissensten und geschicktesten Frau ganz Frankreichs zu tun hatte, vermochte ich ihr nicht zu entwischen. Die Dubois überhäufte mich mit Artigkeiten. Wie die ganze Stadt habe sie meinen Prozeß mit Anteilnahme verfolgt, doch nicht geahnt, daß es sich dabei um mich handelte. In meiner gewohnten Nachgiebigkeit ließ ich mich von der Frau auf ihr Zimmer führen und erzählte ihr die Geschichte meines Unglücks.

»Meine teure Freundin«, sprach sie und umarmte mich ein weiteres Mal, »wenn ich dich unter vier Augen sprechen wollte, so deshalb, um dir zu sagen, daß ich mein Glück gemacht habe und daß mein ganzer Besitz dir zur Verfügung steht. Sieh nur«, fuhr sie fort, indem sie einige mit Gold und Juwelen gefüllte Kassetten öffnete, »das sind die Früchte meines Fleißes. Hätte ich wie du der Tugend gehuldigt, so hinge ich heute am Galgen oder säße hinter Gittern.«

»Weh, Madame«, erwiderte ich, »wenn Ihr das alles nur dem Verbrechen verdankt, so wird die Vorsehung, die stets für ein gerechtes Ende sorgt, Euch nicht lange im Genusse dieser Reichtümer belassen.«

»Irrtum«, sagte die Dubois. »Glaube ja nicht, daß die Vorsehung stets nur der Tugend hold ist. Laß dich nicht durch einen kurzen Augenblick des Glücks täuschen. Ob der eine sich der Tugend und der andere dem Laster weiht, ändert die Pläne der Vorsehung nicht. Ihr geht es lediglich um das Gleichgewicht von Tugend und Laster, und es gilt ihr herzlich wenig, welches Individuum sich für das eine oder andere entscheidet.

Hör mir einmal aufmerksam zu, Sophie. Du bist nicht dumm, und ich möchte dich endlich überzeugen. Es hängt, meine Liebe, nicht von der Wahl ab, die der Mensch zwischen Tugend und Laster trifft, ob er sein Glück macht. Denn in beiden Fällen handelt es sich nur um eine Art und Weise, sich im Leben zu verhalten. Es kommt bloß darauf an, der allgemeinen Richtung zu folgen. Wer

gegen den Strom schwimmt, ist stets im Unrecht. In einer ausnahmslos tugendhaften Welt riete ich dir zur Tugend, weil in diesem Falle jede Belohnung – und damit auch das Glück – an sie gebunden wäre. In einer gänzlich verderbten Welt dagegen würde ich dir immer nur das Laster empfehlen. Wer es nicht hält wie die anderen, geht unweigerlich zugrunde. Überall eckt er an, und da er der Schwächere ist, wird er zwangsläufig zerbrechen.
Vergeblich versuchen die Gesetze, die Ordnung wiederherzustellen und die Menschen auf den Weg der Tugend zu führen. Sie sind zu fehlerhaft für diesen Zweck und viel zu schwach, sich durchzusetzen. Für einen Augenblick weicht der einzelne vom ausgetretenen Pfad ab, doch er verläßt ihn nicht für immer. Wenn das allgemeine Interesse die Menschen veranlaßt, sich für die Korruption zu entscheiden, so wird der, welcher sich nicht im Verein mit den anderen korrumpieren lassen möchte, gegen das allgemeine Interesse kämpfen. Und welches Glück darf der schon erwarten, der unablässig dem Interesse der anderen zuwiderhandelt? Du wirst mir sagen, es sei gerade das Laster, welches dem Interesse der anderen entgegenläuft. Ich gebe dir recht, sofern es sich um eine Gesellschaft handelt, die zu gleichen Teilen aus Tugendhaften und Lasterhaften besteht, denn in diesem Falle verletzt das Interesse der einen sichtbarlich das der anderen. Anders liegen die Dinge jedoch in einer restlos verderbten Gesellschaft; dort treffen meine Laster nur einen Lasterhaften und veranlassen diesen zu neuen Lastern, an denen er sich schadlos hält – und so sind wir alle beide zufrieden.
Dieses Prinzip versetzt alles in Schwingung. Es kommt zu einer Unzahl wechselseitiger Stöße und Schläge, wobei jeder sich in einer anhaltend glücklichen Lage befindet, da er das, was er einbüßt, im nächsten Augenblick schon wiedergewinnt. Das Laster ist nur für die Tugend gefährlich, da diese – schwach und scheu, wie sie ist – kein Wagnis unternimmt. Ist sie erst einmal vom Antlitz der Erde verschwunden, so wird das Laster, das dann nur

noch den Lasterhaften trifft, ansonsten niemanden mehr stören. Der Lasterhafte wird zwar seinerseits andere Laster aushecken, aber keine Tugenden mehr beeinträchtigen. Und wenn man mir nun die Vorteile der Tugend vorhält? Auch das ist nur ein spitzfindiger Einwand. Diese Vorteile dienen immer nur dem Schwachen; dem aber, der sich dank seiner Energie selbst durchzusetzen und die Launen des Schicksals mit geschickter Hand zu korrigieren vermag, nützen sie gar nichts. Wie hättest du auch nicht in deinem Leben scheitern sollen, mein liebes Kind, da du doch unablässig versuchtest, gegen den Strom zu schwimmen. Hättest du dich jedoch von ihm treiben lassen, so wärest du wie ich glücklich im Hafen gelandet. Stromaufwärts geht es eben nicht so rasch wie stromabwärts. In diesem Fall handelt man im Einklang mit der Natur, in jenem Fall gegen sie. Du berufst dich immer auf die Vorsehung, aber wer sagt dir denn, daß sie die Ordnung, und also auch die Tugend, liebt? Liefert sie dir nicht selbst ein Beispiel nach dem anderen von ihrer Ungerechtigkeit und Regellosigkeit? Beweist sie denn in deinen Augen damit, daß sie den Menschen Krieg, Pest und Hungersnot sendet und eine durch und durch verderbte Welt geschaffen hat – beweist sie damit ihre außerordentliche Liebe für die Tugend? Und wie sollten ihr lasterhafte Leute mißfallen, da sie doch selbst nur lasterhaft handelt, da doch ihr ganzes Wollen und Wirken nur Laster, Fäulnis, Verbrechen und Zerrüttung ist?
Woher haben wir im übrigen unseren Hang zum Bösen? Nicht vielleicht gar aus ihrer Hand? Gibt es überhaupt eine einzige Regung unseres Wollens und unserers Fühlens, die sich nicht von ihr herleitet? Es wäre doch unsinnig, wollte man behaupten, sie beließe oder verliehe uns gar die Neigung zu etwas, was ihr nicht von Nutzen ist, nicht wahr? Wenn ihr also das Laster dient, warum sollten wir uns ihm widersetzen, warum sollten wir uns abrackern, es aus der Welt zu schaffen, und warum sollten wir uns seiner Stimme verschließen? Ein wenig mehr Philosophie würde die

Dinge an ihren rechten Platz rücken und Gesetzgeber wie Ratsherrn erkennen lassen, daß jene Laster, die sie mißbilligen und unerbittlich ahnden, zuweilen von größerem Nutzen sind als die Tugenden, welche sie uns predigen, aber niemals belohnen.«

»Selbst wenn ich schwach genug wäre, Madame«, erwiderte ich der Verführerin, »mir Eure schrecklichen Prinzipien zu eigen zu machen, wie wüßtet Ihr die Gewissensbisse zu beschwichtigen, die sogleich mein Herz quälen würden?«

»Gewissensbisse sind Einbildung, Sophie«, fuhr die Dubois fort, »sie sind nur das törichte Geraune einer Seele, die nicht stark und dreist genug ist, sie zu ersticken!«

»Sie zu ersticken – kann man das denn?«

»Nichts leichter als das. Man bereut nur das, was zu tun man nicht gewohnt ist. Wiederholt oft, was Euch Gewissensbisse bereitet, und es wird Euch gelingen, sie zum Schweigen zu bringen. Setzt ihnen das Lodern der Leidenschaften entgegen sowie das unbezwingliche Gesetz der Selbstsucht, und Ihr werdet sie rasch verscheucht haben. Sie zeugen nicht von begangenem Unrecht, sondern bloß von einer leicht zu unterjochenden Seele. Erginge das unsinnige Verbot, dieses Zimmer nicht zu verlassen, du gingest nur unter Gewissensbissen hinaus, so unbestreitbar du damit nichts Böses tätest. Damit ist die Behauptung, nur eine böse Tat bereite ein schlechtes Gewissen, widerlegt. Hält man sich die Belanglosigkeit des Verbrechens vor Augen – oder auch seine Notwendigkeit im Gesamtplan der Natur –, so lassen sich die Gewissensbisse, welche man bei seiner Begehung empfindet, ebenso leicht zerstreuen wie in dem Fall, daß du das Zimmer verläßt, nachdem man dir widerrechtlich befohlen hat, darinnen zu bleiben. Zunächst ist die genaue Untersuchung dessen erforderlich, was die Menschen als Verbrechen bezeichnen. Vor allem anderen hat man sich klarzumachen, daß unter diesem Begriff immer nur der Verstoß gegen Recht und Sitte eines bestimmten Landes verstanden wird, daß, was sich in Frankreich Verbrechen nennt, einige hundert Meilen weiter weg aufhört, ein solches zu sein. Nicht eine einzige Handlung gibt es, die auf der ganzen Welt gleichermaßen als Verbrechen angesehen würde und damit Rechtens diesen Namen verdiente. Das alles ist Ansichtssache und eine Frage der Geographie. Aus diesem Grunde ist es also unsinnig, Tugenden üben zu wollen, die woanders Verbrechen sind, und Verbrechen zu scheuen, die unter einem anderen Himmelsstrich als gute Taten gelten. Jetzt frage ich dich, ob jemand, der diese Überlegungen wirklich ernsthaft angestellt hat, noch Gewissensbisse zu empfinden vermag, wenn er zu seinem Vergnügen oder seinem Vorteil in Frankreich eine chinesische oder japanische Tugend übt, die in seinem eigenen Land als schimpflich gilt? Wird er sich noch lange bei derlei lumpigen Unterscheidungen aufhalten? Und werden diese, sofern er nur einen Funken philosophischen Geistes besitzt, imstande sein, ihm ein schlechtes Gewissen zu verschaffen? Wenn es also das schlechte Gewissen nur als Schutzeinrichtung gibt, wenn es sich nur deshalb einstellt, weil man mit einer bestimmten Handlung die allgemeinen Schranken durchbrochen hat, nicht aber wegen dieser Handlung selbst, ist es dann klug, dieser Regung nachzugeben? Ist es dann nicht wider die Vernunft, sie nicht unverzüglich aus seinem Herzen zu verbannen? Man sollte sich daran gewöhnen, die Tat, welche das schlechte Gewissen bereitet, für belanglos zu halten, und zwar auf Grund eines scharfsinnigen Studiums der Sitten und Gebräuche aller Völker der Erde. Aus dieser Überlegung heraus sollte man diese Tat – gleich, worum es sich dabei handelt – so oft wie möglich von neuem tun – und dem Lichte der Vernunft werden bald alle Skrupel weichen, jene düsteren Regungen, die dem Menschen anerzogen werden und die Früchte von Unwissenheit und Kleinmut sind.

»Seit nunmehr dreißig Jahren, Sophie, führt mich eine ununterbrochene Reihe von Lastern und Verbrechen Schritt um Schritt dem Glück zu. Schon ist es zum Greifen nahe. Noch zwei oder drei erfolgreiche Unternehmungen, und ich habe das elende Bettelleben, in welches ich hineingeboren wurde, endgültig hinter mich gebracht. Eine Rente von dreißigtausend Pfund winkt mir. Glaubst du, ich hätte während meiner glänzenden Laufbahn auch nur ein einziges Mal die Stacheln des schlechten Gewissens gespürt? Glaub es nicht! Gewissensbisse habe ich nie gekannt. Selbst wenn mich auf der Stelle ein Schicksalsschlag träfe und vom Gipfel des Erfolgs zurück in den Abgrund stieße, ich gewährte ihnen niemals Zutritt zu meinem Herzen. Ich würde mich über die Menschen oder über mein Ungeschick beklagen, doch mit meinem Gewissen stets in Frieden leben.«

»Das mag wohl sein – doch laßt mich die Angelegenheit einmal einen Augenblick lang unter den Gesichtspunkten Eurer eigenen Philosophie betrachten. Mit welchem Recht verlangt Ihr von meinem Gewissen, daß es genauso unempfindlich sei wie das Eure, nachdem es doch nicht von Kindheit an darin geübt ist, sich über jene Vorurteile hinwegzusetzen? Mit welchem Recht erwartet Ihr von meinem Geist, der doch anders eingerichtet ist als der Eure, er könne sich dieselben Anschauungen zu eigen machen? Ihr räumt selbst ein, daß es in der Natur ein gewisses Maß des Guten wie des Bösen gibt und folglich eine bestimmte Anzahl von Wesen das Gute tut, während der andere Teil sich dem Bösen weiht. Wenn ich mich nun für das eine von beiden entscheide, so handele ich Eurer eigenen Theorie zufolge im Einklang mit der Natur. Fordert also nicht, daß ich von den Regeln abweiche, welche die Natur selbst mir vorschreibt. So wie Ihr angeblich das Glück findet, indem Ihr geradlinig Eurer Bahn folgt, so werde ich ihm nicht außerhalb der meinen begegnen können. Bildet Euch im übrigen nicht ein, die Gesetze seien so wenig wachsam, daß sie den, der sie übertritt, lange ungeschoren ließen. Habt Ihr nicht selbst eben erst ein warnendes Beispiel erlebt? Von den fünfzehn Bösewichtern, unter denen ich unglücklicherweise hatte leben müssen, konnte nur einer sich retten, während vierzehn in Schmach und Schande untergehen.«

»Und das nennst du ein Unglück? Erstens: Was bedeuten Schmach und Schande demjenigen, der keine sittlichen Grundsätze mehr kennt? Wenn man erst einmal alle Schranken durchbrochen hat, wenn die Ehre nur noch ein leerer Wahn ist, der gute Ruf ein Hirngespinst und die Zukunft eine Illusion, ist es dann nicht einerlei, ob man auf diese Weise endet oder in seinem Bett? Es gibt zwei Sorten von Verbrechern auf der Welt; die einen bewahrt ein großes Vermögen, ein außergewöhnliches Ansehen vor solch einem tragischen Ende; die anderen aber vermögen ihm nicht zu entrinnen, wenn man sie faßt. Wer zu dieser Sorte gehört, wer arm geboren ist, kann – sofern er Verstand besitzt – nur zwei Dinge im Auge haben: den *Reichtum* oder das *Rad*. Erlangt er das eine, so ist er am Ziel seiner Wünsche; wird ihm aber nur das andere zuteil – warum sollte er sich dann beklagen, da er doch nichts zu verlieren hatte? Die Gesetze haben also keine Geltung für den Verbrecher. Denn wer stark ist, den belangen sie nicht. Wer vom Glück gesegnet ist, der entzieht sich ihnen. Und der, welcher keine andere Hilfe zu gewärtigen hat als ihr Schwert, braucht sie nicht zu fürchten.«
»Aber glaubt Ihr denn, daß die himmlische Gerechtigkeit in einer besseren Welt nicht schließlich denjenigen ereilt, der auf dieser nicht vor dem Verbrechen zurückgescheut ist?«
»Ich glaube, daß, wenn es einen Gott gäbe, auf der Erde nicht so viel Böses geschähe. Da nun aber in dieser Welt so viel Böses geschieht, muß es wohl so sein, daß dieser Gott entweder die Unordnung braucht oder aber nicht die Macht besitzt, sie zu verhindern. Einen bösen oder schwachen Gott jedoch fürchte ich nicht. Ohne Angst trotze ich ihm und lache nur über seine Zornesblitze.«
»Ihr macht mich schaudern, Madame«, sagte ich und erhob mich. »Ich kann, verzeiht, Euren verabscheuungswürdigen Spitzfindigkeiten und unerträglichen Lästerreden nicht länger zuhören.«
»Halt, Sophie! Wenn ich schon nicht deinen Verstand zu überzeugen vermag, so laß mich wenigstens dein Herz verführen. Ich

brauche dich, verweigere mir nicht deine Hilfe. Hier sind hundert Louisdor! Vor deinen Augen lege ich sie beiseite. Wenn das Unternehmen glückt, gehören sie dir!«

Nur weil ich meiner natürlichen Neigung folgte, die stets das Gute will, fragte ich sogleich die Dubois, worum es sich handle; denn ich wollte mit allen Kräften das Verbrechen abwenden, das sie zu begehen gedachte.

»Also, es handelt sich um folgendes«, erwiderte sie. »Hast du den jungen Kaufmann bemerkt, der seit drei Tagen mit uns an der Tafel speist?«

»Meint Ihr Dubreuil?«

»Genau den meine ich.«

»Und?«

»Er hat sich, wie er mir im Vertrauen sagte, in dich verliebt. In einer winzigen Kassette neben seinem Bett bewahrt er sechshunderttausend Franc in Gold oder Papieren auf. Laß mich ihn in dem Glauben wiegen, du wolltest ihn erhören. Was schert es dich, ob das stimmt oder nicht! Ich bringe ihn dahin, dir eine Spazierfahrt außerhalb der Stadt vorzuschlagen. Ich rede ihm ein, daß er bei dieser Gelegenheit seinen Wünschen, was dich betrifft, erheblich näherkommen wird. Du vergnügst ihn und hältst ihn so lange wie möglich draußen fest. Unterdessen bestehle ich ihn. Nach der Tat werde ich keinesfalls flüchten. Sein Geld wird bereits in Turin sein, während ich mich noch in Grenoble aufhalte. Wir werden alles tun, seinen Verdacht von uns abzulenken. So geben wir uns den Anschein, ihm bei seinen Nachforschungen zu helfen. Dann kündige ich jedoch meine Abreise an, was ihn nicht im geringsten verwundern wird. Du folgst mir, und die hundert Louisdor werden dir ausbezahlt, sobald wir beide in Piémont eintreffen.«

»Das alles will ich gern tun, Madame«, versicherte ich der Dubois, fest entschlossen, den armen Dubreuil vor dem gemeinen Streich zu bewahren, den man ihm spielen wollte.

Um die Bübin besser zu täuschen, fügte ich hinzu:
»Bedenkt Ihr auch, Madame, daß ich den verliebten Dubreuil warnen oder mich ihm verkaufen könnte, um aus der ganzen Angelegenheit mehr Gewinn zu schlagen, als Ihr mir für meinen Verrat an ihm bietet?«
»Ganz recht«, erwiderte die Dubois. »Es sieht ja fast so aus, als habe dich der Himmel mit größerer Begabung für das Verbrechen beschenkt als mich. Na schön«, fuhr sie schreibend fort, »hier hast du mein Billett über tausend Louisdor. Wagst du immer noch abzulehnen?«
»Ich werde mich hüten, Madame«, sagte ich und nahm das Billett entgegen, »aber haltet es bitte meiner elenden Lage zugute, daß ich so schwach bin, Euch Euren Wunsch zu erfüllen.«
»Ich halte das eher für ein Verdienst deines Witzes«, sagte die Dubois, »während du es vorziehst, daß ich es auf dein Unglück schiebe. Nun, ganz wie du willst... Sei mir nur zu Diensten, und du wirst es zufrieden sein.«
So kamen wir überein. Am selben Abend noch machte ich Dubreuil schöne Augen und konnte in der Tat feststellen, daß er Gefallen an mir gefunden hatte.
Meine Lage war denkbar unangenehm. Gewiß, ich dachte nicht im entferntesten daran, mich an dem geplanten Verbrechen zu beteiligen, selbst wenn ich dreimal soviel dabei hätte gewinnen können; aber es ging mir andererseits auch entschieden gegen den Strich, eine Frau an den Galgen zu bringen, die mir zehn Jahre zuvor meine Freiheit wiedergeschenkt hatte. Ich wollte das Verbrechen verhindern, ohne es anzuzeigen. Bei jeder anderen wäre mir das auch mit Sicherheit gelungen, nicht aber bei einer so ausgekochten Spitzbübin wie der Dubois. Doch hört nun, wozu ich mich entschlossen hatte, nicht wissend, daß die Schliche dieses abscheulichen Geschöpfs nicht nur das Gebäude meiner redlichen Pläne zusammenstürzen lassen, sondern mich auch noch darob bestrafen würden, daß ich diese überhaupt gehegt.

Am vorgesehenen Tag der beschlossenen Ausfahrt bat die Dubois uns zum gemeinsamen Mittagsmahl auf ihr Zimmer. Wir nahmen die Einladung an. Nach Tisch gingen wir hinunter, um den bestellten Wagen vorfahren zu lassen. Die Dubois blieb in ihrer Kammer, und so war ich, bevor wir die Kutsche bestiegen, einen Augenblick mit Dubreuil allein.

»Monsieur«, sprach ich hastig, »hört mir gut zu und vermeidet bitte jedes Aufsehen. Vor allem aber tut genau das, was ich Euch sage. Habt Ihr in dieser Herberge einen zuverlässigen Freund?«

»Ja, einen jungen Teilhaber, auf den ich mich so gut verlassen kann wie auf mich selber.«

»Gut, Monsieur, dann befehlt ihm umgehend, nicht einen Augenblick Euer Zimmer zu verlassen, solange wir fort sind.«

»Aber ich trage den Zimmerschlüssel in meiner Tasche. Wozu diese überflüssige Vorsicht?«

»Sie ist angebrachter, als Ihr glaubt, Monsieur. Tut es bitte, oder ich fahre nicht mit Euch aus. Die Frau, die wir soeben verlassen haben, ist eine Spitzbübin. Sie hat unsere Landpartie nur deshalb arrangiert, um Euch unterdessen ungehindert bestehlen zu können. Beeilt Euch, Monsieur, sie beobachtet uns und ist eine gefährliche Frau. Es darf nicht den Anschein haben, als warnte ich Euch. Händigt den Schlüssel unverzüglich Eurem Freund aus. Er soll sich – nach Möglichkeit zusammen mit noch einigen anderen Personen – auf Euer Zimmer begeben und die Festung halten, bis wir wiederkommen. Keiner darf sich inzwischen vom Fleck rühren. Alles übrige erkläre ich Euch, sobald wir im Wagen sitzen.«

Dubreuil hört mir zu, drückt mir zum Zeichen des Danks die Hand und beeilt sich, die von mir empfohlenen Anordnungen zu treffen. Dann kehrt er zurück, wir fahren ab und unterwegs erkläre ich ihm das Komplott. Der junge Mann dankt mir überschwenglich für den Dienst, welchen ich ihm erwiesen habe. Nachdem er mich beschworen, ihm in aller Offenheit meine Lage zu schildern, versichert er mir, nichts von dem, was er soeben aus meinem Munde über meine Abenteuer erfahren habe, könne ihn davon abhalten, mir seine Hand und sein Vermögen anzubieten. »Wir sind von gleichem Stand«, fährt er fort, »unsere Väter waren beides Kaufleute. Ich habe in meinem Leben Glück gehabt, während Ihr vom Pech verfolgt wurdet. Nur allzu froh bin ich, die Unbill, welche Euch das Schicksal angetan, wiedergutmachen zu können. Bedenkt Euch, Sophie. Ich bin mein eigener Herr, von niemandem abhängig, und reise nach Genf, um dort die beträchtlichen Gelder anzulegen, die Ihr mir dank Eurer Warnung erhalten habt. Dahin folgt Ihr mir. Nach unserer Ankunft werde ich Euer Gatte, und als meine Frau sollt Ihr nach Lyon zurückkehren.« Diese Aussicht war allzu schmeichelhaft für mich, als daß ich gewagt hätte, seinen Antrag abzulehnen. Aber ich wollte ihn auch nicht annehmen, ohne Dubreuil sämtliche Einwände entgegengehalten zu haben, derentwegen er vielleicht einmal seinen Entschluß würde bereuen können. Er dankte mir für mein Zartgefühl und bat mich nur noch inständiger... Ach, ich elendes Geschöpf! Mußte sich mir denn das Glück immer nur nähern, bloß um mich um so schmerzlicher spüren zu lassen, daß ich es nie zu greifen vermochte? War es denn der unabänderliche Wille der Vorsehung, daß sich in meinem Herzen keine tugendhafte Regung melden durfte, die mich nicht sogleich ins Unglück stürzte? Über unserem Gespräch waren wir zwei Meilen weit aus der Stadt gerollt und wollten aussteigen, um in der frischen Luft an den Ufern der Isère ein wenig zu lustwandeln, als Dubreuil auf einmal über entsetzliche Übelkeit klagt... Er klettert aus der Kutsche und erbricht sich furchtbar. Ich lasse ihn sogleich wieder einsteigen, und in größter Eile fahren wir nach Grenoble zurück. Dubreuil ist in einem so argen Zustand, daß man ihn auf sein Zimmer tragen muß. Ich weiche nicht von seiner Seite... Ein Arzt trifft ein und stellt, gerechter Himmel, den Zustand des unglücklichen jungen Mannes fest: vergiftet! Kaum vernehme ich die Schrekkensbotschaft, begebe ich mich eilenden Fußes zum Zimmer der

Dubois... Die Spitzbübin! Sie ist auf und davon!... Ich stürze in meine Kammer, der Schrank ist aufgebrochen, das wenige Geld und meine armseligen Siebensachen sind fort. Die Dubois, so sagt man mir, ist vor drei Stunden mit der Postkutsche nach Turin abgereist.

Es konnte kein Zweifel daran bestehen, daß die Dubois die Urheberin dieser Verbrechen war. Sie war in Dubreuils Zimmer getreten und hatte sich, wütend darüber, dort Leute anzutreffen, an mir gerächt. Zuvor, beim Mittagsmahl, hatte sie Dubreuil Gift in die Speisen getan, damit der unglückliche Jüngling bei der Rückkehr viel zu sehr um sein Leben besorgt sei, als daß er sie nach geglücktem Diebstahl noch hätte verfolgen und an der Flucht hindern können. Der Tod würde ihn sozusagen in meinen Armen ereilen, ein Umstand, der mich weit verdächtiger erscheinen lassen mußte als sie. Ich eile in Dubreuils Zimmer zurück, aber man läßt mich nicht zu ihm. Umringt von seinen Freunden haucht er sein Leben aus. Doch kann er noch jeden Verdacht von mir nehmen, indem er ihnen versichert, ich sei unschuldig, und ihnen verbietet, mich zu verfolgen. Kaum hat er für immer seine Augen geschlossen, als sein Teilhaber mit der traurigen Botschaft zu mir stürzt und beteuert, ich könne ganz beruhigt sein.

Ach, wie hätte ich beruhigt sein können? Wie hätte ich nicht bittere Tränen vergießen sollen über den Verlust des einzigen Menschen, der mir, seit ich ins Unglück geraten, hochherzig die Hand gereicht hatte, um mich wieder aufzurichten? Und wie hätte ich nicht über jenen Diebstahl jammern sollen, der mich zurück in den verhängnisvollen Abgrund des Elends stieß, dem ich nicht zu entrinnen vermochte? Ich vertraute alles dem Teilhaber Dubreuils an, sowohl die Pläne, welche man gegen seinen Freund geschmiedet, als auch das, was mir zugestoßen war. Er bedauerte mich, beklagte in recht bitteren Worten das Los seines Teilhabers und tadelte das übertriebene Zartgefühl, welches mich daran gehindert hatte, gleich nachdem mich die Dubois von ihren Plänen in

Kenntnis gesetzt, Anzeige zu erstatten. Wir rechneten uns aus, daß die abscheuliche Kreatur in vier Stunden die sichere Grenze überschritten haben würde, noch bevor wir ihre Verfolgung überhaupt in die Wege leiten konnten, die zudem mit erheblichen Kosten verbunden wäre. Auch stand zu fürchten, daß der Wirt, durch meine Klage kompromittiert, sich lebhaft verteidigen und damit letzten Endes einen Menschen zugrunde richten würde, der die Luft Grenobles nur deshalb noch atmete, weil er mit knapper Not einem Prozeß entronnen war, und sein Leben mit öffentlichen Almosen fristete... Diese Argumente überzeugten mich und schüchterten mich so ein, daß ich mich entschloß, fortzugehen und nicht einmal von Monsieur S., meinem Gönner, Abschied zu nehmen. Dubreuils Freund billigte diese Entscheidung und verhehlte mir nicht, daß, sollte die Affäre wieder aufgerührt werden, er mich durch seine Aussagen bei aller Vorsicht wohl kompromittieren müsse, und zwar im Hinblick sowohl auf meine Beziehungen zur Dubois wie auf meine letzte Lustfahrt mit seinem Freunde. Daher rate er mir noch einmal dringend, unverzüglich und ohne jemandem Lebewohl zu sagen, Grenoble zu verlassen. Ich könne sicher sein, daß er nicht das geringste gegen mich unternehmen werde.

Ich dachte noch einmal allein über das ganze Abenteuer nach und erkannte, daß der Rat des jungen Mannes um so besser war, als ich, so gewiß ich unschuldig war, nach außen hin schuldig erscheinen mußte. Das einzige, was entschieden zu meinen Gunsten sprach – meine Warnung gegenüber Dubreuil nämlich, die er jedoch möglicherweise in seiner Todesstunde nicht eindeutig genug bezeugt hatte –, war nicht der schlagende Beweis, den ich benötigte. So stand mein Entschluß rasch fest, und ich teilte ihn dem Kompagnon Dubreuils mit.

»Ich wollte«, sprach er, »mein Freund hätte mich beauftragt, irgendwelche Verfügungen zu Euren Gunsten zu treffen. Von Herzen gern wäre ich dem nachgekommen. Ja, ich wünschte, er hätte mir gesagt, daß er den Rat, während seines Ausflugs mit

Euch sein Zimmer bewachen zu lassen, Euch verdankte. Aber er hat nichts dergleichen getan. Er hat nur – und zwar zu wiederholten Malen – geäußert, Euch treffe keinerlei Schuld, und wir sollten Euch auf gar keinen Fall verfolgen.
Ich bin also gezwungen, mich auf die Ausführung dessen zu beschränken, was er mir ausdrücklich befohlen hat. Das Unglück, welches Ihr, wie Ihr sagt, um seinetwillen erlitten habt, würde mich veranlassen, wenn ich nur dazu in der Lage wäre, von mir aus ein übriges zu tun, Mademoiselle. Doch ich beginne erst mein Geschäft aufzubauen, ich bin noch jung, und meine Mittel sind äußerst begrenzt. Nicht ein Sechser von Dubreuils Anteil gehört mir. Ich bin verpflichtet, alles auf Heller und Pfennig seiner Familie zurückzuerstatten. Erlaubt deshalb, Sophie, daß ich es bei einer kleinen Aufmerksamkeit bewenden lasse: Hier habt Ihr fünf Louisdor, und hier…«, fuhr er fort, indem er eine Frau, die ich gelegentlich in der Herberge gesehen hatte, auf sein Zimmer kommen ließ, »hier habt Ihr eine ehrbare Händlerin aus meiner Vaterstadt Chalons-sur-Saône. Sie ist im Begriff, nach einem vierundzwanzigstündigen Zwischenaufenthalt in Lyon, wo sie in Geschäften zu tun hat, dorthin zurückzukehren.
Madame Bertrand«, sprach der Jüngling und stellte mich der Frau vor, »diese junge Person hier empfehle ich Eurer Obhut. Sie wird unschwer in der Provinz eine Stellung finden. Ich beauftrage Euch hiermit, ganz als wenn Ihr in meinen Diensten stündet, Euch nach Kräften darum zu bemühen, sie auf eine ihrer Geburt und Erziehung angemessene Weise in unserer Stadt unterzubringen. Damit ihr durch die Reise keine Kosten entstehen, werde ich Euch, sobald wir uns wiedersehen, alle Auslagen erstatten…
Lebt wohl, Sophie… Madame Bertrand reist heute abend noch ab, geht mit ihr. Ich wünsche Euch etwas mehr Glück in jener Stadt, in der ich vielleicht bald das Vergnügen habe, Euch wiederzusehen und mich Euch mein Lebtag lang für das, was Ihr für Dubreuil getan habt, erkenntlich zu erweisen.«

Angesichts der Rechtschaffenheit des jungen Mannes, der mir im Grunde nichts schuldig war, kamen mir unwillkürlich die Tränen. Ich nahm sein Geschenk an und schwor ihm, alles daranzusetzen, ihm eines Tages die Summe zurückgeben zu können.

»Ach«, sprach er zu mir, als ich mich zurückzog, »auch wenn mich mein tugendhaftes Handeln erneut kopfüber ins Unglück gestürzt hat, so wird mir zum erstenmal in meinem Leben wenigstens der Schimmer eines Trostes zuteil in diesem furchtbaren Mahlstrom von Weh und Leid, in den mich die Tugend erneut hinabgestoßen...« Ohne meinen jungen Wohltäter noch einmal zu sehen, reiste ich, wie es beschlossen war, noch am Abend nach dem unseligen Ende Dubreuils in der Gesellschaft von Madame Bertrand ab.

Die Bertrand besaß einen kleinen geschlossenen Einspänner, den wir von innen abwechselnd lenkten. Im Wagen befanden sich ihr Gepäck und eine leidliche Menge Geldes sowie ein kleines Mädchen von achtzehn Monaten, dem sie noch die Brust gab. Es dauerte nicht lange und ich hatte das Kind – zu meinem Unglück – so fest ins Herz geschlossen, als sei es mein eigenes.

Madame Bertrand war ein ungehobeltes Marktweib von geringem Verstand, argwöhnisch, geschwätzig, ein lästiges Klatschmaul und beschränkter Geist wie alle Frauen aus dem Volk. Jeden Abend luden wir ihr Gepäck ab und schafften es in die Herberge, wo wir uns im selben Zimmer zur Ruhe betteten. Wir gelangten nach Lyon, ohne daß sich unterwegs irgend etwas Nennenswertes ereignet hätte. Während der beiden Tage aber, die sie dort von ihren Geschäften in Anspruch genommen war, hatte ich auf der Straße eine recht merkwürdige Begegnung. Zusammen mit einem Mädchen aus unserer Herberge, welches mich auf meine Bitte hin begleitete, ging ich am Rhône-Ufer spazieren, als ich plötzlich den ehrwürdigen Vater Antonin auf mich zukommen sah, den gegenwärtigen Guardian der Rekollektenbrüder dieser Stadt und Henker meiner Jungfräulichkeit, den ich, wie Ihr Euch erinnern werdet,

Madame, von meiner Zeit in dem kleinen Kloster Sainte Marie des Bois her kannte, wohin mich einst mein Unstern geführt. Er sprach mich in dreistem Tone an und fragte mich, wobei er sich durch die Anwesenheit der Dienerin nicht stören ließ, ob ich nicht Lust hätte, ihn in seiner neuen Behausung aufzusuchen, um die vergnüglichen alten Spiele mit ihm wiederaufzunehmen.

»Und diese leckere runde Person da«, sagte er mit Bezug auf meine Begleiterin, »soll uns auch willkommen sein. In unserem Hause gibt es einige lustige Gesellen, die es mit zwei hübschen Mädchen sehr wohl aufnehmen können.«

Tiefe Röte schoß mir bei diesen Reden in die Wangen. Einen Augenblick lang wollte ich den Mann glauben machen, er habe sich in meiner Person geirrt. Als ich damit keinen Erfolg hatte, versuchte ich ihm durch Zeichen verständlich zu machen, er möge sich doch wenigstens in Gegenwart meiner Begleiterin zurückhalten. Aber nichts vermochte den unverschämten Kerl zu besänftigen, seine Bitten wurden nur um so drängender. Als wir es schließlich wiederholt abgelehnt hatten, ihm zu folgen, beschränkte er sich darauf, uns hartnäckig nach unserer Adresse zu fragen. Um ihn loszuwerden, kam mir plötzlich der Gedanke, ihm eine falsche zu nennen. Er schrieb sie sich auf, steckte sie in sein Portefeuille und verließ uns mit dem Versprechen eines baldigen Wiedersehens.

Wir kehrten in die Herberge zurück. Unterwegs erklärte ich, so gut es ging, der Dienerin die Geschichte dieser unseligen Bekanntschaft. Aber sei es, weil meine Worte sie nicht zufriedengestellt hatten, sei es, weil Mädchen dieser Sorte von Natur aus geschwätzig sind, jedenfalls entnahm ich den Bemerkungen der Bertrand bei Gelegenheit des unseligen Vorfalls, welcher uns aneinandergeraten lassen sollte, daß sie von meiner Bekanntschaft mit dem üblen Mönch unterrichtet war. Dieser ließ sich indessen nicht mehr blicken, und wir reisten ab.

Da wir Lyon erst spät verlassen hatten, gelangten wir am ersten

Tag nur bis Villefranche. Dort war es, Madame, wo mir das schreckliche Ereignis widerfuhr, welches mich heute als Verbrecherin unter Eure Augen treten läßt. Doch zu einer Verbrecherin wurde ich in jener verhängnisvollen Stunde meines Lebens ebensowenig wie bei jenen anderen Gelegenheiten, bei denen mich, wie Ihr gesehen habt, so unverdiente Schicksalsschläge trafen. Auch dieses Mal trieb mich nichts anderes in den Schlund des Unheils als die Stimme der Barmherzigkeit in meinem Busen, die ich nicht zum Schweigen bringen konnte.

An einem Februartag, abends gegen sechs Uhr, trafen wir in Villefranche ein. Da wir am nächsten Tag ein gutes Stück Wegs zurücklegen wollten, speisten wir – meine Gefährtin und ich – bald zu Abend und begaben uns frühzeitig zu Bett. Wir hatten etwa zwei Stunden geschlummert, als auf einmal beißender Rauch in das Zimmer drang und uns aus dem Schlaf riß. Es gab keinen Zweifel, daß ganz in unserer Nähe ein Brand ausgebrochen war... Gerechter Himmel, das Feuer hatte sich bereits in erschreckendem Maße ausgebreitet. Halbnackt öffnen wir die Tür. Um uns herum hören wir nur das Bersten der zusammenstürzenden Mauern, das entsetzliche Krachen des niederbrechenden Gebälks und die gräßlichen Schreie der Unglücklichen, die in das Feuer fallen. Schon lecken die alles verzehrenden Flammen auch nach uns und lassen uns kaum noch Zeit, ins Freie zu stürzen. Mit letzter Not gelingt es uns jedoch, hinauszurennen, wo bereits eine große Zahl von Unglücklichen versammelt ist, die, gleich uns unbekleidet und zum Teil halbverbrannt, ihr Heil in der Flucht aus den Flammen suchten...

In diesem Augenblick fällt mir ein, daß die Bertrand, mehr um ihre eigene Person besorgt als um ihr Töchterchen, sich um dessen Rettung überhaupt nicht gekümmert hat. Ohne ihr erst ein Wort zu sagen, eile ich durch die Flammen, die mich blenden und an mehreren Stellen meines Leibes versengen, zurück in unser Zimmer, packe das arme kleine Geschöpf und stürze wieder hinaus, um es in die Arme seiner Mutter zu legen. Ich suche Halt an einem halbverkohlten Balkon, gleite jedoch mit dem Fuß aus und werfe die Hände nach vorn. Bei dieser, einem natürlichen Antriebe folgenden Bewegung lasse ich zwangsläufig meine kostbare Bürde los. Vor den Augen der Mutter fällt das unglückliche kleine Mädchen in die Flammen. Ohne einen Augenblick zu bedenken, daß ich mit meiner Tat ihr Kind hatte retten wollen, und ohne der schlimmen Folgen zu achten, die mein Sturz für mich selbst gehabt hatte, gibt sie mir, von wahnsinnigem Schmerz übermannt, die Schuld am Tod ihres Kindes, wirft sich in wildem Ungestüm auf mich und überhäuft mich mit Schlägen.

Inzwischen erlischt der Brand. Dank der vielen hilfreichen Hände bleibt die Herberge zur Hälfte vom Feuer verschont. Als erstes begibt sich die Bertrand in ihre Kammer, welche zu den weniger in Mitleidenschaft gezogenen Zimmern des Hauses gehört. Von neuem erhebt sie ihre Vorwürfe gegen mich. Das Kind, so sagt sie, hätte in der Kammer gelassen werden müssen, wo ihm keinerlei Gefahr gedroht hätte. Wie aber führt sie sich erst auf, als sie sich nach ihrem Gepäck umsieht und feststellen muß, daß sie völlig ausgeraubt worden ist! In ihrer Wut und Verzweiflung beschuldigt sie mich mit lauter Stimme der Brandstiftung. Ich hätte Feuer gelegt, behauptet sie, um sie besser bestehlen zu können. Sie werde mich anzeigen, und indem sie unverzüglich von der Drohung zur Tat schreitet, verlangt sie den zuständigen Richter zu sprechen.

Ich kann hundertmal meine Unschuld beteuern, sie hört nicht auf mich. Der Richter, nach dem sie gerufen, ist nicht weit. Er selbst hatte die Löscharbeiten befehligt und tritt nun, dem Ersuchen der bösen Frau stattgebend, auf den Plan... Sie trägt ihre Anschuldigungen gegen mich vor und zieht alles, was ihr gerade in den Kopf kommt, heran, um ihnen Nachdruck und den Anschein der Berechtigung zu verleihen. Sie schildert mich als ein Mädchen von üblem Wandel, welches in Grenoble mit knapper Not dem Galgen entronnen sei, als ein Geschöpf, das sie auf Befehl eines jungen

Mannes, zweifellos des Liebhabers, wider Willen in ihre Obhut genommen habe, und verschweigt auch nicht den Rekollektenmönch in Lyon. Kurz, nichts, was die von Verzweiflung und Rachsucht getriebene Stimme der Verleumdung an eindrucksvollen Details der Klägerin einzugeben vermag, bleibt ungesagt.
Der Richter nimmt die Klage entgegen, und man untersucht das Haus. Es stellt sich heraus, daß das Feuer in einem Heuboden ausgebrochen ist, den man mich, den Aussagen mehrerer Zeugen zufolge, am Abend hatte betreten sehen. Das traf durchaus zu: Auf der Suche nach dem Klosett, welches mir von den Dienerinnen nicht genau bezeichnet worden war, hatte ich irrtümlich den Heuboden betreten und mich dort lange genug aufgehalten, um mich in den Verdacht der Tat zu bringen, deren man mich jetzt beschuldigte. Der Prozeß gegen mich wird eröffnet und in aller Form geführt. Die Zeugen werden vernommen. Was ich zu meiner Verteidigung vorzubringen habe, hört man sich gar nicht erst an. Es ist bewiesen, daß ich die Brandstifterin bin, daß ich ferner Komplizen hatte, die, während ich die Aufmerksamkeit auf mich zog, den Raub ausführten. Ohne daß weitere Nachforschungen angestellt wurden, schafft man mich im Morgengrauen des nächsten Tages in das Gefängnis von Lyon und bringt mich als Brandstifterin, Kindesmörderin und Diebin hinter Schloß und Riegel.
Seit langem schon an Verleumdung, Ungerechtigkeit und Mißgeschick gewöhnt, von Kindheit an in der Gewißheit lebend, daß jede tugendhafte Regung mich stets nur auf dornenreiche Pfade führen würde, fühlte ich bloß dumpfen Schmerz und kein reißendes Weh, weinte ich mehr vor mich hin, als daß ich aufbegehrte. Doch läßt die Natur das leidende Geschöpf auf alle möglichen Wege sinnen, die es aus dem Abgrund, in den es sein Unglück geschleudert, vielleicht herausführen können. Ich erinnerte mich plötzlich des Paters Antonin. So gering auch die Hilfe sein mochte, welche ich mir von ihm erwarten konnte, ich verweigerte mir nicht den Wunsch, ihn zu sehen, und ließ ihn rufen. Da er nicht

wußte, wer ihn verlangte, kam er auch, doch gab er sich den Anschein, mich nicht zu kennen. Ich sagte dem Gefängniswächter, der Pater entsinne sich möglicherweise nur deshalb meiner nicht, weil ich noch sehr jung gewesen sei, als er der Ratgeber meines Gewissens war, weshalb ich um ein Gespräch unter vier Augen bäte. Beide waren damit einverstanden. Als ich mit dem Mönch allein war, warf ich mich zu seinen Füßen und beschwor ihn, mich aus meiner grausamen Lage zu retten. Ich bewies meine Unschuld und verhehlte ihm auch nicht, daß die unziemlichen Reden, mit welchen er mich vor zwei Tagen belästigt, die Person, in deren Obhut ich mich ehemals befunden und die jetzt meine Feindin sei, gegen mich aufgebracht hätten. Der Mönch hörte mich aufmerksam an und sprach, kaum daß ich geendet:

»Hör mir gut zu, Sophie, und ereifere dich nicht gleich, wenn jemand deinen verfluchten Vorurteilen zuwiderhandelt. Du siehst, wie weit du es mit deinen Grundsätzen gebracht hast, und du kannst dich inzwischen unschwer davon überzeugen, daß sie nur dazu getaugt haben, dich von einem Abgrund in den anderen zu stürzen. Laß endlich davon ab, nach ihnen zu handeln, wenn du dein Leben retten willst. Ich sehe nur einen einzigen erfolgversprechenden Weg: Einer unserer Brüder ist ein enger Verwandter des Gouverneurs und Justizintendanten; ihn will ich einweihen. Wenn du dich als seine Nichte ausgibst, wird er sich auf diesen Umstand berufen und um deine Freilassung bitten. Unter dem Versprechen, dich für immer in ein Kloster zu stecken, wird er, dessen bin ich gewiß, das weitere Verfahren gegen dich unterbinden können. Du wirst auch wirklich verschwinden, er wird dich mir ausliefern, und ich halte dich so lange versteckt, bis die Umstände es mir erlauben, dir deine Freiheit zurückzugeben. Solange aber bist du mir zu Diensten. Ich will es dir gar nicht verhehlen: Als Sklavin meiner Launen wirst du widerspruchslos meine Begierden sättigen. Du weißt, was ich meine, Sophie, du kennst mich. Du hast dich also zwischen diesem Weg und dem

Schafott zu entscheiden. Laß mich nicht lange auf deine Antwort warten!«

»Geht fort, mein Vater«, antwortete ich mit Grausen, »geht fort. Ihr seid ein Ungeheuer, daß Ihr es wagt, meine Lage so grausam zu mißbrauchen und mich vor die Wahl zwischen Tod und Schande zu stellen. Verschwindet! Ich werde als Unschuldige zu sterben wissen und dem Tod zumindest ohne schlechtes Gewissen ins Auge sehen.«

Mein Widerstand bringt den Schurken in Hitze. Dreist zeigt er mir, bis zu welchem Grade seine Leidenschaft entfacht ist, dreist vollführt der verruchte Mann die zärtlichen Gesten der Liebe im Hause des Grauens und der Ketten, noch unter dem Schwerte, das bald auf mich niedersausen wird. Ich will fliehen, aber er verfolgt mich und wirft mich auf das elende Strohlager, welches meine Bettstatt ist, und wenn er auch sein Verbrechen nicht vollendet, so bedeckt er mich doch in einer Weise mit dessen unseligen Spuren, daß es mir unmöglich ist, die Abscheulichkeit seiner Absichten nicht zu erkennen.

»Hört«, sprach er, indem er seine Kleider richtete, »Ihr wollt also nicht, daß ich mich für Euch verwende. Auch gut, dann verlasse ich Euch eben. Ich werde Euch weder helfen noch schaden. Aber wenn Ihr Euch untersteht, auch nur ein einziges Wort gegen mich vorzubringen, werde ich Euch umgehend der furchtbarsten Verbrechen bezichtigen und Euch damit jede Möglichkeit zur Verteidigung nehmen. Überlegt es Euch gut, bevor Ihr den Mund auftut, und merkt Euch, was ich dem Wächter erzähle, wenn Ihr nicht wollt, daß ich Euch zugrunde richte.«

Er klopft, und der Wächter tritt ein.

»Monsieur«, spricht zu ihm der Bösewicht, »das gute Kind hat sich geirrt. Sie hat mich mit einem Pater Antonin aus Bordeaux verwechselt. Ich kenne sie nicht und habe sie auch niemals gekannt. Sie hat mich gebeten, ihr die Beichte abzunehmen, und ich habe ihr die Bitte erfüllt. Ihr kennt unsere Schweigepflicht, ich habe also nichts weiter zu sagen. Ich empfehle mich Euch beiden und bin bereit, mich jederzeit einzufinden, wenn meine Dienste benötigt werden.«

Nach diesen Worten ging Antonin davon und ließ mich fassungslos ob seiner Schurkerei und angesichts solcher Unverschämtheit und Lasterhaftigkeit zutiefst verwirrt allein.

Nirgends verfährt man so schnell wie bei den unteren Gerichten. Sie setzen sich fast immer aus Idioten, schwachsinnigen Rigoristen und herzlosen Fanatikern zusammen, die in der Gewißheit, daß schärfere Augen ihre törichten Entscheidungen revidieren werden, auch nicht vor der größten Dummheit zurückschrecken. Einstimmig wurde ich also von acht bis zehn solcher Krämerseelen, aus denen sich das ehrwürdige Tribunal dieser Stadt von Bankrotteuren zusammensetzte, zum Tode verurteilt und unverzüglich auf den Weg nach Paris befördert, wo das Urteil bestätigt werden soll. Die bittersten und schmerzlichsten Gedanken wollten mein Herz schier zerreißen.

»Unter was für einem Unstern«, sprach ich zu mir, »muß ich doch zur Welt gekommen sein, daß es mir nie gelingen will, in meinem Busen auch nur eine einzige tugendhafte Empfindung zu hegen, ohne daß nicht sogleich eine Sintflut von Leiden über mich hereinbräche. Und wie kann es nur sein, daß die erleuchtete Vorsehung, die ich ob ihrer Gerechtigkeit verehre, mich um meiner Tugenden willen bestraft und gleichzeitig die, welche mich mit ihren Lastern zugrunde richten, auf den Gipfel des Glücks hebt? Ein Wucherer will mich – ich war noch ein Kind – zu einem Diebstahl anstiften, und ich weigere mich; er aber wird reich, und ich komme um ein Haar an den Galgen. Spitzbuben wollen mir im tiefen Forst Gewalt antun, weil ich es ablehne, mit ihnen zu ziehen; sie gelangen zu Wohlstand, ich aber falle in die Hände eines lüsternen Marquis, der mir hundert Hiebe mit dem Ochsenziemer verabreicht, weil ich seine Mutter nicht vergiften wollte. Ich komme zu einen Wundarzt, den ich davor bewahre, ein abscheuliches Verbrechen zu begehen, und zum Lohn verstümmelt, brandmarkt und verstößt mich der Schinder. Er fährt in seinen Verbrechen fort und gewinnt ein riesiges Vermögen, während ich um ein Stück Brot betteln muß. Ich nähere mich dem Allerheiligsten, will inbrünstig zu dem höchsten Wesen flehen, dem ich mein vielfältiges Mißgeschick verdanke; doch die erlauchten Hallen, in denen ich mir von unserem heiligsten Mysterium Läuterung erhoffe, werden zur grausigen Bühne meiner Entehrung und Schande. Das Ungeheuer, welches mich mißbraucht und besudelt, gelangt umgehend zu höchsten Ehren, während ich in den schaurigen Abgrund des Elends zurückstürze. Ich will einem Armen etwas schenken, und er beraubt mich. Ich eile einem Bewußtlosen zu Hilfe, doch der Verbrecher läßt mich ein Rad drehen wie ein Lastvieh und deckt mich mit Hieben ein, wenn meine Kräfte nachlassen. Er aber wird vom Schicksal mit Gunstbeweisen überhäuft, und mir droht die Todesstrafe, weil ich unter Zwang für ihn gearbeitet habe. Eine nichtswürdige Verführerin will mich erneut zu einem Verbrechen anstiften, und ein weiteres Mal verliere ich meine wenigen Habseligkeiten, weil ich ihr Opfer vor dem Verlust seines Reichtums und Ungemach bewahren will. Der Unglückliche möchte mich zum Dank zu seiner Frau machen und haucht in meinen Armen sein Leben aus, bevor er seine Absicht verwirklichen kann. Ich setze mich der Gefahr des Flammentodes aus, um ein Kind zu retten, welches nicht einmal mein eigenes ist, und bin zum drittenmal vom Schwert der Themis bedroht. Ich flehe den Unseligen, welcher mich geschändet, um seinen Beistand an, wage, mir von ihm ein wenig Mitgefühl ob des Übermaßes meiner Leiden zu erhoffen, doch der Barbar reicht mir seine helfende Hand nur um den Preis meiner Unehre... O Vorsehung, erlaubst du mir endlich Zweifel an deiner Gerechtigkeit? Mit welchen Geißeln wäre ich erst gepeinigt worden, hätte ich, dem Beispiel meiner Schinder folgend, stets dem Laster gehuldigt?«

Von dieser Art, Madame, waren die Verwünschungen, die ich,

ohne es zu wollen, ausstieß..., die sich angesichts meines furchtbaren Loses meiner Brust entrangen, während Ihr geruhtet, einen Blick des Mitleids und Erbarmens auf mich fallen zu lassen... Ich bitte Euch tausendmal um Entschuldigung, Madame, daß ich Eure Geduld so lange in Anspruch genommen habe. Ich habe meine Wunden wieder aufgerissen und Eure Ruhe gestört, das ist unser beider einziger Gewinn aus dem Bericht dieser grausamen Abenteuer. Das Tagesgestirn geht auf, meine Wachen werden mich bald rufen, laßt mich dem Tod entgegengehen. Ich habe keine Angst vor ihm, denn er wird meine Leiden verkürzen und ihnen ein Ende bereiten. Nur das glückliche Wesen, dessen Tage wolkenlos und heiter dahingingen, muß ihn fürchten. Das unselige Geschöpf jedoch, das nur Nattern in seinen Armen gehalten, dessen blutige Füße nur auf dornigen Wegen wandelten, das die Menschen nur kennenlernte, um sie zu hassen, das nur auf die Welt gekommen ist, um sie zu verabscheuen, das seinen Durst mit Tränen und seinen Hunger mit Drangsal stillt – dieses Geschöpf, sage ich, sieht dem Tod ohne zu zittern ins Auge, es sehnt ihn sich herbei als den sicheren Port, wo es seinen Seelenfrieden in den Armen eines Gottes finden wird, der zu gerecht ist, als daß der auf Erden erniedrigten und verfolgten Unschuld nicht dereinst im Himmel der Lohn für ihre Tränen zuteil würde.

Der achtbare Monsieur de Corville hatte diesem Bericht nicht ohne tiefe Rührung gelauscht. Und Madame de Lorsange, welche – wie wir bereits festgestellt haben – bei allen ungeheuerlichen Verfehlungen ihrer Jugend ihre Empfindsamkeit nicht eingebüßt hatte, war einer Ohnmacht nahe.

»Mademoiselle«, sprach sie zu Sophie, »es ist schwer, Euch ohne lebhafte Anteilnahme zuzuhören... doch ich muß Euch gestehen, ein unerklärliches, weit stärkeres Gefühl als jenes, welches ich soeben beschrieben, zieht mich unwiderstehlich zu Euch hin und läßt mich Euer Leid empfinden, als sei es mir selbst widerfahren.

Ihr habt mir Euren Namen verschwiegen, Sophie, und Eure Herkunft verheimlicht. Ich beschwöre Euch, mir Euer Geheimnis zu offenbaren. Glaubt nicht, es sei nur eitle Neugier, die mich veranlaßt, so zu Euch zu sprechen. Wenn meine Vermutung sich als wahr erwiese – oh, Justine, wenn Ihr meine Schwester wäret!«
»Justine!... Madame, was für ein Name?«
»Sie wäre heute in Eurem Alter.«
»Oh, Juliette, bist du es!« rief die unglückliche Gefangene und warf sich Madame de Lorsange in die Arme. »Du, meine Schwester, großer Gott, was für eine Lästerung habe ich begangen, daß ich an der Vorsehung gezweifelt... Ach, ich werde fröhlich sterben, nachdem ich dich noch einmal umarmen durfte.«
Und die beiden Schwestern wußten sich, eng umschlungen, ihre Empfindungen nicht anders als durch Schluchzen und Tränen mitzuteilen... Auch M. de Corville vermochte sich der Tränen nicht zu erwehren, und da er erkannte, daß es ihm unmöglich war, an dieser Angelegenheit nicht das größte Interesse zu nehmen, verließ er auf der Stelle das Zimmer und begab sich in sein Schreibkabinett.
Er verfaßte einen Brief an den Justizminister, schilderte in kurzen Zügen den Leidensweg der unglückseligen Justine, verbürgte sich für ihre Unschuld, bat um die Vergünstigung, bis zur endgültigen Klärung der Sache sein Schloß als Gefängnis der Beschuldigten betrachten zu dürfen, und verpflichtete sich, sie auf Befehl des Oberhauptes der Justiz unverzüglich vorzuführen. Er überreicht den Brief den beiden Gendarmen, gibt sich ihnen zu erkennen und befiehlt ihnen, das Schreiben umgehend zu befördern und die Gefangene wieder aus seinen Händen entgegenzunehmen, falls der Befehl dazu vom Chef der Justizbehörde erteilt werde. Die beiden Männer, die sahen, mit wem sie es zu schaffen hatten, glaubten nicht, etwas Verbotenes zu tun, wenn sie gehorchten. Unterdessen fuhr ein Wagen vor...
»Kommt, schöne Unglückliche«, spricht M. de Corville zu Justine,

die er noch immer in den Armen ihrer Schwester findet, »kommt, innerhalb einer Viertelstunde hat sich für Euch alles zum Besseren gewendet. Es ist durchaus nicht gesagt, daß Eure Tugenden nicht auch hienieden noch ihren Lohn finden sollten und Ihr einzig Herzen aus Stein begegnen müßt... Folgt mir. Ihr seid meine Gefangene, ich allein bin für Euch verantwortlich.«

Und in wenigen Worten erklärt M. de Corville, was er soeben unternommen hat...

»Verehrungswürdiger und geliebter Mann«, ruft Madame de Lorsange und fällt auf die Knie. »Dies ist die schönste Tat Eures Lebens. Es bleibt dem, der wahrhaft das Herz der Menschen und den Geist des Gesetzes kennt, vorbehalten, die verfolgte Unschuld zu rächen, der Unglücklichen, vom Schicksal schwer Getroffenen die helfende Hand zu reichen... Ja, da steht sie... da steht sie, Eure Gefangene... Komm, Justine, komm, küsse schnell den Fuß des gerechten Gönners, der dich nicht verlassen wird wie alle anderen... Oh, Monsieur, wenn mir schon die Bande unserer Liebe kostbar waren, wieviel mehr müssen sie mir jetzt bedeuten, da natürliche Fesseln sie verschönen und die zärtlichste Hochachtung sie noch enger knüpft!«

Und die beiden Frauen wurden nicht müde, die Arme um die Knie ihres hochherzigen Freundes zu schlingen und sie mit Tränen zu netzen.

Man brach auf. Es bereitete M. de Corville und Mme. de Lorsange großes Vergnügen, Justine nach ihrem unermeßlichen Mißgeschick die Annehmlichkeiten des Wohlstands im Überfluß zu gewähren. Sie fanden ihr Entzücken darin, sie mit den köstlichsten Speisen zu verwöhnen und in den prächtigsten Betten schlafen zu lassen, und forderten sie auf, nach Belieben über das Haus zu gebieten. Dabei ließen sie alles Zartgefühl walten, welches man von zwei empfindsamen Seelen nur erwarten konnte... Einige Tage lang tat man alles Erdenkliche für ihre Gesundheit. Man badete, schmückte und putzte sie. Sie war das Idol zweier Liebender, die darin wetteiferten, wer sie am schnellsten ihr Unglück vergessen machen konnte. Ein hervorragender Künstler gab sich daran, das schmähliche Brandmal zu beseitigen, das grausame Werk des verbrecherischen Rodin. Alles geriet nach den Wünschen Madame de Lorsanges und ihres feinfühligen Liebhabers. Bald wichen die Spuren des Leides von dem bezaubernden Antlitz der liebenswerten Justine, und die Züge gewannen ihre frühere Anmut zurück. Die bleiche Farbe ihrer Alabasterwangen wich den rosa Tönen des Frühlings. Und das Lächeln, welches vor langer Zeit von ihren Lippen geschwunden, kehrte wieder auf den Flügeln der Freude.

Aus Paris kamen ausgezeichnete Nachrichten. M. de Corville hatte ganz Frankreich in Bewegung gesetzt und auch Monsier S. zu neuem Eifer ermuntert. Gemeinsam unternahmen sie es, das Mißgeschick Justines zu schildern und ihr den wohlverdienten Frieden zu verschaffen... Schließlich trafen Briefe vom König ein, welche Justine von jedwedem Verdacht reinigten, der seit ihrer Kindheit ungerechtfertigterweise öffentlich gegen sie laut geworden, und ihr den Titel einer unbescholtenen Bürgerin zurückgaben. Allen Gerichten des Königreichs, die jemals gegen die Unglückliche eingeschritten waren, wurde auf immer Schweigen geboten. Aus den Beträgen, welche man in der Falschmünzerwerkstatt in der Dauphiné sichergestellt hatte, gewährte man ihr eine Pension von zwölfhundert Pfund. Fast wäre sie bei diesen schmeichelhaften Nachrichten vor Freude gestorben. Mehrere Tage lang vergoß sie Tränen des Glücks in den Armen ihrer Beschützer, als sich mit einem Schlag ihre Stimmung aus unerfindlichem Grunde veränderte. Sie war auf einmal bedrückt, unruhig und grüblerisch und begann zuweilen im Kreise ihrer Freunde zu weinen, ohne daß sie die Ursache ihrer Tränen zu nennen gewußt hätte.
»Ich bin nicht für so viel Glück geboren«, sprach sie manchmal zu Mme. de Lorsange. »Ach, meine teure Schwester, es kann nicht von Dauer sein.«

Man mochte ihr hundertmal vor Augen halten, daß doch alles glücklich ausgegangen sei und sie sich deshalb in keiner Weise mehr zu beunruhigen brauche; auch hätte es sie nur beruhigen können, daß man so vorsichtig gewesen war, in keinem der zu ihrer Rechtfertigung abgefaßten Memoranden irgendeine Person zu kompromittieren, deren Macht sie zu fürchten gehabt hätte. Doch alles Bemühen blieb umsonst. Fast schien es so, als hätte das arme Mädchen, welches für das Mißgeschick bestimmt war und stets die Hand des Unheils über seinem Haupte spürte, den letzten Schlag, der sie zerschmettern sollte, vorausgeahnt.
Mme. de Lorsange wohnte noch auf dem Land. An einem der letzten Tage des Sommers schickte man sich gerade zu einem Spaziergang an, als ein wüstes Gewitter heraufzog und die Absicht durchkreuzte. Es war unerträglich schwül, und so ließ man alle Fenster des Salons geöffnet. Der erste Blitz zuckt, heftiger Hagel prasselt zur Erde, wild heult der Wind, und entsetzliche Donnerschläge ertönen. Madame de Lorsange fürchtet sich... Sie hat schreckliche Angst vor dem Donner und fleht ihre Schwester an, so rasch wie möglich sämtliche Fenster zu schließen. In diesem Augenblick tritt M. de Corville ein. Justine beeilt sich, ihre Schwester zu beruhigen, sie stürzt an eines der Fenster, kämpft eine Minute lang gegen den Sturm an – da schleudert sie ein Blitzschlag mitten in den Salon zurück, wo sie regungslos auf dem Boden liegen bleibt.
Mme. de Lorsange stößt einen jämmerlichen Schrei aus... und fällt in Ohnmacht. M. de Corville ruft Hilfe herbei, und man kümmert sich um die beiden Frauen. Mme. de Lorsange ist bald wieder bei Bewußtsein, aber die unglückselige Justine hat es so schlimm getroffen, daß keine Hoffnung mehr für sie besteht. Der Blitz war ihr in die rechte Brust gefahren, hatte ihren Busen versengt und war durch den Mund wieder herausgetreten. Dabei hatte er ihr Gesicht so sehr entstellt, daß es einen bei ihrem Anblick schauderte. M. de Corville wollte sie sogleich fortschaffen

lassen, aber Mme. de Lorsange erhob sich mit dem Anschein größter Ruhe und gebot ihm Einhalt.

»Nein«, sprach sie zu ihrem Liebhaber, »nein, laßt sie noch einen Moment unter meinen Augen. Ihr Anblick wird mich in meinem Entschluß bestärken, den ich soeben gefaßt habe. Hört mich an, Monsieur, und widersetzt Euch nicht der Wahl, die ich getroffen und von der mich nichts auf der Welt mehr abbringen kann.

Die unsäglichen Leiden, welche diese Unglückliche erfahren mußte, obwohl sie doch stets dem Pfad der Tugend folgte, sind von allzu außergewöhnlicher Art, Monsieur, als daß sie mir nicht die Augen über mich selbst geöffnet hätten. Glaubt nicht, daß ich von dem trügerischen Glanz des Glücks geblendet sei, dessen sich ihre Peiniger – wie wir im fortschreitenden Gang ihrer Erzählung gesehen haben – erfreuten. Derartige Launen des Schicksals sind Rätsel der Vorsehung. Es ist nicht an uns, diese Rätsel zu lösen, doch dürfen wir uns von ihnen auch nicht verführen lassen. Der Wohlstand des Bösewichts ist nichts als eine Versuchung, mittels der uns die Vorsehung auf die Probe stellt. Er ist wie der Blitz, dessen falsches Leuchten die Atmosphäre für einen kurzen Augenblick in ein schönes Licht taucht, nur um den Unglücklichen, der sich betören läßt, in den Schlund des Todes zu reißen... Das Beispiel dafür haben wir vor unseren Augen. Die Kette der Widrigkeiten und furchtbaren Mißgeschicke dieses unglücklichen Mädchens ist ein mahnendes Zeichen des Ewigen, daß ich meine Verfehlungen bereue, auf die Stimme meines Gewissens höre und mich endlich in seine Arme werfe. Was werde ich dereinst von seiner strafenden Hand zu fürchten haben, ich, deren Verbrechen Euch schaudern ließen, wenn Ihr sie kenntet... ich, deren Lebensweg durch Libertinage, Gottlosigkeit und die Aufgabe aller sittlichen Prinzipien gekennzeichnet ist – auf was muß ich mich gefaßt machen, wo doch schon dieser hier, die sich keine einzige freiwillig begangene Verfehlung während ihres ganzen Lebens vorzuwerfen hatte, so Schlimmes widerfahren ist!

Gehen wir auseinander, Monsieur, es ist an der Zeit... Keine Fesseln binden uns. Vergeßt mich und nehmt es nicht übel auf, daß ich davongehe, um in ewiger Reue zu Füßen des höchsten Wesens den Schandtaten abzuschwören, mit denen ich mich besudelt. Dieser furchtbare Schicksalsschlag war für meine Bekehrung in dieser Welt und das Glück, welches ich mir in jener anderen zu erhoffen wage, unerläßlich. Lebt wohl, Monsieur, Ihr werdet mich nie wiedersehen. Das letzte Zeichen Eurer Freundschaft soll sein, daß Ihr nie irgendwelche Nachforschungen anstellt, um zu erfahren, was aus mir geworden ist. Ich erwarte Euch in einer besseren Welt. Eure Tugenden werden Euch dorthin führen. Mögen mir die Kasteiungen, denen ich mich während der mir verbleibenden traurigen Jahre zur Sühne für meine Verbrechen unterziehen will, gestatten, Euch dort eines Tages wiederzusehen.«
Mme. de Lorsange verläßt alsbald das Haus, gibt Order, anspannen zu lassen, versieht sich mit ein wenig Geld und beauftragt M. de Corville, den Rest auf fromme Stiftungen zu verwenden. Sie eilt nach Paris, wo sie in das Kloster der Karmeliterinnen eintritt. Nach drei Jahren schon gilt sie als Vorbild und Muster an Frömmigkeit, Weisheit und Sittenstrenge.
M. de Corville, der ehrenvollsten Ämter seines Vaterlandes für würdig befunden, wird mit diesen betraut, weil er in gleichem Maße das Wohl des Volkes, den Ruhm seines Souveräns und das Vermögen seiner Freunde zu mehren weiß.

O ihr, die ihr diese Geschichte lest, möchtet ihr doch daraus denselben Gewinn ziehen wie jene irdische Bekehrte. Möchtet ihr doch wie sie erkennen, daß das wahre Glück nur im Herzen der Tugend wohnt und daß Gott, wenn er der Verfolgung der Tugend auf Erden nicht wehrt, sie darum im Himmel um so reicher belohnt.

Beendet nach fünfzehn Tagen
am 8. Juli 1787.

Aus dem Skizzenbuch des Marquis de Sade

Pläne zur ›Justine‹:

A Bestrafte Tugenden

1. Scham.
   Wegen Schulden wird sie verhaftet und ins Gefängnis geworfen. Man bietet ihr die Freilassung um den Preis ihrer Ehre an, sie weigert sich. Gleichwohl gewinnt sie ihre Freiheit wieder und geht in Stellung.
2. Scham.
   Sie wird von ihrem Dienstherrn zum Stehlen genötigt und weist ihn ab. Dieser, ein heimtückischer und boshafter Mann, versteckt einen Wertgegenstand in ihrem Koffer, zeigt sie als Diebin an, und wiederum landet sie im Chatelet. Sie wird für unschuldig befunden und aus der Haft entlassen.
3. Grauen vor der Untat.
   Sie geht wieder in Stellung. Ein Sohn trägt ihr an, seine Mutter zu vergiften. Sie hat einen Horror vor diesem Verbrechen und warnt die Mutter. Diese erwidert darauf, es sei alles erlogen, ihr Sohn sei zu dieser Tat nicht fähig; sie läßt ihr hundert Hiebe mit einem Ochsenziemer von eben diesem Sohn verabfolgen, der dies verständlicherweise mit dem größten Vergnügen besorgt. Dann setzt man sie vor die Tür.
4. Scham.
   Sie verläßt Paris und fällt Dieben in die Hände, die sie vergewaltigen wollen. Sie wehrt sich und sagt, sie habe eine Schwester unweit von hier, die viel hübscher sei als sie; sie erbietet sich, ihnen dieselbe zuzuführen. Man willigt ein. Sie verläßt die Diebesbande, aber nur, um sie anzuzeigen. Sie wird selber eingesperrt. Man spannt sie auf die Folter, um zu ergründen, ob sie bei den Diebstählen mitgewirkt hat. Dann läßt man sie wieder laufen.
5. Frömmigkeit.
   Nach ihrer Freilassung setzt sie ihren Weg fort; sie tritt in eine Kirche, um dem Gottesdienst beizuwohnen, den sie so lange

entbehrt hat. Da aber stürzt das Gewölbe über ihr ein, und sie wird von einem Stein schwer verletzt.

6. Mildtätigkeit.
   Sie wandert weiter; eine arme Frau bittet sie um ein Almosen. Sie holt ihre Geldbörse hervor, um ihr eine Kleinigkeit zu geben; die Frau wirft sich auf die Börse, entreißt sie ihr und flieht.
7. Mitleid.
   Ein junger Mann ihres Standes verliebt sich in sie und nimmt sie zur Frau. Er gerät seinerseits in Not. Sie arbeitet Tag und Nacht, um ihm sein Los zu erleichtern. Der Unmensch aber verschachert sie an einen alten Lüstling, der sie schändet. Für das Mitleid, das sie ihrem Mann schenkt, wird sie also obendrein noch gestraft.
8. Vorsicht.
   Sie versucht aufs neue ihr Glück. An einem überschwemmten Fluß bieten sich ihr zwei Übergangsmöglichkeiten: eine lebensgefährlich anmutende Barke und eine Brücke. Aus Vorsicht geht sie über die Brücke; dieselbe stürzt ein, während sie sich darauf befindet.
9. Güte und Wahrheitsliebe.
   Sie beobachtet zwei Männer. Einer wird von dem anderen überfallen und getötet. Als derjenige, welcher das Verbrechen begangen hat, sich verfolgt sieht, flüchtet er. Fliehend begegnet er dem Mädchen: »Sagen Sie, daß ich diesen Mann nur aus Notwehr getötet habe«, ruft er ihr zu, »und ich werde Ihr Glück machen.« Die Polizei kommt. Sie wird verhört. »Weh mir«, sagt sie, »ich vermag nicht zu lügen und die Wahrheit zu verraten. Dieser Unglückselige ist schuldig, und er hat den anderen aus Mutwillen getötet. Aber ich glaube, der Sterbende atmet noch, rettet ihn.« Man begibt sich zum Tatort. Der Sterbende wird wieder zum Leben erweckt. Er erfährt, was die junge Person für ihn getan hat; daß sie ihn an seinem Feind gerächt hat. Er will sich an ihr vergehen. Sie wehrt sich. Der Schurke denunziert sie bei den Richtern als Komplizin dessen, der ihn hatte morden wollen. Nur durch die Flucht entgeht sie dem Gefängnis. Das alles wäre ihr nicht passiert, wenn sie sich auf die Seite des Schuldigen geschlagen hätte.

10. Mildtätigkeit.
Sie setzt ihre Reise fort und übernachtet in einer Herberge. Dort bricht ein Feuer aus. In der angrenzenden Kammer wohnt eine Mutter mit einem Kind. Die Frau rettet sich und läßt ihr Kind mitten im Feuer zurück. Das Mädchen läuft das Kind holen. Aber während sie es der Mutter übergeben will, gleitet sie aus und das Kind fällt ins Feuer. Die Mutter ist außer sich. Der Brand verlöscht. Die Frau kehrt in ihre Kammer zurück und entdeckt, daß sie bestohlen worden ist. Das junge Mädchen ist die einzige Person, die ihr Zimmer betreten hat. Die Frau beschuldigt sie des Diebstahls und des Mordes an ihrem Kind. Während der Untersuchung stellt sich heraus, daß das Feuer im Zimmer des jungen Mädchens ausgebrochen war. Sie wird der Brandstiftung, des Diebstahls und des Mordes angeklagt, und das alles, weil sie ein Kind hatte retten wollen. Wegen dieser letzten Affäre wird sie als Gefangene nach Paris gebracht.

B Belohnte Übeltäter

1. Dubourg, der ihren Lebensunterhalt bestreiten wollte, um sie peitschen zu können.
2. Du Harpin, der sie als Diebin einsperren läßt.
3. Die Dubois, der die Flucht gelingt, obgleich sie schuldig ist, und die in der Folge ein beträchtliches Vermögen erwirbt.
4. Der Marquis de Bressac erbt unermeßlich viel von allen Seiten.
5. Rodin, der sie gebrandmarkt und gequält hat, wird Leibarzt des Schwedenkönigs.
6. Der Guardian der Rekollekten steigt zum Ordensgeneral in Rom auf, obgleich er sie drei Jahre lang gefangengehalten und tausendfachen Qualen unterworfen hat – und Antonius wird Guardian von Lyon.
7. Der Anführer der Falschmünzer, der ihr alles andere als Dankbarkeit bezeigt, macht ein Vermögen.
8. Ihre Schwester endlich, die kriminellste aller Frauen, ist zu ungeheurem Reichtum gelangt.

C *Aufzählung der Situationen*

1. Dubourg will sie peitschen.
2. Du Harpin zeigt sie als Diebin an, weil sie nicht stehlen will.
3. Die Freunde der Dubois wollen sie vergewaltigen, weil sie sich ihnen nicht anschließen will.
4. Bressac quält sie, weil sie sich weigert, seine Mutter zu vergiften.
5. Rodin brandmarkt und verstümmelt sie, weil sie ihn an einem Mord hinderte.
6. Der Guardian der Rekollekten vergewaltigt und quält sie. weil sie die Sakramente empfangen will.
7. Eine arme Frau bestiehlt sie, weil sie ihr ein Almosen geben wollte.
8. Der Chef der Falschmünzer läßt sie wie ein Pferd arbeiten, weil sie ihm zu Hilfe kam.
9. Eine Trödlerin macht ihr den Prozeß, weil sie ihr Kind retten wollte.
10. Der Blitzschlag.

Nachwort

Justine – die verführte Unschuld – es liegt zwanzig Jahre zurück, daß ich, als Studentin in Hamburg, zum erstenmal von diesem Roman hörte. Die Anregung kam von meinem Lehrer Professor Hellmuth Petriconi. Er liebte es, auf Außergewöhnliches aufmerksam zu machen und unerwartete Fragen zu stellen. Seine Wahrnehmungen beschränkten sich niemals nur auf das, was im genauen Sinne dem Wissenschaftsbetrieb zuzurechnen war. Das unterschied ihn grundsätzlich von vielen seiner Kollegen. Diese Offenheit der Wahrnehmung war es auch, die ihn ein Vierteljahrhundert, ehe Sade offiziell in die Literaturgeschichten seinen Einzug hielt, die einzigartige Bedeutung dieses Schriftstellers erkennen ließ.

Doch war es gewiß nicht allein die Bewunderung für Professor Petriconi, die mich noch späterhin so intensiv an die Schriften des Marquis de Sade fesselte. Heute weiß ich, daß ich mich damals mit der von allen Seiten getretenen und vergewaltigten Justine identifiziert habe. Und ich habe es genossen. Die Lektüre hatte mir die Möglichkeit eröffnet, meine verborgenen sexuellen Wünsche zu erfahren. Es hat sehr lange gedauert, bis ich diese Zusammenhänge begriff. Denn es waren Wünsche – und wie sollte es anders sein bei einer demokratisch und emanzipatorisch gesinnten Frau –, die ich nicht akzeptieren konnte und wollte.

Masochismus der Frau? Dabei geht es, ich weiß, um eine heiß umstrittene Grundsatzfrage. Auf der einen Seite die Psychologen in der Nachfolge von Freud, auf der anderen Seite die Feministinnen. Helene Deutsch beschreibt die Koppelung sexueller Lust an Schmerz und Leid als ein »charakteristisches Merkmal der Frau«. Kate Millet, herausragende Feministin, vermerkt dazu höhnisch: »Es ist überaus klug, Masochismus und Leiden als spezifisch weiblich zu beschreiben. Dies drückt nicht nur die männliche Einstellung gegenüber weiblichen Funktionen aus (sie sind schmerzhaft, erniedrigend), es rechtfertigt jede vorstellbare Dominierung oder Demütigung, die der Frau damit als ›natürlich‹ auferlegt werden kann.«

Beide haben recht und beide, scheint mir, greifen zu kurz. Das Buch von Nancy Friday ›Die sexuellen Phantasien der Frauen‹ belegt hinreichend, wie verbreitet Phantasien von Erniedrigung und Gewaltsamkeit sind. Gewiß geht es dabei vielen Frauen so, daß diese Träume lange Zeit – vielleicht immer – unbewußt bleiben. Ich will damit nicht unterstellen, daß jede Frau sie haben muß. Ihr Vorhandensein aber gänzlich abzuleugnen kommt mir sehr oberflächlich vor; und – wenn es sich um Feministinnen handelt – flüchtig und feige. Ich komme darauf zurück.

Justine – wann? wie? wo?

›Justine‹, der Roman mit dem Namen eines Zimmermädchens – wie Balzac ihn nannte – ist das meistverlegte, meistübersetzte, meistgelesene Werk des Marquis. Auch in Deutschland erschienen eine Reihe von Übersetzungen (1892, 1904, 1906 und andere mehr). Diese Privatdrucke, soweit ich sie einsehen konnte, sind arg verstümmelt oder doch vergröbernde Wiedergaben der späteren Fassungen. Sade, muß man wissen, hat drei Fassungen geschrieben: 1787, 1791 und 1797. Die letzte umfaßt 10 Bände und heißt mit vollem Titel ›Die Neue Justine oder das Unglück der Tugend, gefolgt von der Geschichte der Juliette, ihrer Schwester‹.

Die hier vorliegende erste Fassung wollte der Marquis zunächst als »philosophische Erzählung« zusammen mit seinen Erzählungen und Fabeln veröffentlichen. Das ist jedoch nie geschehen. Die Geschichte der vergewaltigten Unschuld schwoll ihm zu immer dickeren Romangebilden an. Sade erweiterte seine Episoden um libertine Details, um philosophische Exkurse, er erfand neue Episoden, setzte alte fort, so daß die dritte Fassung mindestens den zehnfachen Umfang der ersten erreichte. Warum hat ihn gerade dieser Stoff, die Verfolgung der unschuldigen Justine, so sehr gefesselt?

Entdeckt und veröffentlicht wurde der Text zuerst von Maurice Heine im Jahr 1930; in deutscher Sprache zuerst 1962 im Merlin-Verlag, Hamburg. Als Ganzes gesehen ist die hier vorliegende Fassung die bündigste und beste. Sie enthält bei fast klassischer Knappheit bereits alle Grundanschauungen des Marquis. Dennoch erfahren diese, in seiner dritten Bearbeitung, zuweilen solche

Steigerungen und Zuspitzungen, daß ich nicht darauf verzichten möchte, sie in meinem Nachwort einzubeziehen.

Eine moralische Geschichte

›Justine oder Vom Mißgeschick der Tugend‹ ist, wie es der Titel vernehmlich zu verstehen gibt, eine moralische Geschichte. Eine Geschichte, in der weniger Menschen eine Rolle spielen als menschliche Verhaltensweisen, die ihren Lohn oder ihre Strafe finden. Die beiden Pole »gut« und »böse« der von der Gesellschaft fixierten Moral werden personifiziert von zwei Schwestern, Justine und Juliette, die, aller Hilfe bar, ihren Weg durch die Welt machen müssen. Derartige Erzählungen gibt es zu allen Zeiten und in allen Literaturen. Man denke nur an die gute Goldmarie und die böse Pechmarie im Märchen von Frau Holle. Der Marquis indes will bei gleichem Schema das Gegenteil erzählen; die Tugend soll bestraft, das Laster belohnt werden. Allen Konventionen trotzend, verkündet er lauthals: »Es ist an der Zeit, daß die Dummen endlich aufhören, das lächerliche Idol der Tugend zu beweihräuchern«, und seine These: »Es ist unendlich viel richtiger, sich den Bösen zuzugesellen, denen es gut ergeht, als den Tugendhaften, die scheitern.«

Diese Sätze entnehme ich der dritten Fassung. In der ersten und zweiten gibt der Marquis noch vor, seine Geschichte zur Stärkung der Tugend zu schreiben.

Um seine Maxime in Handlung umzusetzen, hat sich der Marquis, der ein systematischer Kopf war, einen Plan aufgezeichnet. In seinem Skizzenbuch notiert er zehn Tugenden, die, in bestimmten Situationen praktiziert, Mißgeschick nach sich ziehen sollen. Etwa: »Mildtätigkeit« an einer Bettlerin geübt, soll diese herzuspringen lassen, um der stets wohlmeinenden Justine die Börse zu entreißen. Oder: »Frömmigkeit« in einer Kirche geübt, soll über der bußfertigen Justine das Gewölbe zum Einstürzen bringen, und so fort. Desgleichen findet sich ein Lasterkatalog in dem Plan des Marquis: Der Muttermörder Bressac soll für seine Tat durch immense Erbschaften belohnt werden. Die Diebin und Betrügerin Dubois soll es in zäher Ausübung ihrer Untugenden zu einer Rente und gar zur Baronin bringen. Mit dem Plan war die Handlung des Romans festgelegt. Sie gliedert sich in eine Reihe praefabrizierter Situationen, in die die ewig gleichbleibende Justine eingesetzt wird.

Allein, mit einer reinen Handlungsbeschreibung begnügt sich der Marquis nicht. Seine Protagonisten sind allesamt Missionare des Lasters. Die erste nennenswerte Diskussion ergibt sich zwischen Justine und der schon erwähnten Diebsgesellin Dubois, die in dem unschuldigen Kind eine Spießgefährtin zu erwecken sucht. Sie argumentiert: »Die Natur hat uns alle als gleiche Menschen geschaffen. Wenn es dem Schicksal gefällt, diese ursprüngliche Absicht der allgemeinen Gesetze umzustoßen, dann ist es an uns, seine Launen zu korrigieren und durch unsere Geschicklichkeit den Stärkeren ihren Besitz wieder streitig zu machen.«

Zunächst noch von dem Recht der Zukurzgekommenen ausgehend, proklamiert der Falschmünzer Dalville, nachdem er den Ansatzpunkt der Dubois verkehrt hat, ganz unumwunden das Recht des Stärkeren: »Der Arme gehört zur Ordnung der Natur. Da sie die Menschen mit ungleichen Kräften geschaffen hat, hat sie uns von ihrer Absicht überzeugt, daß diese Ungleichheit bestehen bleiben möge ... Der Arme ersetzt den Schwachen, ich habe es dir schon gesagt, ihm zu helfen hieße, die einmal gegebene Ordnung zu vernichten ...«

So besteht denn die von Sade beschriebene Welt aus den tugendhaften Schwachen und den bösen Starken, zu denen im allgemeinen nur Männer, doch auch ein paar auserlesene, meist der Tribadie ergebene Frauen gehören. Diese auf den ersten Blick erkennbare Zweiteilung der Mitspieler macht die Monotonie und Trostlosigkeit vieler Orgien aus, in denen stets die Starken schlachten und die Schwachen geopfert werden. Sie werden das freilich nie, ohne vorher über die Rechtmäßigkeit der an ihnen vollzogenen Praktiken informiert worden zu sein: »Setzen wir zunächst als unumstößliche Basis jeglicher Philosophie fest, daß es zwangsläufig nach dem Willen der Natur eine Klasse von Menschen geben muß, die durch ihre Schwächlichkeit und ihre Herkunft der anderen wesentlich unterlegen ist. Dies vorausgeschickt, wird man einsehen, daß derjenige, der seinen Leidenschaften lebt und eine der armseligen und schwachen Klassen angehörige Person opfert, nichts Schlimmeres tut als ein Gutsbesitzer, der sein Schwein tötet...« (Justine III). Dasselbe Argument rechtfertigt den Dieb, den höhnenden Herrenmenschen, den Lustmörder.

Man wird es schon herausgehört haben: die Sadeschen Übermenschen pochen nicht nur auf ihre angeborene Muskel-, Geldes- oder Geisteskraft, sie beziehen sich auf eine Autorität, die für das ganze 18. Jahrhundert verpflichtend war: auf die Natur. Stellvertretend für all die hochfahrenden Libertins lassen wir den Marquis de Bressac sprechen, der Justine zu seiner Komplizin bei einem Mordanschlag machen will: »Was die Zerstörung des Nächsten betrifft, so laß dir gesagt sein, Sophie, daß das ein reines Wahngebilde ist. Dem Menschen ist die Macht der Zerstörung nicht gegeben; er vermag höchstens die Lebensformen zu verwandeln, vernichten kann er sie nicht; in den Augen der Natur ist jede Form gleich. In dem ungeheuren Schmelztiegel, in dem sich die Umwandlungen vollziehen, verliert sich nichts.«

Auch den Tod der Justine – sie wird bei einem Gewitter vom Blitz erschlagen – kommentiert der Marquis im Sinne eines »natürlichen« Ereignisses: »Man hätte meinen können, daß die Natur, gelangweilt von ihren Werken, bereit gewesen wäre, alle ihre Elemente zu vermischen, um sie zu zwingen, neue Formen hervorzubringen« (Justine III). Dieser Tod spricht das antimoralische Urteil über die dümmliche und gewöhnliche Tugend der »Gerechten«. Es ist Sade ein Bedürfnis, die alteingesessenen Vorstellungen seiner Leser zu beleidigen, und mit Wonne läßt er statt des Goldregens – wie im Märchen von Frau Holle – ein todbringendes Unwetter sich über das Haupt seiner tugendhaften Heldin ergießen. Das ist ebenso zynisch wie konsequent.

Wie kommt ein Mensch dazu, sich derart zu radikalisieren?

Der Gefangene seiner Klasse

Durch seine Mutter war Sade mit den Bourbonen verwandt. Während die Mutter seinen Vater auf diplomatischen Missionen begleitete, wurde er im Hause Condé großgezogen – gemeinsam mit dem jungen Prinzen. Auf die Beziehung zum hohen Adel scheinen die Eltern mehr Wert als auf eine gute Schulbildung gelegt zu haben. Erst während seiner vierzigjährigen Gefangenschaft ist Sade zum intensiven Leser geworden. Heute würde man ihn möglicherweise als »Autodidakten« bezeichnen.

Als 19jähriger hat Sade bereits am Siebenjährigen Krieg teilgenommen. Der Vater war – wie erwähnt – Diplomat und viel auf Reisen. Er stammte aus provencalischem Uradel. Die Familie der Sados oder Sades läßt sich bis ins 12. Jahrhundert zurückverfolgen. Noch im 18. Jahrhundert besaß die Familie mehrere, wenn auch verschuldete Schlösser in der Provence, von denen eines, Saumane, heute noch erhalten ist. Es gehört einem Immobilienhändler aus Marseille, der es mit aufwendigsten Mitteln restauriert hat.

In den Monaten nach seiner Rückkehr aus dem Siebenjährigen Krieg, um 1760, begann der junge Sade das ausschweifende Leben, das ihn später so berüchtigt machte. Sein Treiben beunruhigte den Vater, der um das ohnehin zusammengeschmolzene Familienvermögen fürchtete. Doch nicht nur im Hause Sade gab es Sorgen. Die meisten adeligen Väter, Gouverneure, Parlamentsräte, welche Ämter sie auch immer gekauft oder ererbt haben mochten, sahen mit Verdruß auf ihre wildernden Sprößlinge. Sie übersahen dabei freilich, daß die junge Generation sich keiner Aufgabe mehr verpflichtet fühlte. Alles schien erlaubt, Verpflichtungen schienen nicht zu bestehen. Die einstige Feudalmacht war dahin. Sie selbst, die Väter, bekleideten eher pittoreske als sinnvolle Ämter im Staat. So kam es bekanntlich dazu, daß später die aktivsten dieser Söhne sich der Sache des dritten Standes annahmen. In den sechziger Jahren freilich blieb ihnen kaum anderes als Lektüre, Salongespräch oder Bordellamüsement.

Letzterem ergab sich beispielsweise der junge Mirabeau so rückhaltlos, daß sein Vater ihn kurzerhand kraft eines königlichen und ungesetzlichen Haftbriefes, eines sogenannten »Lettre de Cachet«, einkerkern ließ. Übrigens ist er Sade später in der Bastille begegnet.

Vater Sade sann zunächst auf scheinbar humanere Abhilfe. Er zwingt den Sohn in eine Ehe mit der Tochter des ehemaligen Steuergerichtspräsidenten de Montreuil, der dieses einträgliche Amt noch zur Zeit des Ämterkaufs erworben hat.

Doch bereits drei Monate nach der Hochzeit taucht der junge Ehemann wieder in Paris auf. Am 3. September 1772 wurden Sade und sein Diener Latour wegen Ausübung der Homosexualität zum Tode – der Diener durch den Strang, der Herr durch das Schwert – verurteilt. In Aix wurden sie auf der Plaçe des Prêcheurs »in effigie« verbrannt. Das heißt: da ihnen die Flucht nach Savoyen gelungen war, begnügte man sich, symbolisch zwei Strohpuppen zu verbrennen. Obwohl das Urteil 1778 wieder aufgehoben wurde, erwirkte die Schwiegermutter erneuten Haftbefehl, einen »Lettre de Cachet«.

Der Marquis de Sade blieb bis zum Frühjahr 1790 inhaftiert. Er hat diese 12 Jahre in den verschiedensten Haftanstalten, die längste Zeit in Vincennes und in der Bastille zugebracht. Am 13. März 1790 erließ dann die Revolutionsregierung ein Dekret, demzufolge alle aufgrund eines »Lettre de Cachet« Inhaftierten freizulassen waren. Die Freiheit währte nur kurz. Aufgrund einer Verwechslung geriet Sade für ein Jahr in die Gefängnisse der Revolution. Schließlich wurde er im Jahr 1803 – diesmal angeblich aufgrund der Veröffentlichung seiner inzwischen auf 10 Bände angewachsenen ›Justine‹ – wiederum ohne Prozeß und ohne Verhör inhaftiert. Im Jahr 1814 ist er im Gefängnis von Charenton gestorben. Er sieht das so: »Die Zwischenakte in meinem Leben sind zu kurz gewesen.«

Donatien, Alphonse, François, was warst du für ein Mensch?

Die totale Einsamkeit

Ich möchte versuchen, nachdem ich im Laufe von zwanzig Jahren und in immer neuen Ansätzen mich mit den Schriften Sades befaßt habe, mich ihm auch als Mensch zu nähern: Das Gespräch suchen
- mit dem Grandseigneur, der fahrende Schauspieler aus dem zu seinem Schloß gehörenden Dorf verjagen ließ
- mit dem Gefangenen, der seine ihm treu ergebene Frau mit wilden Eifersuchtsszenen plagte
- der wie kein anderer die Wonnen des Lustmords beschrieb
- der eine Sitzung des Revolutionsrates verlassen mußte, weil er einem Todesurteil nicht zustimmen konnte
- der sich für die Verbesserung des Krankenhauswesens einsetzte
- der mit den Irren in Charenton Theater spielte
- der als alter leidenschaftlicher Mann noch versuchte, einer kleinen

Wäscherin ein Rendezvous abzutrotzen.

Vergeblich. Es bleibt eine eisige Unvertrautheit. Ein Panzer aus Hohn und Trotz, der jeden verstehenwollenden Blick abwehrt mit eisigem Mißtrauen. Schon als 19jähriger schrieb er in einem Brief an einen ehemaligen Lehrer: »Wenig Freunde sollte man haben, und vielleicht gibt es keinen einzigen, der wirklich aufrichtig ist, und dich nicht zwanzigtausendmal opfern würde, wenn für ihn der geringste Vorteil auf dem Spiel steht.«

Seine Lebensumstände waren nicht dazu angetan, dieses Mißtrauen zu besänftigen. Bei dem 40jährigen steigert es sich zu einer radikalen Absage an den Mitmenschen: »Der Mensch ist einsam in der Welt. Alle Kreaturen sind vom Tage ihrer Geburt an einsam und bedürfen einander nicht.« Und noch einmal: »Mein Nachbar ist ein Nichts für mich, zwischen mir und ihm gibt es aber auch nicht die geringste Beziehung.«

Für den Marquis de Sade kann es keinerlei Vertrag unter den Menschen geben, weder den Vertrag, den das Individuum mit der Gesellschaft schließt, noch den Vertrag der Ehe. Erst ganz spät, in den Revolutionsjahren – Sade war damals mehr als fünfzig Jahre alt – ist er eine Beziehung zu einer Frau eingegangen, die auf Vertrauen und Offenheit beruhte. Sie war übrigens – wie die Geliebten seiner Jugendzeit – eine Schauspielerin: Mme. Quesnet. Ihr hat er auch die erste veröffentlichte Fassung der ›Justine‹ gewidmet.

Die religiösen Bedürfnisse

Die folgende Zeugenaussage wurde im Jahr 1965 entdeckt und veröffentlicht:

»Jeanne Testard, Arbeiterin in einer Fächerfabrik und als Prostituierte bekannt, berichtete: Am 9. Oktober 1763 habe ihr eine gewisse Frau du Rameau eine Partie für 2 Louisdor angetragen. Sie habe akzeptiert und sei dann einem ihr unbekannten Herrn (offenbar dem Marquis de Sade) übergeben worden. Sein Alter schätze sie auf 22 Jahre, Größe ca. 5 Fuß, drei Zoll. Das hellbraune Haar im Haarbeutel, sei er von blasser Gesichtsfarbe und etwas pockennarbig gewesen. Er habe einen Überrock aus blauem Tuch mit rotem Kragen, roten Aufschlägen und silbernen Knöpfen getragen. (Es gibt übrigens kein authentisches Porträt des Marquis.) Der Herr sei dann mit ihr in einer Droschke zu einem kleinen Haus am Ende des Stadtteils Marais gefahren. Er habe sie in die erste Etage des Hauses geführt und den Diener fortgeschickt. Nachdem er die Tür abgeschlossen, habe er sie gefragt, ob sie an Gott, Jesus Christus und die Jungfrau glaube. Auf ihr ›Ja‹ habe der Herr mit häßlichen Flüchen und Lästerungen geantwortet, es gebe keinen Gott. Er habe ihr erzählt, wie er einer anderen Frau während des Geschlechtsverkehrs zwei Hostien in ihr Geschlecht getan und Gott gelästert und herausgefordert habe mit den Worten: ›Wenn Du Gott bist, so räche Dich.‹

Danach führte er Jeanne in ein Nebenzimmer, wo sich verschiedene religiöse Darstellungen befanden, mehrere Kruzifixe, ein Kalvarienberg, eine Jungfrau. Als sie sich jedoch weigerte, sich mit im Feuer erhitzten Eisenknuten peitschen zu lassen oder ihn zu peitschen, habe er ein Kruzifix angespien und darauf masturbiert. Am nächsten Morgen, nachdem er ihr noch die ›gottlose Beichte‹ eines Freundes vorgelesen, habe er ihr das Versprechen abgenommen, mit ihm zusammen am folgenden Sonntag in der Kirche St. Medard zwei Hostien zu stehlen.

Ehe er sie fortließ, mußte sie schwören, nichts von den Begebenheiten der Nacht zu enthüllen.«

Schon diese frühe Episode zeigt, daß die Erzählung, daß das Wort für Sade die treibende Kraft der Ausschweifung gewesen ist. Der Erregung des Geschlechtstriebes geht die Erregung der Vorstellungskraft voran. Die Herausforderung Gottes, die Blasphemie ist ihm dabei offenbar wichtiger als jeder physische Reiz.

Der fremde Körper

Während der von Sade viel zitierte und geschätzte La Mettrie »die Kunst des Genießens« und »die Lust des Körpers« preist, scheint der Marquis die Körper, die er begehrt, zu hassen. Er kann sie nicht erreichen. Er muß sie hassen, um sie gewaltsam zu öffnen. Und heftiger als die Realität erregt ihn seine Vorstellungswelt. Dazu der Libertin Durcet: »Nicht im Genuß besteht das Glück, sondern im Verlangen, im Zerbrechen der Schranken, die man gegen dieses Verlangen errichtet ... Ich schwöre, daß, seitdem ich hier bin, mein Same nicht ein einziges Mal um der anwesenden Objekte willen geflossen ist. Nie habe ich ihn anders vergossen als um derer, die nicht anwesend sind ...« (am 8. Tag). Die Lust wird erst durch Schmerz spürbar und erst durch Reflexion erreichbar.

Die Vorstellung im Kopf löst mehr aus als die dargebotenen Reize. Und schließlich heißt es noch am selben Tag: »Ich bin vollkommen davon überzeugt, daß es nicht die Lust, sondern die Idee des Bösen ist, die uns erregt« (8. Tag). Die hier beschriebene Lust findet offenbar im Kopf statt. Sade, wäre er nicht ein derart verzweifelter Materialist gewesen, hätte die Theorie einer zerebralen Lust erdenken können.

Diese Aussagen Sades treffen sich – nicht zufällig, meine ich – mit der Einschätzung des britischen Essayisten Malcolm Muggeride in dem viel beachteten Aufsatz ›Nieder mit dem Sex‹. Er schreibt dort: »Wir alle haben Sex im Gehirn, und das ist der Ort, wo er am wenigsten hinpaßt und am wenigsten befriedigt.«

Wegweiser ins 20. Jahrhundert

Sehen wir einmal von der moralischen und biologischen Frage ab, wie schlecht oder unrichtig die Theorie eines zerebralen Sexualgenusses sein kann. Fragen wir einfach danach, wie wir uns zu unserem Körper verhalten. Jan van Ussel, der eine bei uns viel zu wenig beachtete Geschichte der Sexualfeindschaft geschrieben hat, kann darüber Auskunft geben. Er stellt dar, wie mit Heraufkunft des Bürgertums die Menschen in Europa sich immer mehr der direkten Sinnenlust entfremdet haben. Er beschreibt die Mauern, die Trennwände, die die Menschen im Laufe der Jahrhunderte aufgebaut haben zwischen sich und den anderen, aber auch zwischen ihrem »öffentlichen Dasein« und dem »privaten«:

»Noch im 16. Jahrhundert aßen viele gemeinsam mit einem Löffel aus einem Topf. Heute ist das nur noch bei wenigen Menschen der Unterschicht und neuerdings in nonkonformistischen Gruppen Jugendlicher üblich. Durch den Gebrauch von Löffel und Gabel vergrößerte der Mensch den Abstand zwischen sich und seinem Körper.«

Van Ussel gibt eine Fülle weiterer Beispiele, von den öffentlichen Bädern bis zu den verschlossenen Schlafzimmern. »Diese Evolution lief parallel zu der Evolution auf sexuellem Gebiet: der Mensch schaffte hier ebenfalls eine größere Distanz zum eigenen Körper und zum Körper des anderen. Es ist verständlich, daß die Sinnlichkeit, das Gefühl für die Sinneswerkzeuge und die Körperlichkeit zurücktraten. Der Körper wird eingepackt in eine Hülle von Textilien und von seinem Geruch durch desodorierende Mittel befreit. Das Sinnenhafte wird vom Körper abgetrennt und kommt als ›Sex‹ auf den Markt.«

Wer genau hinsieht, wird erkennen, daß Sexualität auch schon bei Sade als »Ware« dargestellt wird. Die »Objekte der Lust« – wie es bezeichnenderweise heißt – werden eingekauft, verglichen, begutachtet.

Je öfter ich mich mit dem Werk Sades befasse, desto heftiger bestürzt mich die Tatsache, daß die hier zum erstenmal in unserer westlichen Literatur so ausführlich beschriebene Lust bereits eine entfremdete Lust ist.

Sie beherrscht, wie Apollinaire schon 1909 vorauszusagen sich getraute, unser 20. Jahrhundert.

Was fesselt uns nach 200 Jahren?

Mir scheint, da ist aber noch etwas anderes, das die Lektüre Sades für uns so aufregend macht. Es hat eine Zeit gedauert, bis ich dahintergekommen bin. Ich meine die Ungereimtheiten seines Werkes, die Brüche und Sprünge.

Der eingangs erwähnte Widerspruch der Feministinnen, die die Frauen von eben der Herrschaft der Männer befreien wollen, die jedenfalls ein Teil dieser Frauen in ihren sexuellen Träumen herbeisehnt, dieser Widerspruch findet sich bereits bei Sade. Auch er, während der Revolutionszeit in der »Section de Picques«, einer Art Bürgerrat, engagiert, wollte mitarbeiten an der Verwirklichung einer demokratisch konzipierten Republik, und doch hat er nie aufgehört, die »Wonnen« einer Lust zu beschreiben, die nur auf Kosten anderer möglich ist, einer von Herrschaft bestimmten Lust.

Offenbar sind wir nicht frei in der Wahl der Assoziationen, die unsere Lust bestimmen. Nicht unsere Gesinnung, sondern unsere frühen Erfahrungen – wenn nicht gar die unserer Eltern und Voreltern – prägen unsere sinnlichen Bedürfnisse. Dabei will ich wahrlich nicht einem Fatalismus, einer Ergebung in die – ach so lustvolle – Unterdrückung der Frau das Wort reden. Es kommt darauf an, Gegenerfahrungen zu machen, Gegenerfahrungen für unsere Töchter zu ermöglichen. Aber Erfahrungen, lebendige Erfahrungen müssen es schon sein. Über die Theorie, über Einsicht und Moral hat sich die Lust allenfalls verbieten, noch nie aber in ihrer Entfaltung steuern lassen. Auch heute nicht.

Bei Sade betreffen die erregenden Widersprüche nicht nur seine sexuellen, sondern auch seine religiösen Bedürfnisse. Solange ich mich mit Sade befasse, immer wieder war es mir schwer begreifbar, wie ein Mensch, der sich der französischen Aufklärung zurechnet, der mit allen Mitteln zu beweisen trachtet, daß es einen christlichen Gott nicht gibt, daß eben dieser Sade eine Fülle blasphemischer Szenen schildert, in der der Glaube lebendig wird. So in dem hier vorliegenden Bändchen: die schwarze Messe im Kloster »Sainte Marie des Bois«, wo Justine eine Zeit gefangen gehalten wird.

Noch einmal Apollinaire. Er empfahl die Lektüre Sades seinen Lesern aus dem Jahr 1909 mit dem viel zitierten Satz: »Sade ist der freieste Mensch, der je gelebt hat.« Ich halte das für unrichtig. Ich möchte lieber behaupten: Sade war der Mensch, der sich am radikalsten gegen die Situation des Gefangenseins – die wir alle mehr oder minder erfahren – gewehrt hat. Er war radikal genug, um nie aufzugeben.

Freilich hat er den ihn beherrschenden Widerspruch nicht erkennen, geschweige formulieren können: Kampf gegen die Herrschaft der Institutionen und Beschwören von Herrschaft in der Sexualität. Sades Tragik, beziehungsweise der Grund, warum er – ein Monomane der Revolte – mit dem Schreiben und dem Aufbegehren nie ans Ende kam, sehe ich darin, daß er nicht einsehen konnte, daß es da einen Zusammenhang gibt. Sade in seinem Jahrhundert konnte nicht wissen, daß die am eigenen Leibe erfahrene Herrschaft sich in den sexuellen Bedürfnissen der Menschen reproduziert. Uns aber kann die Lektüre Sades begreifbar machen, warum die früh erfahrene Herrschaft beides bewirken kann: unbewußte Sehnsucht nach Macht- und Unterwerfungswonnen und den bewußten Kampf gegen diese Herrschaft.

Darum gilt meine Bitte den Frauen, die dieses Buch in die Hand nehmen. Fragt euch, ob an irgendeinem Punkt der Geschichte es euch gefallen würde – für einen Traummoment – in die Rolle der Justine zu schlüpfen. Ich bin davon überzeugt, daß wir Frauen im Kampf um die Abschaffung von Herrschaft nur bestehen können, wenn wir unsere eigenen sexuellen Phantasien, die Herrschafts- und »Unterwerfungswonnen« in uns kennenlernen. Es gilt in uns vorurteilslos wahrzunehmen, ehe wir etwas beim anderen bekämpfen können.

Marion Luckow

Damen mit Pelz und Peitsche

Aurora Rümelin (1845 – 1906) verdiente sich ihr Geld als Näherin und Sodaverkäuferin – bis sie einem lustvollen Briefwechsel mit dem berühmt-berüchtigten Leopold von Sacher-Masoch verfiel, sich als Aristokratin ausgab und sogar den Namen seiner Heldin aus *Venus im Pelz* annahm. Analog zu seinen Werken schrieb sie als seine spätere Ehefrau ihre eigenen hocherotischen Geschichten über grausame Damen mit Pelz und Peitsche.

Wanda von Sacher-Masoch
Damen mit Pelz und Peitsche
Herausgegeben und mit einem Nachwort von Christa Gürtler
176 Seiten
Ullstein TB 30351

Ullstein Taschenbuchverlag

Grausame Spiele

Es ist der rätselhafteste, aber auch intimste Roman von Vita Sackville-West (gestorben 1962), denn sie wagt einen Tabubruch und thematisiert ihren eigenen Sadismus: Shirin, das heitere Mädchen, gerät in die Fänge des steinreichen Venn, der mit ihr seine grausamen Sexspiele treibt. Doch der Machtkampf zwischen beiden bleibt unentschieden. »*Heißkalte Flammen* ist wirklich ein sehr persönliches Buch, wenn man nur ein wenig hinter seine Bilder schaut.«

Virginia Woolf

Vita Sackville-West
Heißkalte Flammen
Roman
Mit einem Nachwort von
Ingrid von Rosenberg
360 Seiten
Ullstein TB 30424

Ullstein Taschenbuchverlag